MATTHEW FITT was born in Dundee in 1968. He graduated from Edinburgh University in 1990 and, between 1995 and 1997, held the Brownsbank Fellowship, residing alongside ghosts and wally-dugs at the former home of Hugh MacDiarmid. Author of the scandalous 'Kate O'Shanter's Tale', his poetry and short stories have been published widely. *But n Ben A-Go-Go* is his first novel. He lives in the south of Scotland with his wife Mirka.

But n Ben A-Go-Go

MATTHEW FITT

Luath Press Limited

EDINBURGH

www.luath.co.uk

First Hardback Edition 2000
Reprinted 2000
First Paperback Edition 2001

The paper used in this book is recyclable. It is made from low
chlorine pulps produced in a low energy, low emission manner
from renewable forests.

The publisher acknowledges subsidy from

THE SCOTTISH ARTS COUNCIL

towards the publication of the first hardback edition of this book.

Printed and bound by
Omnia Books Ltd., Glasgow

Typeset in Sabon and Rotis Sans by
S. Fairgrieve, Edinburgh 0131 658 1763

© Matthew Fitt

for Mirka

THANKS TO: James Robertson, Susan Rennie and Gavin MacDougall. Also Alison Fitt, Bill White, Duncan Glen, Gordon Liddle, Stuart McHardy, Billy Kay, Bryan Fletcher, Mike Cullen, Dr S. Shimi, Ann and Angus Matheson, and Gerald Baird.

Contents

How to read But n Ben A-Go-Go

Spoken Scots is all around us. This thousand-year-old cousin of modern English pervades our conversation and colours our day-to-day life. We encounter spoken Scots at school, at work, in the pub and in the home. Whether you speak Scots yourself or just prefer to listen, you do not need to go far to hear about folk who are either *scunnered, bonnie, greetin, crabbit, mawkit, hackit, gled, fou, canny, couthie* or *deid*.

Nurses, teachers, labourers, lawyers, farmers, accountants, MSPs; Gail Porter, Marti Pellow, Jack Vettriano, Sir Alex Ferguson – anyone whose lugs are in working order knows that Scots is spoken in all walks of life. Some contend that it is the language of the gutter and that it has no place in our society. Others hold it to be a national language with as strong a claim to exist as any culture's native tongue. Most of us simply use it as a means of communication and never think any more about it. But whatever our relationship to the Mither Tongue, we all at some point in our lives have used or heard some measure of spoken Scots.

Examples of written Scots in our culture, however, are much less commonplace. We have a fascinating (but generally ignored) medieval literary tradition which boasts a canon of epic and lyric poetry, all set down in awe-inspiring Scots. Throughout this century, anthologies and small-circulation magazines have sporadically appeared showcasing new Scots writers' work. And every now and then letters pop up in the press bemoaning this issue or that in spiky indignant Scots prose. Although many speak the language, declaim in it fluently and with great imagination, very few people ever use Scots when they write.

This is nobody's blame. We are not taught how to spell the words so naturally reproduced in everyday speech. We receive neither formal training nor official encouragement to write the way we talk. Somewhere down the line – from the complete culture of the medieval court to our present linguistic situation – there has been some fundamental dislocation of the written form of Scots from its spoken manifestations.

And yet, in spite of this, a variety of written Scots continues to push its neb to the surface. A newly-decorated house on Burial Brae in Ainster, Fife warned away passers-by with the words 'Weet Pent'. In quite separate parts of the country, a building site, a housing benefits office and a science staffroom in a school advised visitors where they were going with a plate that read 'Wey Oot'. A flooring company advertised in the pages of a glossy magazine with the craftily-worded slogan 'Fabulous Flair'. An airline recently asked travellers who fly to the States via London instead of direct from Glasgow 'Are ye aff yer heid?'. And pub names regularly reflect the idiom of those drinking at the bar. 'The Wee Thackit' in Carluke, 'The Sheep's Heid' in Edinburgh and 'The Twa Tams' in Perth are just a small swatch of the many that spring to mind.

In the main, however, such examples are few and far between. Something prevents us from committing to paper words which we have known how to say since childhood. And if there are barriers to people writing Scots, similar obstacles may exist when it comes to reading it.

But n Ben A-Go-Go is a seventy-thousand-word novel written entirely in Scots and set in the future. This unusual combination makes this piece of writing different from what the reader may be used to but, after a few brief tips on how to read the Scots prose, *But n Ben A-Go-Go* should be easily accessible to anyone.

Unlike other Scots pieces, this novel has no glossary, no ready-reckoner at the back of the book to turn to when the going gets tough. Such mini-dictionaries are distracting and often laborious. In addition, they can sometimes be seen as an apology for the Scots words in the text, as if the language was unable to speak for itself. *But n Ben A-Go-Go* challenges the reader to wake up his or her own active and passive knowledge of the Mither

Tongue and to read Scots unaided, without the stabilisers of a Scots-to-English word leet.

The reader will notice very quickly that the bulk of the words in *But n Ben A-Go-Go* are common Scots words, used a million times a day in ordinary Scottish conversation. Who does not know or recognise *sair, strang, heid, glower, dinnae, boak, guddle, glaikit, sleekit* and *stramash?* Some readers may suffer a mild brain-ache from the novelty of seeing, for the first time, Scots words written down on the printed page but, after a few pages, such symptoms should quickly pass.

Once comfortable with the sight of familiar neebors like *bairn, stoor, ken, pauchle* and *clart* in the official environs of a book, the reader might experience some slight cultural turbulence when these same common words are presented in what is perhaps an unorthodox way. *Bairnish, stoorless, unkennable, ootpauchle* and *declarted* are maybe not part of everyday Scottish vocabulary but their basic components certainly are and, for the purposes of this novel, will be easy to understand.

Harder to assimilate are the many neologisms at work in *But n Ben A-Go-Go.* There are no doubt very few *cyberjannies* taking orders from *clartmaisters* or doctors operating *germsookers* or folk struggling home with their messages in *plastipokes* in Fraserburgh, Dunfermline or Ayr but the reader will remember that the backdrop to this story is a future world where the creation of new words is not unusual.

If a neologism's meaning is not immediately obvious, the reader should be able to resort to the context of the sentence or paragraph. *Incendicowp*, for instance, is a neologism on which some readers may stumble. But taken within its context, *incendicowp* should present no great difficulty.

> *Wi his free haun, Paolo rugged open the hatch o the Omega's incendicowp an flung the peerie bonsai rose intae the furnace's fiery gub.*

'Hatch', 'flung' and, in particular, 'furnace' and 'fiery' are all on hand to help with *incendicowp*. The context offers the reader a ready short-cut to understanding the futuristic Scots terminology.

Similarly, when the novel's vocabulary strays outwith the range of common Scots, the reader has the fallback of context to quickly divine more unusual Scots meanings.

He should hae kent the chip wid yaise abuse tae revive him fae the Ingang. Try tae flyte him back tae life. An enjoy it, tae.

Here the word *flyte* (which means 'to scold' or 'to make a verbal attack') is explained by the word 'abuse'. In this next example –

The first fortnicht efter her Kistin, the pad had fizzed wi coherent words an unraivelled syntax.

– 'coherent' is present in the context to assist with comprehension of *unraivelled*, which means 'not confused' or 'clear'.

But n Ben A-Go-Go may seem at first sight a real handful but careful planning ensures that the Scots prose is easy on the eye and, with a minimum of effort, readily understood.

Latinate English words and straightforward English spellings are in place to sharpen the selection of Scots words, the majority of which is derived from the general vocabulary of modern Lowland Scotland.

And it is intended that the reader can use the context of a sentence as a handy codebreaker for any difficult words.

Once the initial culture-shock – of seeing words your granny liked tae use and your mither tellt ye no tae use in the unusual setting of a modern novel set in the future – subsides, the reader should be able to relax and enjoy the story.

But n Ben A-Go-Go – a Road Map

The year is 2090. Global flooding has left almost all of the Scottish peninsula under water. The descendants of those who survived God's Flood in 2039 live in a community of floating island cities known collectively as Port. Each floating city (or Parish) is attached by steel cables to the sea-bed seven hundred metres below at what used to be the town of Greenock.

There are twenty seven Parishes, the population of which is split 60/40 between albinos and melanos. The melanos can take the constant fifty-degree temperatures; the albinos, however, fear the burning sun and carry cancer kits.

As well as the dangerous climate, Port citizens must live with the deadly disease *Sangue de Verde*. A highly infectious strain of HIV, *Sangue de Verde* (or Senga) has created a society where virtual sex has replaced intimate physical contact. Senga's victims are kept out of circulation in a giant hospital warehouse in sealed capsules called Kists.

The only land-mass free of water is the former Highlands (now the Drylands) which is separated from Port by a 200km stretch of sea known as the Irish Skagerrak. The Drylands are the summits and slopes of those mountains high enough to be left untouched by the spectacular rise in the world's sea-level. They appear as a series of islands and land bridges and are inhabited by wild mutant animals (Kelpies) and cells of tough rebel American tourists.

Inverdisney Timeshare Penitentiary is a maximum-security prison complex located in the northern Drylands on top of Cúl Mor in the region of the now-submerged Inverpolaidh Nature Reserve. But n Ben A-Go-Go, the scene of the novel's climax, is a luxury villa built on the summit of the mountain Schiehallion, a mere forty kilometre swim from the extinct tourist mecca, Pitlochry.

At several points in the story, certain characters leave the RealTime world and venture into cyberspace. VINE is the name of this alternative electronic universe. VINE is both a communications network and an infinite series of virtual environments full of data vaults, famous tourist sites and bad-tempered Dundonian microchips.

Paolo Broon, the novel's hero, must traverse VINE, Port and the Drylands to discover the truth about his family's past in order to free his life-partner, Nadia MacIntyre, from the grip of the merciless virus, Senga.

CHAPTER 1

Nadia

kist 624   imbeki med   3:07pm

Moarnan.

No sure if it's moarnan. Canna hear the porters. The young ane wi the bonnie voice, chantin his wey roon. An his gaffer shoutin on him tae wheesht. Thae twa isna in yet. Stull on the Rail. Gantin owre their papers. Creeshin doon the hair. Haun in atween their legs.

Oot.

Hinna felt the surge, tae. Thon wee electric skirl kickin throu the grid as the day current comes on. Juist enough pouer tae bile a kettle or run a stoorsooker alang the dreels. The porters an the lawyers dinna feel it. No wi their raybans an their Senga-suits on. But in here, wi nae nicht an nae gloaman tae guide ye throu the oors, thon imperceptible pre-programmed surge is as lood an as shill as a cock craw.

Oot.

Where ma bonnie laddie? Where is he? He wis doon in the catacombs the last time. Awa doon unner the dreels, reddin a stookie for burnin. Yet the soon fae his lips seepit up intil me. The tune wis peerie but the dirl o it raxit throu the slabs o steel an plastic. I grat masel tae a standstill. Thon laddie's sweetness maks me sair.

Sair.

Declan. I widnae cry him Declan. Seumas is a fine name. Rare an strang. But he's no a Seumas. I dinna ken whit like he is. Never seen him, tho he'll have mair than likely keekit it at me. Whiles, he's a gret braw-shoodered warrior. Finbar or Myles. Or mibbe he's somethin closer tae hame. A gawsie tangle-haired Lanarkshire boy. Rab. Graham. Geordie. I dinna ken. He aye dauners intae ma heid syne slups awa, like a thief.

Thief.

A saft job like this. The wee limmer maun be weel conneckit. A fozie commissar for a faither. A shamgabbit cooncillor keepin his greetin-faced wean oot o the Fusiliers. The richt side o the Eastern Front. Zowie. Star. Loola. Amethyst. Cairtin aroon the glaikit christian name his yuppie parents come up wi on the doonward skite o a honeymoon slab o E. Puir wee tink. I will cry him Pavel.

Pavel.

There. Feel it. The ghaist o a tremmle dinnlin throu the kist. That the day current clickin in. A body growes shairp in here. Accustomed tae the dark. Tuned intae the hertbeat o the place. When a nurse gangs past, I can hear the tubes an scalpels chinkin on her tray. When the heid virologist maks a tour o the kists, I can jalouse fae the fitsteps hou mony gawkers an professional glowerers he's brocht wi him. I can tell fae the shift in the current if there's a licht needin chynged doon the dreel. I ken, tae, fae the jangle o electricity, when a kist has been switched aff.

Aff.

This kist is ma lug.

Pavel.

That Pavel nou. Linkin throu the compound, chantin awa tae himsel. This time o the moarnan. The laverocks an the gulls. They'll be cheepin an chitterin in the Parish squares. An the sun rivin the palms an the dreepin brainches o the sauchs. Lovers still cooried thegither in their beds the last warm oor afore work. Maun be a rare Port day oot there if young Pavel's awready singin. Either that or he's got a click. A lumber. Some lassie he met last nicht. He'll no have tellt her whit he does yet.

This kist is ma lug.

He's awa doon the dreel. Pavel is wearin his saft shuin the day. His sang is fent. Fenter. Flittin awa fae me like the days o ma first life. Wheesht. The vibration o him is gane.

Wheesht.

Listen tae yirsel. Slaverin owre a laddie. Dinnae even ken if it's a laddie. Micht be a humphy-backit auld man or a breistless wee lassie. Doesnae even hae tae be human. Yin o thae service robots wid mak that noise. An me slabberin at the mooth like a dug or a teenager. Senga maun be sleepin. Allouin me ma thochts tae masel for a wee while. But Senga will wauken soon enough. When Senga's hungert. Puir wee tyke.

Pavel.

Whit dae ye dae, Pavel? Whit's yir job, like? See ma faither. An ma twa brithers. They're awa at the Urals. Stobb. That's ma brither. No much aulder than yirsel. He's a cyber pilot. An Bonnie. That's ma ither brither. He's a sniper wi the Reid Berets. Owre the lines, intil Carpathia. Whit dae you dae, Pavel? Whit regiment ye in? Ye on leave the nou? Is yir uniform at hame? Laddies in uniform is braw. I aye near pish masel when I see a Reid Beret swankin doon the street. Come on, Pavel. Tell us. Whit dae ye dae?

Ay, Pavel. On ye go. Tell us.

Ah dinnae.

Pavel.

Ah dinnae want tae.

Ya wee feartie. Tell them whit ye dae when ye whustle yir bonnie tunes.

My name is Pavel an ah toom the keech pokes o the deid.

Och, Pavel.

CHAPTER 2

Sair Heid City

PAOLO STEVENSON BROON'S GENETIC code wis a direct haun-me-doon fae his maternal grandfaither, Stevenson Klog.

The Klog faimlie pool wis a bree o grippie east coast insurance men an born again presbyterian fishwifes, lowsed by the lord fae prozac, sex an involuntary hame shoppin. Grandfaither Klog never bosied or beardied him when he wis wee but gart him staun in foostie cupboards in his sterile widower's apartments whenever Paolo bairnishly havered Klog's deid wife's name.

Glowerin numbly throu the keek panel o Omega Kist 624 up on Gallery 1083 on the fifth anniversary fae the day his life pairtner Nadia wis Kisted, Paolo had nae choice but tae acknowledge his thrawn pedigree. The langer he gowked at the recumbent figure ahint the reekit gless panel, the mair he felt the Klog cauldness tichten roon his hert. As he watched fae the view gate in the Rigo Imbeki Medical Center high up on Montrose Parish, the threid-thin voice o his grandfaither kittled in his mind, an Paolo, yince mair, when confrontit by the weariest sicht imaginable tae him, foond himsel patently unable tae greet.

Nadia MacIntyre lay stane still inside her Omega Kist. Her body wis happed tae the chin in funereal white an smoored unner an inhuman wab o IV an colostomy tubes. Her visible skin wis as peeliewally as papyrus an her kenmerk taigled blonde hair kaimed oot in a trig coiffure on the faem pillae ahint her heid. She appeared snod in her peacefu berth but her facial muscles, contortit by municipal beauticians intae an expression o glaikit serenity, couldna mask the untholeable agony in ben.

Paolo pit a nieve against the Omega Unit's ooter waw an watched as his calloused haun slippit doon the bevelled surface.

4

The Kist stood a guid twa fit abinn his ain six an raxed at least fowre tae his left an richt. Its exterior – a mass-wrocht, faux-ivory shell – wis merked wi radiation tags an a mix-mash o *Sangue de Verde* decals. Aside the smoked-gless keek panel, a quartet o info screens wis inbiggit tae the Omega Kist's face. Three o them joogled data anent Nadia's vital signs; the fourth wis the thocht pad, a screen which translated an Omega detainee's thochts intae words an pictures as lang as they were able. Nadia's thocht pad wis a clear unblenkin ee o blue that had no been puggled wi information for three year echteen month.

Paolo's ile-stoor resistant bitts squealed on the ceramic flair as he stepped back an glowered west alang Gallery 1083. It wis a summer Sunday forenoon the clatty end o January an the mile lang visitors' corridor wis toom. A singil lawyer an her lycra-leggit secretary intromittit the silence, shooglin past on a courtesy electric caur. An indie-pouered germsooker jinked inconspicuously in an oot o Paolo's personal space, dichtin up microscopic clart as it drapped aff his body.

A quarter mile doon, the wersh blinterin sun forced itsel in throu the UV filter gless at the corridor heid, illuminatin the faces an keek panels o the first fufty Omegas. An as he skellied intae the white bleeze, a troop o droid surveillance puggies advanced in heelstergowdie formation alang the corridor roof, skited by owre his heid an wi a clatter o metallic cleuks, skittered awa eastwards doon the shaddowy vennel. The toomness o the visitors' corridor offered Paolo nae bield fae the buildin's oorie atmosphere; Gallery 1083 wis an eerie airt wi or wioot passengers.

Fae a Jeremiah Menzies plastipoke, he extracted the peerie pink heid an widd-broon stem o a bonsai rose. Technically he kent it wis really a miniature rose but, since it wis Japanese hydroponics that wrocht them, awbody nouadays cried them bonsais. Haudin the tottie flouer in a big nieve, he awkwardly shawed it at the keek panel. The rose's birkie complexion daunced on the tinted gless but ben the Omega Kist's scoored white chaumer, Nadia's een didna flicher. The doo-coloured petals, tremmlin in Paolo's haun,

5

lowsed a soor, sweet guff that stang his memory. Nadia in a bloomarine dress on Himalaya 3. Nadia wi a gless o absinthe at Telfer's Grill on Ayr. Nadia in her corporate lawyer's goun on the steps ootside the Attorney Fiscal's Chambers. Paolo's left ee stertit tae yeuk unnaiturally but the inherent Klog crabbitness heezed itsel oot o his sowel in time tae smoor ony rogue aizles o sentiment.

He touched a fingir tae his broo as he felt the first paik o the day gowp throu his heid. The flouer's bonniness minded him o cantier times but the rose itsel wis mingin wi sweir connotations. His strang hauns absently nevelled the stem til the sap ran oot. Even fae ahint the Kist's metre-thick waws, Nadia MacIntyre had tried tae mak a bauchle o him. His puir mind couldna reckon her. He wis unable even nou tae jalouse how a couthie passionate lowe like hers could emit sic cruel gleeds.

Nadia's thocht screen had no ayewis been toom. The first fortnicht efter her Kistin, the pad had fizzed wi coherent words an unraivelled syntax. Nadia had nae will an she needit her solicitor tae scrieve yin til her. She battered oot instructions via her thocht pad tae a hunner different agencies twinty-fowre oors a day. Her finances were in a guddle. They'd tae sell her hooses. Her sister wis tae hae her mither's rings. She didna want her cousins on Hub tae hear owre the satellite; a lawyer wid hae tae flee there an tell them tae their pus.

Altho Paolo admired her steely canniness in the face o *Sangue de Verde*, he kent aw Nadia wis daein wis jinkin the truth. When he speired her directly for the name, she replied ainlie wi fond but anodyne croodlin doos o affection an then efter fufteen days, wabbitness an delirium settled on her like twa hoodit craws. Nadia wis suddenly nae langer able tae mak words. Her gleg-gabbit commands on the owreloaded thocht screen dwyned tae a chitterin blue hiatus. Aw she could manage tae communicate by wis roch picturs, maist o them cryptic an unkennable. But Paolo weel unnerstood the import o the last pictur Nadia gart kythe on her screen. It wis a fuff o spite that had stobbed Paolo sair an whase significance dirled in his sowel even yet.

A wheen weeks efter their mairriage – Paolo wis echteen, Nadia seeven year aulder – they had daunered intae a multiplex museum an watched a movie thegither aboot Iva Toguri, a California-born Japanese quine the Americans miscawed a collaborator. The lass foond hersel fankled in yin o the big wars o the twintieth century – Paolo couldna mind exactly which ane – an efter the international stramash wis by, she wis tried for treason. When they left the pictur hoose, the twa o them were haein a bit cairry-on. 'You'll no be ma Tokyo Rose, will ye, Mrs Broon?' Paolo had speired. 'You'll no betray me, eh?'

Paolo could still hear Nadia's words as she turned awa fae him an hopscotched doon the street. 'Paolo, naw. I willna ever betray you.'

He shut his een as the memory filtered throu his heid. Nadia had burnt oot the last o her brain cells steerin the pixels o her thocht pad intae the image o a bonsai rose. A Tokyo Rose. An on every ither visit he made tae her Kist, Nadia thrawnly projected this shilpit aff-reid 3D flouer ontae her thocht screen until month seeven when the pain finally extinguished her smeddum an she retreated intae hersel for the dark soonless fecht wi *Sangue de Verde*.

Paolo let a lang braith gruzzle oot atween his teeth. Nadia MacIntyre wis in Omega Kist 624 because she had liggit wi anither man. She had had auld-fashioned sex wi a stranger an alloued the *Sangue de Verde* smit, kent locally as Senga, intae her bluid. The doctors at Rigo Imbeki had dated the fatal hoochma-gandie tae probably sometime efter Nadia an Paolo's waddin. It wis nou five year tae the day since the Kistin an Paolo still didna ken the cairrier's name. A shairp twang worked its wey throu the frontal lobe o his brain. The Mowdy inside him wis stertin tae nip. He moved awa fae the view windae an regairded the miniature flouer.

Tokyo Rose – a peerie pink blossom, an the lass that begunked her country. Sic a flouer had never passed fae his haun tae hers. He had never even seen yin afore she had gart ane bloom on her sterile

7

thocht pad an altho the dunt fae Nadia's sleckit punchline had
stachered him, Paolo still thirled himsel tae its irony. He had
brocht a bonsai rose wi him every week since her thocht pad licht
went oot in the peeliewally hope it micht revive her. A fremmit, ill-
hertit Nadia wis better than nae Nadia at aw. Forby, the flouer wis
a ritual that chummed him throu the dark oors o a visit. He aften
caucht himsel gowkin at the thocht screen, heezin it up tae skitter
back online wi a rammy o pixels; but it never did. Nadia's screen
on this drum anniversary registered ainlie a dour unbroken blue.
Paolo aye cairried the rose tae her in a poke or happed inside his
jaiket. He didna want the world tae ken he brocht a flouer. The
joke maun remain in hiddlins atween him an her alane. Wi his free
haun, Paolo rugged open the hatch on the Omega's incendicowp
an flung the peerie bonsai rose intae the furnace's fiery gub.

An icon on the Kist front pleeped, merkin the quarter oor. He
had a coupon-tae-coupon conference wi Aga Dunblane, Nadia's
Bluid Lawyer, in the Medical Center's elevator bar. It wis time tae
pou himsel awa. He skelped some imaginary stoor aff the chist o
his cyberjanny's tunic an boued doon tae tie an retie the lace on
his left bitt. Then wi a final blank gowk at Nadia throu the Kist
panel, he turned an linkit back alang the corridor, leain ony oot-
ward face o emotion oxidisin amang the midden o esses in the
Kist's cowp furnace.

He didna want tae bide lang in Gallery 1083. As he broostled
toward the licht at the corridor heid, he tried no tae look at the
Kists bolted tae the waw on baith sides o him. But, still an uncanny,
the detainees' daith-white visages soomed up at him throu the
gallery's semi-gloaman, sklentin fae aw airts intae the neuks o his
een. He smertened his step, worryin insteid aboot the meetin wi
Nadia's lawyer. The legal profession didna steer their bahookies
fae their caller-conditioned office suites athoot there bein a heid
tae nip, a scone tae steal or somethin sair tae be said. Paolo hoped
he had misreckoned whit he thocht Aga Dunblane wis comin tae
tell him but, wi pessimism a channerin worm deep in the faimlie
psyche, he had awready redd himsel up tae hear the worst.

He won oot the corridor an gratefully chapped the panel at the elevator yett. Efter a lang three-minute wait, the button bizzed wi licht, a dour ethereal chime bummed the elevator's arrival an the yett doors rowed open. Paolo stepped in.

The Rigo Imbeki Medical Center wisna allowed windaes. Peerie portholes covered the twa-thoosan-storey muckle-structure, admittin peen stobs o licht intae the tichtly regimented galleries. Port couldna dree *Sangue de Verde* tae skail accidentally fae its purpose-biggit hame. Aw o its citizens cairried the dormant Mowdy smit in their breists an yin micro-guff o Senga wid ignite a Green Bluid pandemic that wid chow its wey throu Port in less than hauf a day. The Imbeki Medical Center had tae be completely blooter-resistant tae the region's rauchle hurricanes an typhoons.

The ainlie naitural licht at Imbeki wis in the Center's fowre elevator bars. Each bar wis a lang corridor o gless an steel that ran the length o each o the buildin's fowre sides an took a hauf-oor tae sclimm tap tae bottom past the thoosan flairs stappit wi Kists. The bars were therapy bothies for the Center's ermy o day-visitors. Citizens visibly needit alcohol on the wey in tae lown their nerves an mak dowf their senses. An efter the painful dook intae theirs an their loved yins' sowels, they sat like divers in the decompression chaumer o the bar sookin scotch an tequila afore rejinin their lives on the ootside.

Paolo breenged across the parquet flair an took a seat at the windae. A young waitress dichtin glesses at the bar an a bus-boy gaitherin creeshie ashets fae a table nearby goavied owre at him but Paolo didna try tae catch their ee. He didna want a drink. He wid need a clear heid tae face Aga Dunblane. Insteid he glegly scanned the lang bar. The siller an bleck Rennie Mackintosh-graithed elevator wis toom, the bleeze-bricht sun sklentin aff the restaurant's roond formica tables. The lawyer hadna yet arrived. Paolo felt the flair judder unner his fit an the elevator continued its soonless ponderous ascent. Imbeki wis the maist muckle buildin on Montrose an he dirled his fingirs restlessly on the table tap as the kenspeckle skyline o Port gradually unfaulded a thoosan twa hunner fit ablow.

9

Across the skinklin blue watter, Inverness Parish kythed throu the tropical haar like a golem. Its boardwalks, weather bastles an hunner-metre-high metal hull sheened alang its bow side as Saul blintered doon on the Parish fae the west; Inverness's famous onyx an granite spires stood mirk in shadda. Owre the bay tae the east, Siller City's muckle cloodkittlers on Glasgow Parish stood, a forest o silhouettes, against the white het sky. Then Paolo let his een flit west again tae Kelso Parish whase ootline wis guddled unner a heavy plype o rain, an then up aheid tae Falkirk Parish burlin itsel in the centre o Port's twenty-seven floatin cities. A jet liner, probably fae Uralgrad or mibbe Karakoram City, wis skitterin tae a stap on the tarmac at Falkirk's John MacLean Int'l Airport. Paolo glisked owre tae the bar tae check if Aga Dunblane had arrived – she hadnae – then returned his glower tae the brain-pugglin panorama o Parishes an ocean spreid oot afore him.

The sea, thocht Paolo, wis unusually canty the day. He shiddered as he keeked doon intae the azure hauchs an meedows that separated the Parishes. The Atlantic wis baith freend an ragabash tae the three million people o Port. It brocht them muckle wealth. Port biggit the walliest, maist socht-efter transport ships in the Western Hemisphere. The sea wis a trade brig tae Hub, New Appalachia an ither maritime settlements in the Dry East. But while Port bairns studied the weys tae maister the Atlantic, they were learned tae fear it, tae. Nane o Paolo's generation had been alive tae thole God's Flood.

Fufty year langsyne in November 2039, when a sub-antarctic volcano had biled owre an rived in twae the surface o Moont Erebus an the Ross Ice Shelf, the unjeeled watter had raired intil the Suddron Ocean. The volume Ross lowsed on the world's seas whummled whit remained fae the American pampas an drooned the African plains fae the Cape tae Senegal.

Maist island cities at yon time were quarter-feenished hulks roostin on scaffoldin aside state capitals. The World Bank had gret loudly for their construction efter the Lomonosov Rig at the North Pole had cowped three year afore Ross, inundatin

Bangladesh, Holland an the lands o the Mississippi basin. But the island cities' price tag flegged multi-national budgets in Frankfurt an New York an when parliaments jaloused that Lomonosov wid dae nae mair herm than wipe oot a puckle coastal nations, they sned the flow o siller.

Howanever, they were soon jiggin tae a different tune as they watched Antarctica faw aff the satellite map an then witnessed on their boardroom TVs watters fae an icefield the size o China come rattlin across the globe. As the radge weather sent shock tsunamis skitin throu cities an continental plains sookin millions o citizens doon unner the dark drumly watter, the unco guid an the unco sweir were scartin an scrammlin their wey ontae the hauf-biggit island cities. When the gurlie oceans finally settled, the lave o the world population, flung thegither on shooglie tin cans, had nae option but tae rowe up their sleeves an commence the darg o biggin up their ain individual island toun.

Port, the maist northerly settlement in a triangle o maritime cantons wi Europoort in the sooth an Berlinhaven in the east, had tholed God's Flood – an the subsequent decade o wud tropical storms as the world's climate bubbled an fizzed – athoot muckle loss. Port's cities, officially cried Parishes, had jowed an sweeled successfully hauf a century on the roch North Atlantic, thirled firmly at the sea flair wi seeven-hunner-metre-lang alloy cables tae the drooned burgh o Greenock. This winter wis riftin fou o anniversaries. Paolo glowered absently at his hame city, the metal walkweys an gless skyscarters hotterin in the het sun. The sea soomed calm an still atween the muckle metallic Parish hulks, sig-nallin its undauntit presence wi chitterin flashes o blue.

The clock on the Evelyn Glennie Music Faculty bummed five efter the oor. Aga Dunblane wis late. She had redd the conference for eeleven o'clock but Paolo widna greet if she didna shaw her face the day. By the end o their video blether twa oors syne that moarnan, he had awready jaloused her sweir agenda. The eeriness o Nadia's anniversary wis compacted by mair practical maitters. Spike an Alaska were a globally-kent law firm an Aga Dunblane wis their shairpest lawyer. Her ain husband had liggit fufteen year in an Omega Kist afore Aga ID'd the cairrier an neutralised the sleekit virus that had thirled him there. Paolo had retained her tae warsle the hoodies on behalf o his undeid wife because Aga Dunblane pit her hert an cleuks intae every *Sangue de Verde* case she took on.

Aga wis the best but her professional smeddum didna come cheap. Nadia had sliddered intae a coma athoot giein her Jock Doe a name. Aga needit the Jock Doe's name afore she could tak Nadia's case onywhere near a DNA trial judge. Spike an Alaska had initiated a search for Nadia's JD which had rummled throu seeventeen population centres on aw three continents wi a puckle aff-road expeditions, nane provin onythin ither than feckless. Thegither wi Aga's ain undeemous legal fees, the cost o cawin doon Nadia's Jock Doe had langsyne hirpled oot o control.

Paolo seched inwardly. Athoot the cairrier's identity, Spike an Alaska couldna stert proceedins for the vital swatch o DNA that wid lowse Nadia fae her pain. They couldna stumour the disease athoot it. Five year had slittered past. Aga's team still had nae name an Nadia's Aquabank Trust Fund wis nearhaun sookit dry. Paolo, a low-rankin cyberjanny at Clart Central, had nae siller himsel tae finance the battalions o smit polis, bluid symmelers an legal secretaries Spike an Alaska had contracts wi tae smoke oot the bam that had brocht doon on his sweethert Nadia the lang dark nicht o *Sangue de Verde*.

He wis aboot tae speir VINE for Aga Dunblane's location when his VINE tattoo crawed. The tattoo – a silicon communications screen organically dichted at burth ontae the skin o his richt airm – jibbled intae life wi text, audio an the gloomy hi-resolution gub o McCloud, his supervisor doon at Clart Central.

'Visitin yir stookie, Broon?' Heid-bummer for eleeven siller-heavy onParish cleanin contracts, McCloud's desk wis ironically a midden o cappuccino cartons an rooburger pokes. 'How is she, son? Nae change?'

Paolo swallaed. His clart maister's mingin rhetoric didna sting him ony mair. He maintained an implacable glower as he spoke intae the body screen hotterin on his airm. 'Whit's wrang wi your face, McCloud?'

'It's no hygienic, Broon. You're never awa fae thae Cages. You need tae git oot mair. Catch some rays.' McCloud's albino coupon, which hadna seen sunlicht itsel for twinty year, breenged up tae the VINE camera, exposin a rash o unpicked plooks. The slang word 'Cages' aye made Paolo boak. 'Never you mind, greek boy. Your pal Lars Fergussen hasnae shown up for his shift. Apparently, his heid's no very weel the day. Oor screens tell us that he's aboot tae dae a homicide owre on Lauder Boulevard. Ony ideas?'

Paolo ran his tongue owre a sneck in ane o his molars. He couldna be fashed wi McCloud the nou. Aga wid be here ony minute. He needit time tae redd up his mind. If he got the richt words oot in the richt wey, she micht no be sae professionally cauld. She had been throu it hersel. She wid unnerstaun. He wid speir her for mair time. A week mibbe. A lot o stoor could be sifted in a week.

'Job Description Reminder Time, greek boy.' The voice fae the tattoo girned up at him. 'McCloud – that's me - sits in here an eats hissel tae daith.' McCloud snottily flung a yak wishbane across his clatty desk. 'Cyberjannny Broon, third cless – that's you – gits his fingir oot an cleans up somebody else's midden. Mibbe a politician's left this yin. Could be it belangs a commissar or five ster general, eh. Mibbe even it's mines. But the day your midden's name is Lars Fergussen. Sae tak the first funicular doon tae Favela Copenhagen an dae some guid auld-fashioned honest jannyin.'

'Haud on tae Shift 5. He maist likely juist forgot,' Paolo replied, wantin tae stem the burn o foostie patter piddlin oot the clart maister's shamgabbit mooth. 'Or whit aboot Jansen? Ah'll oxter Fergussen in later. The daftie's juist forgot whit day o the week it is. Git Jansen in insteid.'

'Jansen's chitterin the teeth oot o his heid in a detox poke on Falkirk. Couldna wipe his ain neb.' McCloud's yella molars slubbered across the bottom o the screen as he spoke. 'No a bonnie attitude, greek boy. Ah'm juist no hearin the richt level o enthusiasm aff ye here. Mind you're a skip an a lowp fae a trip tae Submarnock. A man wi your history has tae caw awfie canny. Even ten year efter it, Happy Day is a peel the Lord Presidents are still no able tae swallae.'

Paolo had heard it aw afore. Submarnock wis a murderer's jyle thirled tae the drooned landward o whit yaised tae be Ayrshire seeven hunner metre ablow the sea surface. An Happy Day Paolo didna even want tae think aboot. Howanever, he widna mind a free dab at McCloud's creeshie coupon, see if he couldna burst it.

Oot the corner o his ee, he sensed the elevator doors at the far end o the bar squatterin open. 'Ah'll deal wi Lars, McCloud. Juist git me some back up this time. An gie me Deep Access tae VINE. Fergussen micht go ben.'

'Ben. Greek boy wants tae go 'ben'. A cyberpauchler like you. Wi your faimlie's track record. You'd disappear in twa ticks. You'd skite in an never come back. Dae you no remember? We dinna trust you. You're no alloued Deep Access until the end o your naitural life. Surface contact is aw, that's whit the judge tellt ye.' McCloud pawed at a rooburger an orrily bit intae the meat piece. 'An back-up? Nae joy, china. Aw polis is affParish. The Ceilidh is haein its annual awards swallae the nicht on Paisley an guess whit? You're no invitit. Looks like ye're on yir ain again, greek boy. The wey you like it.'

'Ah'm no Greek,' gurred Paolo crabbitly as he flexed the muscles on his foreairm. McCloud's image flichered on the tattoo screen, then deed. A voice fae the bar made Paolo turn his heid. Aga Dunblane, reekin o corporate pouer in a flame-reid business suit, had juist ordered hersel a vodka cooler. She waggled an emerald-happit haun but Paolo didna wave back. His bluid had gane cauld an his hert had stertit tae shidder. They needit Aga.

The sole haven for Nadia fae Senga could ainlie be raxed by a swatch o the unnamed cairrier's DNA. Athoot a Bluid Lawyer, it wid be pechin hard work trackin the DNA himsel. The thocht skelped throu his heid that he an Nadia were aboot tae be cowped intae a loch fou o sherks, an, alang wi the thocht, a stobbin pain dinnled a second at the centre o his broo. He automatically checked his jaiket for his week's supply o Mowdy peels, wrappin his fingirs tichtly roon the aluminium canister in his pocket. The feel o cool metal smoored the panic in his hert. He wid tak ane efter Aga left. He heezed a smile ontae his face in welcome but didna lowse his grup on the tin. When roozed by stress, the sleepin Mowdy virus lowsed terrible bousterous migraines intae the citizen's nervous system. MDZ peels sawed the pain. If Paolo's heid wis this sair at hauf twelve, he wid need mair than yin taiblet tae see him throu tae dusk.

Aga Dunblane wis third generation Libyan. She liked tae cleed her sonsie melano skin wi couture an dezaina claes. She owned a Dryland dacha on Carn Dearg an anither ane on Mount Keen. The coffee-hoose claiks, somewey inevitably, cried her a man nipper an the legal sweetiewifes had langsyne pit the word oot that she wis a peyed-up baw thrappler but Paolo had never let ony fashionable havers clart his judgement o her. The siller hadna deaved her hatred for *Sangue de Verde* an he trusted implicitly Aga's orry, carnaptious intellect. Paolo hoped Aga had brocht thae qualities wi her the day.

She pauchled elegantly alang the elevator bar an stapped in front o Paolo, a metre echty in Gumani heels. She looked at him cannily throu her dark Saharan een. 'Mr Broon,' she said, clearin a dry hoast fae her thrapple. 'Mr Broon, we, at Spike an Alaska, are hert sair that your life pairtner lies here in Rigo Imbeki.'

As he listened, Paolo's heid drapped a wee thing tae yin side. Aga, that normally cried him by his first name an blethered aboot the case naiturally an honestly, had retreatit intae noncouthie corporate patter. This wis a different craitur fae the Aga he kent an Paolo didna hae tae read cabbala tae jalouse whit wis comin next.

'Mr Broon, Spike an Alaska hae arraigned echteen citizens on your behalf an fae these, fufteen hae been dismissed. Three names fae oor original maister leet remain. Baith Cameron J. Pennycook, resident, 915z Kilimanjaro Street, Thistleton, on Aberdeen Parish an Desmond Broon, interned Inverdisney Penitentiary, Kasuko Island 12B, continue tae bauchle attempts tae obtain a conclusive DNA swatch. Their lawyers' wranglesome defence, nou intae its thirtieth month, has sae raivelled the plaintiff's claim that a verdict is unlikely this fiscal century. Joseph Nickelson, formerly o Zepplin Street, Airdrie Parish, has no been located. Oor agents in Sooth America, at nine am this moarnan, received orders tae discontinue their search.'

The pain in Paolo's heid howled worse than a bear wi its paw snecked in a trap. Aga's mooth moved an her jewellery jiggled on her airms an lugs as she spoke but Paolo couldna mak oot her words. She had paper in her haun an a pen. She wanted him tae pit his merk tae it.

'Efter a meetin wi your creditors, Mr Broon, we hae decided tae resign this case. Spike an Alaska will gledly resume this accoont if an when sufficient siller is deposited at Aquabank on Glesga Parish. We wid like tae formally thank you for your business.'

Paolo turned an keeked blankly throu the restaurant windae, willin the lawyer tae hoddle quickly awa. Nadia's unflittin corp flichered across his mind, liggin oblivious tae Aga's words in the sterile creel o her Kist. Forby a miracle, she wid stey there forever nou, the sweir-drawn guest o *Sangue de Verde*. Paolo pit his stoundin heid intae his hauns. He had failed an mogered everythin.

Aga buttoned up her reid jaiket. 'I need anither drink. Ye want yin?' she speired, her voice suddenly no as snell as afore. Paolo boued his een fae hers. When she raxed oot an airm as if tae shak his haun, she stapped hersel, picked up her toom vodka gless an hirpled in her high heels tae the bar athoot lookin back.

Three dreels remained unhowked. If Nadia wis tae rax ony decent nirvana, he wid hae tae plou them aw his lane. He still had the relevant data on disk fae Aga but his intellect wid hae tae be glegger than usual tae jalouse which ane o the three tae gang efter.

Joseph Nickelson wis Nadia's bairnhood sweethert. The records shawed they were thegither twa summers at the hin-end o Nadia's teens. Altho Aga hadna managed tae unhap ony real evidence tae suggest Nadia an Nickelson had ever rowed in the gress, it wis a fair possibility the *Sangue de Verde* smit micht hae been innocently passed in the youngsters' first bairnish attempts at sex. Until Nickelson wis foond an his DNA tested, naebody could be sure. Aga's team had nebbit it oot that in his mid-twinties Nickelson had gotten taigled up in the pitmirk world o adventure real estate. The last confirmed sichtin o him wis seeven year syne at a JFK depairtures terminal on New Appalachia. It had fashed Aga's dreams at nicht that Nickelson micht turn oot tae be the first Jock Doe her office wisna able tae find.

The locations o the final twa on Aga's leet werenae sae shoogily determined. Cameron Pennycook wis a famous skin surgeon wi a guid-gaun practice on Aberdeen, Kilbride an Lithgow Parishes. Nadia had been his lawyer an their business relationship had lasted lang enough for whit the Spike an Alaska company haunbook cried 'contact' tae occur. Aga had gaithered testimonies fae her freelance database o professional clypes an backstair cloot-clippers an she firmly believed that Pennycook had gien Nadia the Senga bug. But athoot a DNA swatch, she couldna prove a docken. Pennycook lived alane, coontin his bawbees in his million-merk bachelor's apartment. His immaculate reputation wid be guddled by ony scandal conneckit wi *Sangue de Verde* an the flow o clart-conscious citizens tae his skin surgeon's practice wid promptly stap. His lawyers, Metro, whase fees were even mair muckle than S&I's, had managed tae stumour Aga's team in their claim for a swatch o his DNA. Pennycook's glaikit coupon aye brocht the boak close tae Paolo's gub but he didna lippen tae Aga's theory that he had infectit Nadia.

It wis the third name still untrauchled by Spike an Alaska's brawest legal minds that gart Paolo's granite Klog hert tremmle wi dreid. Desmond a.k.a. Diamond Broon wis even mair kenspeckle than Pennycook an had the siller tae no ainlie vex Spike an

Alaska's claim for a swatch o his DNA but tae smoor the petition awthegither sae that ony case against him didna even mak it tae coort. The Diamond wis a transglobal chancer o the auld order, a legendary cybercowboy that had won his siller dobbyin data vaults. Lugdrugs were the century's narcotic o choice an the rumour still hirpled aboot that he had inventit them. He had circumpauchled the world makkin freens an enemies on a thoosan island states in a forty-year career o flytin, fechtin, an unsneckable megalomania. Aga's team had had nae problem findin Broon. His lawyers, also fae Metro, freely gied oot his address at Inverdisney Timeshare Penitentiary, a maximum security Dryland prison five hunner klicks north o Port across the Irish Skagerrak.

A dreich smile spreid across Paolo's face. Cybercleaner Broon, third cless, had a job tae dae. A Dane cried Lars wis needin a help gittin tae his work wi either o Paolo's size ten bitts. His thochts jinked back tae Nadia liggin lown an still in her Kist. He hadna gien her the smit because, like every modern mairried couple, they had ainlie ever lovinly lowped each ither in the safe Senga-free environs o a virtual bed. He had had nae reason tae think she wisna happy juist cyberwinchin wi him. Nane o his generation really kent for shair but cooryin doon wi yir pairtner's virtual body wis supposed tae be the same as the auld-fashioned wey. But awbody cairried the Mowdy in them. Contact hoochmagandie, as the doctors cried it, wis a hunner percent lethal. Yin swatch o bluid or infectit slaver an the hermless Mowdy wid soon transmogrify intae Senga. It wis wanchancy for lovers even tae kiss.

He didna ken why his Tokyo Rose had begunked him an sned his hert in twae but Paolo still loed her. Aw he needit wis five minutes alane wi the Diamond. Athoot ony greetin-faced lawyers wi their sleekit statutes an glaikit precedents, Paolo wid soon chauvie the truth oot o the auld man. A jag o bluid taen rochly oot his peeliewally veins, if testit positive, wid tak Nadia fae Senga's airms. But brekkin intae a Dryland prison wis a feat he couldna manage, even in a thoosan years. A whummlin sense o weeness slaistered throu him as he realised the haunlessness o his situation.

He wid gie his life for a coupon-tae-coupon wi the Diamond, even altho, he admitted sweirly, it wis the Diamond that had gien life tae him.

The lang flittin bar arrived at the Foyer. As he prepared tae rug himsel oot the Rennie Mackintosh ert nouveau chair, a sair thocht impelled his haun til his heid an gart him hoast up a soor lauch fae deep doon in his sowel: Diamond Broon wis Paolo's faither.

It wis time for a peel.

CHAPTER 3

Inverdisney

INVERDISNEY TIMESHARE PENITENTIARY KYTHED throu the banks o tropical haar like a muckle sleekit Atlantic-gaun liner.

The bleck een o solar panels thirled tae its side were as regular as portholes. The dour smoke-gless command centre on tap o the white structure could easy hae been mistaen for a brig. An its three braid cylindrical antennae rived the skyline like masts redd up against a lang ocean voyage.

The Penitentiary, howanever, wisnae gaun onywhere. Its braid adobe bouk, foondit on stieve unshooglie gneiss a hunner an forty metre abinn sea level, wis immune tae the birslin watters o the Irish Skagerrak doon ablow.

Roch blue waves skited hermlessly against the aboriginal stanes o the moontain formerly kent as Cúl Mor. Its new Nipponese American designation, Kasuko Island 12B, didna import quite the same cultural wecht as its auld Celtic name but the institution Cúl Mor cairried on its back wisna biggit wi culture in mind.

Inverdisney wis a maximum security jyle for millionaires. It restrained in ben its strang concrete waws a deevil's ensemble o convicted corporate pauchlers, taxlowpers, snecklifters an a wheen ither piratical characters that had siller posed in affParish accoonts aroon the globe, an offices fou o shairp-nebbit lawyers back on Port tae administrate it. The inmates, aw o them lifers, were cried 'guests' an resided in penthoose apartments, looked efter by an entourage o itinerant chefs an bidey-in barstaff. The fantoosh prison brochure bummed up its echteen hole gowf course, olympic pool, grouse-shootin glen an virtual hoorhoose. An if the guests ever foond the regime at Inverdisney owre sair, they could ayewis pey for a fortnicht's transfer tae a similar prison complex at Disney Alp or at Lake Walt in the Brazilian Highlands.

On Concourse z, Cutty Boab, a career hoosejacker fae Dunfermline Parish, jinked a thin metal tube up his jaiket sleeve as he hirpled up tae the check point. The twa guairds paused their blether a beat tae glower at Cutty Boab's melano pus afore wavin him throu. Cutty Boab, plottin profusely at baith oxters, continued doon the corridor towards Concourse y. His hert wantit him tae run but his heid advised him tae caw canny. Cutty Boab wis doon tae his last eurobawbee. His cash kist fou o mauks, he survived daein ill-nickit favours for the mair solvent o Inverdisney's guests. Lately, he had been forced intae runnin some unco errands for gey puir reward an he wis stertin tae question his smeddum. He could easy fin himsel lawyerless, declartin sewage wi a thoosan ither causey kissers at the Municipal Internment Block on Airdrie Parish. He felt the metallic tube slidder doon his airm an he grupped his sleeve at the sheckle. This favour, he thocht tae himsel, peyed guid money. Enough tae keep him in the imprisonment he wis accustomed tae for anither couple o year at least.

Cutty Boab hochled across Concourse y. A wheen o the Piazza bars were open an inmates an guairds sat thegither unner parasols wi glesses fou o reid daiquiris an bluid-bleck pernod. Naebody looked at him as he stoited up the spiral stairs tae a side door o the Presidential Penthoose. Cutty Boab swallaed. He wis cairryin the day for Diamond Broon, the timeshare's richest prisoner – an by a lang road, the maist sleekit.

The metal canister unner his coat suddenly felt cauld as a gun against his skin. He keeked up at the security ee abinn the stairs. Wi a population seeventy percent technofelon, Inverdisney didna thole needles gledly. If the guairds foond the Finnish-wrocht Merk vi experience needle on him, Cutty Boab kent his bahookie wid be on Airdrie Parish within the oor. He unnerstood tae that the ainlie reason he had been employed by the Diamond wis that, nae maitter the end-up, Cutty Boab wid keep his gub shut.

The pouer o Diamond Broon's siller wis world-kenspeckle. On

Inverdisney it could mak the strechtest guaird skellie an the sweirest inmate heeligoleerie. On the Parishes it rummled up honest provosts' douce-like dreams. It gart fattygus commissars jink up an doon like ferlies. It bocht the nieves an bitts o professional pus-punchers an chapped on doors in the bleck o nicht tae visit auld freends blate wi a favour or debt. Broon's riches raxed across oceans, intromittin wi governments on island states fae the Andes tae Kabul. He owned aw that wis left o Madagascar an had a billion ells o real estate on the planet Mercury.

Every chancer on Inverdisney wis hotchin tae work for the Diamond. He peyed miraculously weel ony gadge he alloued near him, but the darg wis ayewis dangerous. Broon had awready used fowre men tae try an pauchle him in an experience needle: twa o them were soomin in dung on Airdrie; ane had lost a lug an a leg; an the last had been atomically skailed throu-oot the eerie void o cyberspace. Cutty Boab kent the risks – each o the fowre men, at yin point in his Inverdisney sojourn, had been his cellneebor.

He spelled the final step an broostled owre the landin. The deal sae far had gane couthily. He had been neither semmit-searched nor stapped. The guairds had haurdly even keeked at him. He shauchled up tae the Penthoose Cell door. Sawney Ip wid be waitin on him wi aw the equipment redd up. Hans Cairns an Mojo baith kent whit tae dae. Cutty Boab wis in for an extra thoosan tae skelp Ip if he shawed ony sign o bauchlin. There wis tae be nae carfuffle. It wid aw gang smooth an in an oor he wid be doon in the Piazza, streekit oot in a hammock, sookin a cele-bratory pina colada.

Cutty Boab flitted the experience needle fae the metal case taigled in his sleeve tae the closed loof o his richt haun an, wi his left, chapped hard on Diamond Broon's door. Sawney Ip's sham-gabbit albino gub flichered up on the clype-screen biggit intil the waw.

'Hae it?' Ip's question skirled oot at him throu the monitor speakers like a chookie's skraik.

'Let us ben, pea heid,' Cutty Boab gurred intae the screen.

The doors skittered meekly apairt. Cutty Boab stramped in. Sawney Ip's shairp skelf o a neb wis immediately in his face. 'Ye hae it? Ye goat the ...' Ip broke aff, supplyin the missin noun wi a nervous joogle o the heid.

Cutty Boab opened his haun an the siller tube's reflection skimmered in Sawney Ip's skeerie yella een. Ip slavered. He hadna seen an experience needle in a decade an a hauf. An auld time cyberspace jouker, Ip kent precisely the kind o galaxies an constellations the needle could hurl a body intae. Until the Ceilidh grupped him in 2075, Ip spent five hunner oors a month jagged intae VINE flittin fae yin hamesite tae the next howkin priceless credit info as sonsie as a bummle bee amang flouers boakin wi pollen. He kent, tae, the punishment drapped doon on unlucky cyberjoukers' heids. The World Technocrime Fiscal immured the rich anes at timeshares like Inverdisney, denyin them cyberspace access for life. Maist had enough pauchle hiddled awa tae buy a bunk at a sewage internment ferm. The puirest sowels, poued oot o a mission by Ceilidh athoot scorin a bodle, had tae ligg the lave o their days at Submarnock in plestic bubbles on the sea bed. The first law a cyberjouker learned wis tae mak a bing o siller afore the Weirds conspired tae caw the feet fae unner them.

Sawney Ip took the canister aff Cutty Boab. 'Where ye git it?' he said, a reverent pech intil his voice. Cutty Boab's motionless glower admitted ainlie that he wisna gaun tae tell him. Smugglin in an experience needle cairried a snell penalty. Cutty Boab had tae be canny. Juist for haunlin it, Ip wid likely be transported tae a rocher timeshare prison regime, mibbe at Kilimanjaro or Popocatepetl. Even Broon, his trenchers groanin wi enough siller tae bield him fae the Technofelon Coort's wrath, wid be made tae thole some discomfort, if it wis proved he had compluthered wi the inbringin o a needle.

A door opened ahint Ip an a big albino pow set on braid sealskin-cled shooders breenged oot. Mojo, the Diamond's unfleggable Inuit bodyguaird, flexed a beefy fingir at Sawney. 'Boss say git erse in here.'

Ip snecked the needle canister tichtly in his loof then sleived past Mojo's considerable bouk throu the inner door. Cutty Boab tried tae follae him but the Eskimo pit a muckle paw tae his chist. 'Here siller.' Mojo pressed a gowd metallic caird intae Cutty Boab's haun. Cutty Boab smiled, thankin him wi a bumbazed glower. 'You shoot craw,' Mojo tellt Cutty Boab, an wi a sturdie foreairm flung him heelstergowdie oot the penthoose cell door.

Mojo negotiated his three hunner poun body back intae the Presidential Chaumer.

On a bleck leather orthopaedic chair, his lang lyart hair poued back intae a pony, Diamond Broon lay gelled up for his illegal sortie cyberside. Hauf a century o radge excess had scrievit deep lines on his shairp aquiline face. Owre his sixty-nine-year auld hurdies, he wore a pair o rived blue 501s. The sleeve o his Oasis 'Goodbye, Planet' World Tour sweat shirt wis rowed up tae the oxter o his richt airm. Dr Hans Cairns knelt aside him, reddin the experience needle wi fluid on a bamboo coffee table. Sawney Ip stood, heid boued, at the fit o the stairs on the wrang end o a tongue-skelpin fae the Diamond.

'Ah hae investments here, Ip. Ah'm makkin a journey, dig? Ah hae a CCTV director an actors pented up tae look like you an me hingin aboot in a suite like this ane, waitin for the word, ye git me? The Diamond peys guid siller. He pits his haun in his pocket. At this moment, ah hae hauf the prison population o this hill on ma books, dig, ya wee skitter.' Broon didna raise his heid tae keek at Sawney. 'An you staun in ma hoose, slaverin owre ma needle, wastin ma time; flingin awa the piddly wee bit o life ah hae left tae me.' He flitted accents tae DJese. 'Me da Diamond Broon am sixty-nine year, man, three hunner sixty days auld. He am burthday next week an you no be gittin no cake, wee freend, if you scutter wi ma life again.'

Broon aimed a remote control at the windae. The petals o antique venetian curtains drew sedately thegither, closin oot the Dryland vista o moontain heids, tropical ocean an sky. He sat up an spat oot his expensive porcelain wallies intae a bool. 'Is ma navigator redd or whit? Did ye gie ma chip the richt Ingang coordinates?'

Sawney rugged the cover aff a roch oot-moded navigation unit. 'Ay, the chip's goat them.' He keepit his een thirled tae the flair. He wanted tae recommend that the Diamond venture oot wi mair modern technology but he kent he wid live langer keepin his gub shut. 'Juist the destination ref, boss. Whit raga quadrant are ye gaun tae?'

'Naw, naw, colostomy boy. Thon information's for me tae ken an you tae fash yir fuzzy logic tryin tae fin oot.' Broon shauchled himsel intae a mair comfortable position in the chair. 'Space,' he said, enthusiastically. 'Ah gotta git me back tae Space. Doc, ye ready?'

Dr Hans Cairns nodded. Lowsin a thermometer fae his patient's oxter, he pit a haun tae the Diamond's broo tae tak a manual temperature. The Diamond skelped it awa impatiently. 'Hou lang, Doc? Hou mony days? Tell me. Dinna you be feart tae tell me.'

Cairns shook the mercury back intil the thermometer's erse. 'The Mole virus is juist aboot feenished its circuit o yir body. Your nervous system which has tholed stage 1 o the disease for forty year will go Senga about fowre days fae nou. An your hert will no survive five minutes wi Senga. I can personally guarantee you'll be deid by the weekend.'

'Ye hear thon, Sawney. A week tae live, an everythin tae live for. Weel, ah'm no gaun oot that easy. Cairns, dinna you dare howk me oot if it sterts tae git radge. Ah'm gaun tae need as lang as possible. An hey, Ip. Dinna you dream up ony ideas o yir ain while ah'm in there, eh. Onythin happens tae bonnie wee me an Mojo here kens aboot a hunner different weys tae pou baith yir heids aff.'

The Diamond wheeched ony residual snochters fae his neb wi his free haun an hoasted oot his final command.

'Pit me in then, boys. Fire ma supreme bonniness back intae VINE.'

Haudin the needle atween a skeelie forefinger an thumb, Dr Hans Cairns jagged the experience fluid intae the Diamond's primary artery. Broon took in a lang sook o air, lettin it oot slow tae skail ony adrenaline gaithered at his hert. Then the auld man closed his een an Ip, Cairns an Mojo stood back, glowerin at his gammy corp as Diamond Broon's consciousness sliddered efficiently intae cyberspace.

CHAPTER 4

Java 5

JAVA 5 spoke first.

'You should be deid.'

Diamond Broon opened his een. The words dinnled like thunner in the space atween his lugs. He couldnae mak oot the voice. It wisnae his. His thrapple wis owre sair for words. He ruggit an rived tae say his name but couldnae. Insteid, he brocht up a lang pech o air that stang his geggie like gasoline.

'Yo, numpty. You should be deid.'

The voice wis like a body cryin til him across a glen. He streetched tae hear but ony meanin wis tint in the brattle o static deavin his faculties. He blenked awa a clat o watter fae the wicks o his een. He couldna see even a cleg o licht. There were a mirkness forenent him his senses couldna rive. Fear skooshed throu him. The darkness wis that how-dumb-deid he couldna tell if the lowp fae Inverdisney tae here had left him staneblin or no. He felt a dirlin in his wame, an somewhere ben in his chist his hert chapped like a haun on a windae.

'You should see your pus. Eh'm video-tapin your pus.'

This the Ingang then. The auld man cowked. A haill ten year since he had last lapped up the caller breeze o a VINE entry. He minded somehow that he yaised tae look forrit tae the Ingang. It wis aye a rare respite. A wee blink o time in atween Warld an VINE when a carle could disengage fae the keech inside his heid an allou the whudder o pure energy tae scoor oot the midden o his sowel. But this. Boak jibbled up intae the auld man's mooth. This wis sair.

'Hoi, sna-ba. Cannae sell the cou, then sook the mulk. Your burth-mither no tell ye that?'

The voice wis a stramash o soonds. The auld man could

jalouse fae it nae sense. It micht hae been thon o a freend raxin til
him a helpin haun or a hoodie craw steerin him the wrang wey. He
couldna tell. The hurly-gush o noise raired like a river roon his
face an he felt hissel slidder in an oot o consciousness. The arthritis
in his airms wis stertin tae puggle him.

'Wid he listen, tho? Eh? Wis eh no nippin his lug lang enough,
eh? Did eh no tell him he wis aald? Did eh no tell him he wis owre-
ancient fur this?'

The words buzzled roon him like bees. He wis dooked in a
dark place an had sma sap in him tae win oot again. His heid
reeled unner a whirligig o sensations, raivellin him, burlin him
roon, dobbyin him o the chance tae think. Sternies brust afore his
een. Rheumatic trauma flittit throu his upper chist. His neb
dreeped. His bauchled wame gowped wi spurtle grups o pain. A
lowe o panic kittled in his hert. VINE wis chowin him up.

'Happy burthday tae you, stick yir heid doon the loo, you reek
like a monkey an ye stey in a zoo.'

He hoastit up anither slaver o vomit. His mind wis a scrammle
o names an faces. Mojo's plookit gub whippin roon tae pan in the
door chip o Penthoose Cell A. Sawney Ip pentin the een o the
security monitors wi bumbazer ink. An Hans Cairns, the clarty
auld penitentiary neuroquack, howkin a green mannie oot o his
neb afore dichtin the needle on his sark sleeve an then jaggin the
experience fluid intil the auld man's jugular. The last ten seconds
o his life. A blur. A guddle. A licht gaun oot.

'Initiatin final phase, if ye're intressit. Dinna bite yir tongue
aff, eh no. An hey, try no tae fuhl yir breeks.'

He made oot a word at last – breeks. Funny that, he thocht.
Why wis breeks gittin a mention? Whit kinna character wid come
oot wi somethin like that doon here? The auld man suddenly
recovered a daud o memory fae somewhere far ben inside his
taigled brain. Whit kinna character? Christ, ay. The Java unit.
That wid mak sense. Thon wee. He wis gaun tae. Wait til.

Afore he could pou the thocht thegither, his body wis grupped
by undreeable pain. A thrawn energy skited doon his spine an dirled

throu him like a surgeon's drill. His nerve-ends fizzed. His bluid seemed tae bile. He felt terrible claws rax intil him, tear awa his trolliebags an wi an unco force, sloch his haill body oot o its skin.

'Still wi us, grandad? Yir chuckie stanes no drapped aff yit? Never you mind. Here comes yir new erse.'

He gowped as a flamagaster o cauld air splattered aff his chist. Luminous flechs flitted roon him an the pain stertit tae slowly sype awa fae his wame. He gied oot a loud pech o relief. Jesus gret, he sabbed an breathed in a shairp lungfou o air. Thon wee scunner had taen its time, but.

His body hottered wi colour. He wore roon his shooders a hap o gowden licht. He heezed up an airm. Fae oxter tae elba, it chittered wi glyphograph sinews an speedar pixels. The back o his left haun wis a VDU screen that scrolled doon in seeven languages. It tellt him his hert rate an the proximity o ony military debris. The auld man jouked inside his new skin. It wis sair tae move aroon in. The serf body hingit on him like a suit o weet claes. It nippit his scalp. His chist wis a semmit o pain.

'Come on, ya bleck-hertit geriatric kerter o keech ye. Git yir fingir oot.'

The pouer o speech wis sweir tae return but at least his lugs wis nou declartit o static. He could hear fine. The rammy o soonds bizzin roon him wis configurin back intae words.

'Heh, ersie-pus. You're nothin but a corp lookin for a kist. An ken whut, ya doo-dobbered nyaff, eh hope ye find it.'

He lauched an hoastit at the same time. Thon wis a voice he couldna misken. Java 5. His carnaptious virtual navigator. The wee. He should hae kent the chip, neurologically thirled tae the cortex on his RealTime body, wid yaise abuse tae revive him fae the Ingang. Try tae flyte him back tae life. An enjoy it tae. Java 5 had been crabbit aw moarnan. The thirty year auld navigation system hadnae waantit tae budge fae its energy poke. Sawney Ip had had tae rooze it fae its sleepfast wi an electronic data prod an for the time bein, the auld man wisna the Java's favourite china.

'Ya lowpin pan o mince an ingans. Ye bring us aa the wey

doon here tae this midden an aa ye can dae is hing there like a reek
athoot a lum. Come on, ya guttie. Ye windae licker. Coonter-lowper.
Bubbly bairn. Burst pipe, that ye are. Ye're nothin but a cloot-
wearin, neep-nebbit breekless poke o pish.'

Diamond Broon spoke next.

'Shut yir pus, plastic baws.'

Broon's voice wis roch an laich. He liked the soond o it. Then
his senses returned tae him wi a skelp. The reason he had made the
dangerous lowp fae the penitentiary tae VINE immediately bleezed
bricht again in his mind. His goal wis simple but the road tae it
fankled an complex. He couldna allou himsel even a second tae
relax. He wis hirpled by his age, his thochts werenae as gleg as
they could be an he wis eident tae git back tae the pen afore
Ceilidh Control jaloused he wis gane.

Broon nairrowed his een. The aye-chyngin colours o his virtual
corp emitted a sma glister o licht but ayont the incandescent yellas
an blues on his foreairm an haun, he could see nae mair nor twa
yairds. He seemed tae be in the hert o a void. The darkness
sclatched aboot him like creesh. This wis wrang. Nane o this wis
wice. Whit wis Java 5 playin at, formattin him up sic a dreich
close? Fear begoud tae skite throu his bluid again. Panic pugged at
the shirt tails o his sowel.

Broon focht tae canny his nerves. Slowly an idea come hirplin
ben intil his brain. He wis aye in the leeside o the jammer signal.
Thon wis how he couldna see. He imaged himsel forrit hauf a
micro league an, as his vehicle body shoogled alang throu the dour
gloaman, his senses wis suddenly whummled by strang hard licht.
Broon stapped. The fourth craw wisnae there at aw, he whustled
throu repro polythene wallies. He stepped haufwey oot o the
Ingang's jammer shadda an his pus runkled up like a new-born
bairn's against the fierce bleeze o cyberspace.

The haill o VINE hottered afore him like a galaxy. Broon's
wame tummled owre itsel fae the sudden sensation o weeness.
Lowp ma banes an sook ma juice oot wi a straw, he thocht. He
lauched an made mock feartie noises as he glowered roon VINE's

muckleness fae the perspective o his hunner percent repro body hingin unsupportit in the infinite electronic midden o virtual space. He kent this sicht weel. This yaised tae be his hoose. This wis where he yaised tae boogie.

A communication midgie skited past his left lug. The tail lichts o virtual tellers an bee-bop engineers wis visible in the distance flittin atween Microdance information bastles. Aw aroon him, VINE bizzed wi life. The twin pyramids o CitiCorp an Holiday Inn hotched wi data. Route 7 cairried human an non-human transactions alang its gowden vennels fae Andrew's Square tae the faux Da Vinci terminals o Wall Street. An ahint the higgle-piggle o the commercial quarter, Broon saw the VR environment that had gart his dreams sae fleerie an sair every nicht for ten year – the dour unfantoosh entrance tae Tron.

A cauld blatter o memories howdered throu his mind. Tron should hae been his brawest oor. The moment the bairns o the West shed their glaikitness an boued doon tae DJ Double D Diamond. Broon resiled frae the thocht. Tron wis the electronic data vault o the Ceilidh's narcotic division. He had been grupped by Ceilidh operatives ettlin tae access, unfankle an cowp Tron's truth engines fae a sub-asian hideoot on Happy Day ten year earlier. Broon glowered dourly at the dreich uncouthie virtual fortress. He kent the place like the feel o his ain skin. A boak gaithered momentum in his gullet. Tron wis a sweir kitchen where pain an personal bogles hung oot an pairtied.

His VDU wis cheepin oot an alarm an Broon come back tae his ain corner wi a dunt. The Ingang's implacable jammer signal, which until this point had bielded his VINE entry fae the Ceilidh's electronic een, wis mizzlin awa. Broon wid be oot in the open, his erse as muckle an apparent as the fou minn. His mind clicked owre. They wid ken he wis here. Inverdisney. The Ceilidh. Worse even than them, mibbe. Smerten up, boak bag. Screw the heid.

'Java 5. Location report. Damage break-doon. Chairt me a course oot o here.' Broon's commands wis met wi a skirl o static. 'Repeat. Location. Damage analysis. Pit the map on the screen.'

His words brocht ainlie silence fae Java 5. 'Chip, where am ah?' Broon yelloched, a pech o exasperation in his voice. Nae response. The navigator somewey had taen the humdudgeons wi its controller. 'You're nae help,' snippit Broon. He didna want tae be fashed sookin up tae the sweir Java unit.

He consultit the screen on the back o his haun. It brocht up a visual o Broon's virtual corp stacherin alang a dementit route, kickin up ahint it a stoor o electronic activity. Broon's illegal Ingang tae VINE wid be showin up like a sair thumb on every buhlitt-heid security guaird's monitor fae Grimselpass tae Yosemite. The VDU could furnish him nae new information. He needit tae ken his position, jalouse which road tae tak. He couldna think strecht. His mind wis happed in grey fug. He had aye been able tae calculate trajectories an redd cyber routes afore, juist in his heid. He ainlie ever spoke tae his navigator when he wis lanely or in the sairest emergencies. Broon didna want tae admit it but he couldnae dae ony o this the day athoot Java 5.

'Chip, come on tae. Ma heid's lowpin. Dinna mak this ony dafter than it has tae be. Git us oot o here.'

The virtual navigation system offered nae reply. Java 5 had a sweir an complex personality, its circuits a mixter-maxter o a haill radges' gallery o turn-o-the-century Flemish-American video jocks. Broon had bocht the system for buttons langsyne at a polis auction in Europoort an had aye lapped up the Java unit's rauchle-tongued patter. But nou, weel past its 500,000 macros slip-the-grip expiry date, the croose auld system wis mair an mair ersit gettin, an, at the present moment, really stertin tae nip Broon's ingans.

Broon peered oot intae cyberspace. Doon, he thocht. The place he socht maun be doon. He couldna be shair, but ken, he had tae try. Haudin his braith, he imaged himsel intae a shairp ten thoosan micro league descent but, feart he micht skite throu some unstable war debris or a million volt pouer heid, Broon ordered his vehicle body tae a halt at three thoosan micros.

Ablow him an enormous glen o darkness spreid oot in aw the airts. Broon glowered intil its depths but couldna discern owre much fae the impenetrable mirk. Muckle unkenspeckle shapes soomed throu the glaur an fent gleeds o licht, flichterin far ben in the pit o scugs an shaddas, lowed like the een o predatory baists. Broon kent whit he wis keekin at. He wis gawkin intae the hert o Cowp.

Unco things bade there. Unraivelled technologies. Non-degradable military saftware. Blootered adventure-capital projects broukit, buried an left there tae beal on the wrang side o reality. It wis the midden o the new millennium where the flingawa virtual-tattie society up tap drapped its keech syne opened its gub for mair. Broon, in the past, had haen nothin tae dae wi the place. It fizzed wi radiation. Virtual pirates an rebel tourists maintained enclaves doon there. Broon, that kent every twa-bit neuk an cranny o VINE, had ayewis left Cowp alane. There wis never ony siller tae be grabbed fae Cowp by a caballero like Broon; juist fear, a skelped ja an mibbe an early kist.

But nou it held in its ill-cleckit cleuks somethin byordnar. Broon's ainlie hope o survival wis yirdit in the laich chambers o this heaven-forleeten quadrant. He had invested heavily in yin last thraw. Diamond had siller posed, frae his Lugdrug patents an DJ royalties, in secret credit bings in every Aquabank fae Colorado tae the Chinese Highlands, an twa days ago he ordered his heid accoontant tae close them aw. Broon had then poued in favours fae a haill ragbag o felons, internet joukers, commissars an lawyers tae pey aff his brither inmates Mojo, Ip an Cutty Boab, cover Dr Hans Cairns's medical bill, gie wheesht-money tae seeventeen Penthoose A penitentiary guairds, a film director fae Hub, a VINE supervisor an an Ingang operative at Ceilidh Control doon at Port. The prison bletherers' silence had been bocht. The richt loofs had been creeshed wi siller. The Diamond wis in, the ploy stertit. Aw he had tae dae nou wis track doon his fugitive ex-pairtner, James Sark.

'Chip. Ah'll no ask ye again.' Broon tried tae smoor the anger intil his voice. He wis sweatin the computer micht tak a croose turn an switch itsel aff in the huff. Athoot his navigator, Broon couldna dae much mair in his virtual corp nor waggle his wallies. An he wid never locate Sark in the labyrinthine Cowp on his ain. 'Can you tell me oor present location, please?'

'Awa an bile yir hump, ya greetin teenie, yella bluidit, spuggie breistit wee skelf ye.' Java 5's mood wisna ony cantier. 'Ye're like a plook aboot tae go aff. Whut an erseless, bawless, nieveless nyaff. An there wis me, fur a haill fufteen hert-waarmin seconds, ackually feelin sorry fur ye.'

'Come oan.' Broon could clearly hear the wheedle in his ain voice. 'There's nae need. We're in this thegither. You an me. Juist. Juist git us the hell oot o here, wull ye?'

'Whut dae ye mean 'we', peeliewally pus?'

Java 5 wis takkin nae prisoners.

'That's typical, is it. Is that no exackly whut eh wis talkin aboot?' The Java unit's soor words come gousterin throu a microphone programmed intil the lug o Broon's virtual corp. Its computer had owre-ridden the volume control an it seemed as if the sleckit voice wis comin fae inside Broon's heid. 'Ye haal his shilpit aald kirkyaird deserter banes oot o the deep freeze an he cannae even tak the time tae v-mail a thank-you-you've-been-bra-you-can-save-meh-greetin-erse-ony-time globogram, can he.'

Broon langsyne wid hae tholed the Java's blaw an even gied some o the banter back. But the pair o them had ainlie ever been ben the VINE tae rip aff data stores an dobby info-vaults. An aw that wis up in the Firth, the open sea. The day, it wis different. Broon hadnae had a guff at cyberspace for ten year. Nane o the twa o thaim had ever been doon intae Cowp afore. Java 5's knowledge kist wisnae even wired for this century. An this tour wis aboot mair than juist money. Broon couldna lick the Java's dowp forever.

'Chip. Yir patter's mince. You couldna navigate yirsel roon a dub o yir ain pish, an ye're aboot as much use as solar panels on a mowdiewart's erse. Location report nou or your tin hert's gittin broke up an flogged for monkey blades.'

Broon's lug wis immediately bizzin wi anither blouster o deid-century rhetoric. 'Dinnae hurt us, eh no. Eh didnae mean it, like. Ken, eh'll no dae it again. Wisnae me, onyweh. Eh never done nothin. Whut are you trehin tae say? You lookin at me? Eh? You lookin at me? Or are you chaain a brick?'

'Chip, where the hell am ah?'

'Dinnae you pee a hole in yir punders nou. Ye dinnae need skiddle yir scants juist yit. You're no gittin a peep o data oot o me until Mr-Aamichty-an-Heich apologehses fur...'

There were a milli-daud silence, a wheesht o static, like a TV signal flittin fae yin satellite tae anither – Broon assumed it wis Java 5 wheekin throu its info-base for the next roch word – afore the navigator's voice breenged back in a hertbeat later, clear an strang.

'Quadrant 100, Raga 9.'

Broon flenched, no shair he wis hearin richt.

'Repeat. Quadrant 100, Raga 9.'

The Diamond foond it gey near impossible tae credit. This wis athoot precedent: a windae o cooperation amid the on-ding o abuse. He had mair or less written aff at least anither twinty-thirty RealTime seconds o slaverin an greetin afore the coorse auld unit's ego wis sooked dry. But here wis the Java leein doon, hoastin up coordinates an hingin on for its orders like some clappit dug.

'Repeat – aald shoot-neebor o mines – Quadrant 100, Raga 9. Please let dab your destination reference."

Java 5 didna navigate like this. The unit never jinked aboot efter him. It wisnae programmed tae. The Java ran on experimental 2020 persona saftware, popular wi VINE jockeys o the pre an post generations. Its intelligence engine wis designed tae be pernickitie; Java's composite Flemish media diva personality wis instructit tae be aye scartin its driver's lug wi carnaptious Europoort patter.

It wis this inbiggit sweirness that had caucht Broon's ee at the dobbied-gear auction in Holland thirty year langsyne. Its ersit cynicism gied it the edge owre newer, mair swippert an reliable navigation systems. The unit didna aye dae whit its fallible, shooglie-hertit driver tellt it. Java 5 lippened til the rhythms an logic o cyberspace an could ootrun, ootlearn an ootpauchle the maist thrawn scud-proof line o infobank defences. Java 5 aye got Broon where he wis gaun, but no athoot a stushie an never athoot a fecht.

'In twa RealTime seconds, Kilimanjaro wull ken we are here. McKinley an Titicaca are fowre RTS awa an Yangtze Delta is six. Neebor, eh need yir reference nou.'

Bumbazed an vexed tho he wis, Broon kent he had tae budge. VINE's een wis closin in an nae maitter whit had brocht it on, he couldna afford tae perish the Java's bonnie mood. Quickly, he faiked throu his ain bane hoose o memories for coordinates whuspered intil his lug ten year syne by Sark twa seconds afore the Queen o the Fjords disappeared intae VINE forever.

'Quadrant 1 minus, Raga constant. Tak me doon, chip. Tak me tae the Café o the Twa Suns.'

Broon checked himsel. Wrang, he thocht. Whit a bauchle o a cliché. 'Tak me doon. Tak me tae the Café.' Where did thon come fae, ya chuggie-chowin, bed-drookin grandstander ye, as Java 5 wis boond tae cry him nou. He could boonce his foostie platitudes on the likes o Ip an Cairns but he wis stane-shair the unit's soor degraded silicon sowel widna let him awa wi that ane. There wid hae tae be a wappinshaw o contempt an, afore onythin else could be accomplished, anither bairnish roond o bawlin an greetin an hingin the cat, an aw the time Dr Michael Santos, governor o Inverdisney Timeshare Penitentiary, wid be getting clypes richt, left an centre fae Broon's chib neebors in Block Hoose D. Broon hung a lang mooth an waitit on the fresh stoor o abuse fae the Java.

But nane came.

Insteid, a voice, aw hinnie an jo, burred in his lug. 'Chum ye doon, big guy.' Java 5 had awready initiatit virtual descent an Broon's consciousness, happed in its pixel-plookit vehicle body, wis drappin throu the cyber void intae the eerie bleeze o Cowp. 'Waatch hou ye gang nou. Mind an swallae regular-like. We dinna waant yir lugs poppin an you takkin the bends gaein throu the Quadrant Meridian."

Broon's hauns wis bleezin wi bricht new data screens: his

airms wis a jenny-lang-legs o traivel codes an cyber routes. Broon couldna gaither himsel. He wis mair nor a wee thing taen aback by the navigator's canniness. Java 5 couldnae hae been couthier. This wis the first non-crabbit exchange in thirty year o stravaigin Auld Nick's scullery. Some kinna malfunction, jaloused Broon. A brekdoon. Auld age, even. A hairy hauf-oor o senility an sweetie mooth slaverin afore the scagged-oot chip finally shot the craw awa up tae the great circuit board in the sky. Wis the Java feart, tae? Wis the system hotchin tae git the job owre wi an skite back tae its clarty warm energy poke? Mibbe his auld cronie wis haein a mystical oot-o-program experience. Broon shook his heid. Couldna be, he thocht. Micros had nae breeks tae keech. Navigators wis biggit tae ootlive God. An units like Java 5 never ever went wrang.

'On your left, you wull see a cluster o lichts. Thon is the central pouer heid o the VINE energy tariff. Please dinna keek at it owre lang. The licht contains hermful UV rays which could damage your retinae. Ony injury wull transfer tae your RealTime body.' Somethin here wis bowffin. Somethin aboot the haill thing reeked but Broon had nae time tae jalouse where the guff wis comin fae. The central port o Cowp wis openin up ablow him like a gub fou o yellae teeth. He checked the screen on his foreairm. On the haill view monitor, he wis nae mair than a speck o clart. The braid expanse o mawkit semi-opaque licht hotched at his feet syne swallaed him like a flech. Broon took in a lang sook o air an let it oot slow tae skail ony adrenaline gaitherin roon his hert.

Hans Cairns an Sawney Ip, glowerin at Broon's gammy body back in Penthoose Cell A, wid ken he wis enterin Cowp.

CHAPTER 5

Senga

PAOLO NASHED ACROSS THE marble flair o the Rigo Imbeki Bienvenue Foyer an stapped at the slidderin-doors merked *ootgang*. He glegly rowed his jaiket sleeves owre his bare airms, poued his hauns intae plott-free cotton gloves an unfaulded a blue keffiyah, then wrapped it roon his broo an lugs. Hap up weel, young man, his Realschule teachers had aye tellt him. Hap up weel.

A bust o Rigo Imbeki stood on a pedestal aside the door, the pawkie West African heid gowkin at him as he redd up for Saul. He wis nae drochle, thocht Paolo, jibblin Factor Gowd Twinty intae the exposed neuks o his face. The sculptor had been guid tae Imbeki, blissin him wi finely chapped features an the snell imperious glower o a Lord President. Imbeki wis Port's premier loun. He wis gadgie o the year every year. Naebody had mair honorary degrees or keys tae cities than Rigo Imbeki, the hummle Kirkcaldy Parish electrician whase foostie white banes liggit on Gallery 1 in ben Kist 1 in the twa-thoosan storey Medical Center that cairried his name. Efter fufty-echt year, wi his Jean or Jock Doe probably deid an langsyne incinerated an nane o his kin left livin tae care, Rigo Imbeki's hert continued tae dunt, his ayegaun pulse a peerie whisper in the clatty Port nicht.

Paolo's thochts flittit tae himsel as his een scuttered owre Rigo's stane face. He had hoped he could hae had the Doe ID'd afore Nadia's personal fortune wis slaistered awa in legal fees. He hadna ony siller o his ain. His Aquabank accoont wis as toom as a saun-pit kailyaird. Clart Central peyed him juist enough tae keep him in watter, air an soya pieces. Altho he managed tae scart thegither the seeventy credits each week for a bonsai rose, his bauchled symbolism widna help Nadia nou. He wantit hame tae his bunk on Andrews Parish tae think.

He passed unner the argon *ootgang* sign an smertly clapped his Sting sunglesses tae his een. Even ahint the strangmax ultra-v lenses, his retinae flenched an nairrowed as Saul's blinterin rays bluffert his face. The doors hished shut ahint Paolo's back. Imbeki Plaza's bleeze-white flagstanes burned in front o him. No even melanos wid cross the Plaza at noon. Paolo the day had nae choice. Bouin his heid tae the sun, he breenged intae the blizzard o licht.

He had a twa minute wait at the funicular rank. Paolo seched impatiently. There wisna a dud o shade aboot the wait station. He couldna bide lang in sic strang sunlicht. Saul, scuddin doon fae the dreich heavens, clapped his shooder like a polisman's rauchle haun. Paolo wis a bona fide Port albino, ane o the peeliewally sixty percent that had tae couer twelve oor a day in the lee o John Jacob Tassie anti-v Shields, the ubiquitous gless filter membranes that hingit like muckle insect wings owre each island Parish. He wis a prisoner o the gloaman.

By bairnish lack o care, he had took skin cancer five times as a wean an twiced in his teens. Scars fae auld ops happed his airms an back like bleared tattoos. The evidence o corrie-fistit kitchen flair surgery wis scrievit owre his face. Aulder nou an less glaikit, Paolo kent tae aye cairry a cancer kit. Altho, as a janny, his official remit wis tae howk aroon in the darkest o Port's unsavoury neuks, McCloud never let him mowp lang in the shaddas. Clart Central ordered him oot every day intae Saul's lethal licht an by necessity he had had tae learn the canniest wey tae rive oot melanomas hissel.

Paolo slabbered anither haunfou o sun cream ontae his cheeks. Clart Central widna lea him alane. McCloud wis the dug that had Paolo atween its teeth an he unnerstood the state widna stap until his banes had been chowed tae a fine pouder. He had, thir lest ten year, tholed the sairest o persecutions. At the trial in 2081, the incumbent Technofiscal had made it kent he wantit his bluid but his lawyer, a freend o Nadia's, had bocht him oot o a hunner-month solitary in a sea-bed bubble. Paolo minded the fiscal's lug-tae-lug grin when he demanded in return that the boy dae twa year wi the Amphibian Fusiliers, the rochest regiment in the Port Naval Service. Every day o his twelve-week basic trainin, Paolo had his bahookie flung aff battleships intae the hotchin ocean an his heid held unner the watter until he near enough growed a set o gills. He served in the Malaysian an American Oceans, soomin undeemous distances tae cowp destroyers wi barnacle-mines or foregaitherin wi foreign amphibian regiments in midnicht lagoons tae fecht tae nane had air in their body.

When his time wis served, Paolo won himsel nae ribbons or purpie herts. Nadia, by then a weel-up corporate lawyer, bielded him three sweet sonsie year fae the snell world until Senga pit her in a kist. Paolo wis poued back in by the cleuks o the state tae a janny's job at Clart Central. They alloued him ainlie limited access tae cyberspace, juist enough tae howk oot ony debris drapped by bummlin data mechanics. An every nou an then, they sent him oot efter some homicidal awa-in-the-heid Dane they needit brocht back tae feenish a shift cleanin cludgies at ane o a wheen executive hotels. He had jaloused by himsel a lang time syne that a haill raik o Port heidyins wantit him deid. Happy Day, perpetrated a decade syne by Paolo, the Diamond an his faither's orra ex-pairtner Sark, still sooked siller daily intae a bleckhole fae an unstappable gaw in the world's cyberspace economy. Paolo kent he wid find nae lug on Port sympathetic tae his seik wife's plisk.

He eidently stuck his heid owre the Plaza's edge tae see if the funicular wis comin an a blooter o foostie warm Port wund caucht him a clour in the face. His sun keffiyah jinked aff his broo, exposin a peeliewally neck. A stoorie skelf foond a dreel intae his Stings an nettled his een. A thoosan flairs up, he pit a nieve firmly roon the haunrail tae wheesht ony vertigo an skellied throu the glare at the panorama o Montrose Parish spreid oot afore him. But the Port heidbummers widna kill Paolo theirsels. Inscrievit tae the Constitution wis the sanctity o human life. It whummled aw ither laws. The Senate Hoose on Inverness Parish, hotchin since Port's inception wi Anti-Skelpers, Unco-Guiders an Abolitionists, had wrocht legislation forbiddin the execution or assassination o ony its citizens – murderers, rapists, cyberjoukers includit. Agents o the Port Authority an its polis service, Ceilidh, had tae uphaud this precept, or dree the consequences.

Nane wid greet, howanever, if Paolo met wi some dreidfu amshach tryin tae arrest a rogue Dane. The Port Authority liked tae keep Paolo snowkin aroon wanchancy airts like Favela Copenhagen. The Scandics wis twice as muckle as orra Port buddies an ayewis cairried a fireairm somewhere aboot their owre-lang person. The policy wid eventually pey aff. Broon had tholed the danger a guid time nou but the odds were shorter gettin that he wid continue tae win oot o sic places wi his erse in yin piece.

On his left, Mermaid Boulevard birsled wi traffic. It seemed that the blisterin January temperature had cawed the haill onParish melano population oot o their dour apartments tae reel an salsa on the caller-conditioned esplanades. Albinos sic as Paolo jeeled their hooses up like fridges an pit their heid in the icebox in weather like this. He didna want tae warsle onybody the day, no wi fufty-fowre degrees on the thermo clocks.

Peerin doon, he watched the heat hotch like snakes in the toun's squares an cross streets. His een follaed the strecht line o Mermaid tae Lauder, a braid thoroughfare that sned the Parish physically an socially in hauf. The Rigo Imbeki Medical Center, squattin on its enormous hunkers, riz up like a ziggurat in the hert o Old Montrose, a quarter inhabited by sixty thoosan Angusese. On the ither side o Lauder were the Danes. An Lars.

The gaitherers at Clart Central wid hae Lars's biorhythm chairt up on their screens. Their client, Lars Fergussen, maun be giein aff some gey radge vibes for them tae fash McCloud wi it. Paolo kent this particular 'client' awfie weel. His wis a regular coupon doon at Central. Paolo had first socht an injunction tae tag Lars five year syne an, as a Dane, he hadna the siller tae buy himsel oot o the programme. His hert an heid were wired tae Clart Central an whenever Lars wisnae feelin like himsel, a janny, usually Paolo, wis sent tae recover him.

A funicular shoogled tae a stap aside him. The doors o the reid cylindrical caur hished open an the funicular auto-clippie inhumanly gabbed its destination, 'Doontoun'. Doontoun wisnae where Paolo wantit tae gang. He needit Aarhus Drive but wis owre throu-ither wi the heat tae argue. Imbeki Plaza didna hae the benefit o ootdoor caller-conditionin enjoyed by the laich dwellers doon ablow. Paolo stepped smertly intae the caur's cauld air an shawed the com-tattoo on the back o his haun tae the clippie screen at the door. 'Doontoun in fowre minutes, thirteen seconds. The city wishes ye a braw commute, Citizen Broon.'

The caur stottered aff the edge o Imbeki Plaza intae the gousterin sea wund three hunner metre abinn the Harry Lauder Expresswey. A siller monorail, sklentin doon towards the stramash o weescrapers an touers, bore the reid oblong caur ontae its back. Paolo, no wantin tae git owre freenly the now wi ony great hichts, stood awa fae the funicular's surroond gless windae, his hauns restin snodly in the hingstraps. He inhaled a lang braith. The auto-clippie channel wis boakin glaikit infomercials in his lug. Paolo juist needit a minute. On anither day, the hicht widna hae stumoured him. He wid hae run doon Imbeki's fire stairs if he had had tae, or abseiled aff the roof. Altho he wis albino, normally the heat didnae puggle him sae completely. But his heid the day wis no a happy hoose.

Nadia wis alane. Paolo couldna mak room in his mind for onythin else. The virus had her aw tae itsel. He pugged angrily at the caur's leather hingstraps. Athoot the lawyers, he had naewhere left tae gang. The authorities couldna bury a body infectit by *Sangue de Verde*; Senga aye managed tae slidder back up throu the syle an lowp on somebody else. They couldna burn it either. Fire lowsed Senga ontae the wund. Kists o ilka kind had been designed tae haud Senga wi her deid victims but nae human-kent material could contain the metamorphosin virus. Satsuma, the Japanese Funeral Corporation, offered tae yird a *Sangue de Verde* loved yin in space or sen them doon tae the earth's core but ainlie faimlies wi megasiller had sic options; awbody else had ainlie yin.

Senga wis a sex smit, a superparasite that, yince in ben the human immune system, fed aff its host until aw tissue an fibre wis sookit dry or until the host's hert stapped – whichever ane came first. Paolo opened his een an keeked doon the stey brae o the monorail tae the city ablow, smoorin the urge tae turn an look at the monolithic Imbeki Center ahint him. *Sangue de Verde* didna dine on the deid, which made the best cage for the viral scunner a livin human ane. Senga didna leave a body if that body still thrummed wi life, nae maitter hou shooglie the rhythm. Sae the Municipality biggit the Rigo Imbeki Medical Center, a warehoose hospice fou o undeid stookies, aw keepit artificially alive in order tae thirl the virus tae yin body indefinitely. An naebody doutit it hadna been a success. Infection nouadays wis rare. *Sangue de Verde* flung a wee-er shadda owre Port's new generation o bairns. But for the anes in the kists on Imbeki's dreich galleries, licht wis a phenomenon ootside their ken.

As the funicular cabin cairried him tae earth, Paolo glowered doolfully doon intae the Danish Quarter. Reek fae street fires spiralled up fae the midden o skellie skyscrapers an burnt-oot walk-ups. Saul's heat had runkled the Quarter's cheap Kenyan Desert UV reflectors, roostin them broon an auld in sair contrast tae the Angusese's wallie white adobe villas across the Lauder Expresswey. Owre on whit looked like Brondby Row, Paolo picked oot a Ceilidh demolition team fixin tae seal some puir suspect's hoose wi dynamite. A polis siren gret somewhere on the Soothside. A gun fecht seemed tae be in progress at Odense Square. Paolo run a haun owre his day-lang beard. Lars wis doon there in that bilin cauldron o fashiousness an hate an aw McCloud wantit Paolo tae dae wis grup Lars, issue the gallus truant a croosely-wordit verbal warnin, then chum him back tae his shift scourin oot executive cludgies at the Montrose Hilton. Paolo ayewis foond it hard tae jalouse a strategy fae McCloud's logic. The sicht o a Clart Central janny yettcrashin a weel-known psychotic's latest lunatic hogmanay wisna exactly guaranteed tae mak the twa-metre high homicidal Dane reach for his peenie. Paolo's chin drapped ontae his chist. McCloud an Central could baith buy a wan-wey ticket tae Freuchie. He had nae sap left in him tae care.

The funicular shoogled him cannily doon the siller monorail threidit atween Montrose's thoosan-storey buildins an he stared wabbitly oot the cabin windae, his mind cawin him awa fae Lars an back tae Gallery 1083. Aga's snell words tummled owre themsels as he reran their blether. It wis still sae sair tae credit. Her message had pauchled his an Nadia's future o a horizon. He felt the auld ache kittle aneath his cranium. He checked his can o Mowdy peels. There wis yin left. He wid git his weekly ration the morn's morn at Clart Central, if he lived that lang. A spiritual bleckness had gaithered roon him an seemed tae be reddin tae swallae his drochlin wee life, against which the thocht o recapturin Lars wis nae inspiration tae him tae jouk absorption intae sic a chasm's drumly oorie depths.

Paolo keeked shairply up, his een raikin amang the panorama o Port for the real cause o his sair hert. Ayont the heids o Montrose's corporate touers, Ayr Parish kythed eerily throu the haar. Ahint it, Dunfermline an Airdrie Parishes burled ponderously roond on the midday tide. Paolo's gaze flitted impatiently north tae Portree Parish whase monochrome decks reflectit Saul's carnaptious licht. Then tae Dumfries, the maist northerly o Port's fufteen floatin Parishes, jowin gently its lane on the lown Atlantic swell. An ayont the shooder o Dumfries' metropolis, three hunner sea-klicks due north across the Irish Skagerrak, Paolo could juist mak oot, on the curl o the earth, an indistinct rocky slaver: the Drylands.

Paolo's een glessed owre. His cheeks hotched an he felt his tongue nae langer weet in his mooth. The Drylands wis the hoodies' retreat, a corporate playgrund for the rich an fozie, sned aff fae ordinary Port buddies by the birslin, mantis-infestit sea. It aye gart Paolo grue. But it wisna the croose clan o millionaire provosts sookin malts an claret on the decks o their moontain-tap executive dachas which nipped Paolo. Nor the canty ubercless o lawyers an pus surgeons wi Californian masseuses en suite twenty-fowre oor a day tae smoor coconut ile aw owre their spuggie necks. Dryland wealth didna fleg Paolo. He had yince bade amang them. But n Ben A-Go-Go – Diamond Broon's fantoosh faimlie villa on his private moontain Massimo 7 – maun still be there, altho he hadna been up in owre ten year.

The siller didna mak Paolo sair. The hatred gaithered in his wame bealed there for yin reason ainlie. While Nadia liggit corp cauld on Gallery 1083, he kent that somewhere in that super-pan-loaf alpine community, playin canasta or haein his nails done or dookin his miserable erse in a jacuzzi in ane o the hunner odd leisure wings at Inverdisney Timeshare Penitentiary, wis his faither. An nou that he had nae legal smeddum left tae chynge that sweir fact, his hert wis a lowe o hate become.

Paolo wis still faikin throu the aizles o his blether wi the lawyer when the funicular cabin windae aside his heid exploded.

He flung hissel tae the flair. A stob o gless dirled intae his leg throu his breeks. Wund howdered roon his face, momentarily pouin the braith fae him. He keeked up. The sun keeked birkily back fae a newly-gart hole in the roof.

'I come and get you, Scotman.'

The voice focht its wey throu the rairin wund. Paolo spat oot a glessy gob an seched. Lars, he hoastit, his braith comin back tae him. Wha tellt the cludge cleaner ah wis here, he sterted, but had tae lea the thocht unfeenished. Anither shot panned in a metal plate, ten millimetres fae his face. Coontin the time atween reloads, Paolo glisked quickly throu the glessless cabin wind-screen.

He saw a blond braid-boukit monster o a man sprauchlin hauf-in, hauf-oot an oncomin funicular cairriage. The Dane had on bleck combat claes an a reid Fusiliers beret. He wis drappin a guddle o rope oot o his cabin windae. When he seen Paolo, he lowsed anither shot at him. Paolo jinked oot the road an the buh-litt skelped the funicular control panel ahint him, bringin the car tae a shidderin stap.

'I vait for this lang time.' Lars's cairriage footered up alangside Paolo's an the Dane burst Paolo's caur's side windae wi a singil shot. Gless bloustered roon the cabin. 'Hey Scotman, hey. If I dinna shoot you throu the veek, I shoot you throu a vindae. Hey.'

Paolo shook his heid at Lars's foostie attempt at patter. The Dane wis as mingin at jokes as he wis at assassination. Picturs o a gowk in a puppeteer's ootfit pumpin buhlitts intae municipal property wid be lowpin oot o every satellite monitor on Port. A Ceilidh helicopter wid be alang in the now wi a sniper an a tranquilliser dairt the size o a Masai warrior's chib. An mibbe then Paolo wid git hame, hae a sleep an try tae unfankle the bree o thochts in his heid. But the douce, near arrogant smile makkin its road across his face wis stapped in its tracks as Paolo registered a saft thud on the flair aside his feet. A metal case as lang as a cigar lay aside his left hurdie. It looked awfie like a Sandline II haunmine, the yella digital timer chappin doon rapidly fae seeven seconds tae zero.

Paolo scrammled tae his feet an keeked at the ither caur, ready tae glower doon the next buhlitt. But he couldna see Lars until he leaned oot owre the side. The Dane wis neatly slitterin doon the lang blue rope fae the caur tae the favela ablow.

Baith caurs wis juist aboot level. Paolo lowped up on the windae frame an, wi yin great fling o his body, hunkered hissel at the ither caur. As he hurled throu the air a hunner metres abinn the concrete city, aw he could hear wis the wund, whustlin roon aboot him like a wallieless auld man. Then a haun o het air stobbed him in the small o the back an flames flichtered roon him like a flock o fleggit birds. When he caucht the funicular's emergency door haunle, his flesh hishled on the superheatit metal.

But Paolo hing desperately on. He wisna lettin a flair-dichter like Lars get him that easy. No in the soor mood he wis in. Lars had chose the wrang day. He foond the rope wi his ither haun an flung his body ontae it. Steadyin hissel wi his bitts, he poued on his sclim-gloves. He glowered doon at Lars janglin on the rope far ablow. The blootered funicular spun doonwards, kelterin dangerously close tae him. Gaun, thocht Paolo crabbitly, willin the cabin tae skelp the big Dane but the wreckage skited hermlessly by him. Richt, Paolo said oot tae himsel. He unfankled his bitts fae the rope an drapped doon the line efter him.

Citizens had been cawed fae their televisions by the stramash. As Paolo sliddered atween the scrapers, he cleekit face efter glaik-it face, gowkin throu UV-filter windaes. On the groond, Lars hut the deck wi a sprauchle. Paolo ettled tae mak himsel heavier. He poued on the rope, fashin it on wi his ful body wecht, tryin tae go faster. Lars's heid wis a blond target doon ablow. Paolo wantit tae plant his prof. martens skite in the centre o it.

Lars raxed a haun up tae the sky. Paolo thocht it held a pistol. He turned his face awa, expectin a flash. He wis still a guid twenty metre aff the grund an in nae position tae jink a buhlitt. There wis a blink, no fae ony gun but awa abinn his heid at the rope-tap back at the funicular. The line he wis lowerin himsel doon wi suddenly tint its tichtness an Paolo began tae faw.

He drapped soondlessly towards a dreich concrete square, rochly aware o Lars skitterin aff tae the richt. He hut a shed, blooterin it intae pieces. He lay on the flair twa seconds. Throu the shed's shattered roof, he could see the halted funicular as wee as a matchbox an the siller threid o the monorail a hunner metres abinn him.

Then Lars's bitt wis on his chist, the lang Dane lourin uncouthily owre him. The barrel o his gun – an illegal sawn-aff Magnum – glowered hertlessly doon at Paolo peened tae the flair. Words buzzled throu his brain. Lars kent whit he wid git if he shot Paolo. Naebody wis murdered these days. The unnaitural daith o even a skellum like Paolo Broon wid raise an apocalyptic stoor ontae the perpetrator. Lars's trigger fingir flenched an Paolo closed his een, hingin on, like a droonin man tae a daud widd, tae yin singil thocht: Danes didna kill.

The wecht o the bitt on his thrapple eased. Paolo heard lauchter. He opened his een. Throu the bauchled shed he could see the blond man nashin awa across the square. Paolo couldna mak it oot. Lars normally grummled an gret a wee bit when haaled back tae work. Yince he'd flung a bottle at Paolo an anither time tried tae haud a barman hostage but this behaviour wis skeelie an calculated. Lars the day for a frichtnin wee moment had had the stranger airm; he had been in control.

Paolo howked himsel up, kicked his wey oot o the splintered widd an hirpled efter him. His legs wis shooglie, his hert duntin faster than wis healthy. The Dane had gien him a real fleg. As his steps stachered intae a run, anger kittled somewhere in his wame. Lars, gurred Paolo, had earned himsel an exceptional skelp in the pus.

CHAPTER 6

Prag

AS DIAMOND BROON DRAPPED steadily throu eerie quadrants o Cowp, a new licht insinuated itsel aboot his cyberspace vehicle corp.

The feelin dirled throu him that he wis in the laich chambers o a dark ocean. A couthie female voice kittled suddenly in his lug. It spoke in a language fremmit til him but fae her tone he could jalouse some kind o welcome. Anither speaker, a man this time, lowped intae a fantoosh salutation in whit micht hae been Finnish or Hungarian. Next, a hologram o a blonde skinnymalinky starlet kythed sexily oot o the darkness on his richt. She spoke a saft peninsular French which Broon wis familiar wi fae a rehab year on Tahiti. The hologram run its hauns sensually doon its hurdies an hoastily wished Broon a braw visit afore sashayin awa intae the bricht glaur. Mair voices cooried in aside him. Holograms hung in til his airm, blethered a welcome in his lug syne disappeared. Finally, the haar o oorie licht vexin his een skailed tae reveal a panorama that dobbied him o braith.

A compluther o cities shimmered ablow. On his left, a thoosan metres aneath his pseudo-bitts, he cleekit the kirk spires an doo-grey gravitas o twinty first century London. Owreby, the frescos an basilicas o Florence glistered in the glowerin Tuscan forenoon sun. Oot the corner o his ee, Broon could mak oot the Taj Mahal's bane-white pow amang the rammy o New Dehli's rust-reid howfs an bothies.

Broon tholed an in-flight shoogle as his navigator jundied him intae a shairp doonward helix. Java 5 wis reddin tae land.

Broon sabbed. The raivelled mosaic o landscapes an touns unfoldin ablow wis sair tae assimilate. A skelly Eiffel Touer riz like a missile abinn a swatch o Kenyan escarpment. Niagara Falls' angry thrapple hotched an fizzed aside lown Venetian canalettos. Icebergs plowtered doucely alang like swans at the mooth o the Orinoco. Alpine pistes stood shooder thegither wi gothic castles an the squat chrome heids o skyscrapers. This paddy's merket o icons an monuments streekit oot tae the hinmaist line o the horizon. Broon's hert gowped an his hauns tensed up intae nieves.

This wis the airt he socht. This wis where the seed o his ill-minted plan wis tae be inpit. He kent the Sark wid be doon here in ane o thir bleck unraiked-in neuks or crannies. James Sark, howanever, on accoont o his former business neebor's famous coortroom betrayal, micht hae an awfie strang urge tae kill Broon; but the Diamond had tae tak the risk. Sark wis the ainlie sowel he could trust tae cairry a message tae his son, Paolo. The lad widna listen tae it fae onybody else. He wanted Sark tae tell Paolo the wan word the lad had been waitin five year tae hear. He had tae hope that the lowe o love for that daft bonnie lassie aye burned in his son's sappy hert an that he wid come in person tae claim frae Broon whit the coorts had denied him aw this time. If the Diamond could butterlip him weel enough intae takkin that yin wee word tae his son, Sark wid mak a braw sympathetic messenger. An coorse, the Sark widna be alloued tae ken the haill story.

He felt his conscience nip him, but it wis juist a wee scart. An awfie, awfie wee kittle. For the first moment since his Ingang tae cyberspace, the fou implication o whit he wis daein come intil his mind an Broon let oot a bairnish snicher. Pauchlin his ain son's body. Rivin the guid oot o a livin sowel. An dobbyin him until no even a slaver remained o his laddie's life's bluid. Naebody in this world – cyber, real or divine – wis gaun tae forgie him this ane.

'Ca canny, big guy,' he heard Java's unfamiliar couthie patter skitin throu the communication implant. 'Whut'll I tell yir maw if ye debowel yirsel wi the radio mast o the Empire State Buildin?' Broon blenked. The siller antenna o the famous tourist site wis sklentin up at him like a spear.

Every earth toun, city an bonnie view o ony significance or

merit had been repro-wrocht efter God's Flood by the Bulgarian virtual holiday operator an world-kent money swicker, Plamen Letchkov. Aince heavin wi glaikit cou-faced tourists, Letchkov's hunner or so peerie-detailed Traivel Zones wis soon flung intae Cowp when the bahookie drapped oot o the virtual holiday merket no lang efter the mass production o the personal reality engine. The braw gleamin cities wis juist anither daud o virtual popcorn that hadna brocht its investors a singil bawbee. Letchkov wis foond deid, face doon in a bool o cullen skink, an the receivers decided it wis cheaper tae doonload the saftware ontae Cowp than tae pey a Chip Maister a disassembly fee.

Naebody fae RealTime went their holidays in the Traivel Zones ony mair but the program aye functioned. A body could aye dauner doon the Spacca Napoli or dook their taes in the Reid Sea. Fowk could buy fresh squid fae the sherk merchants o Marseilles or drink a Weiss Bier in the Ku'dam at Berlin. An ice cream bocht aff a barra at Venice Beach wid hae the same gust as real ice cream. A poke o frites fae a snack bar on the Leidesplein wid aye be drooned in cheap Dutch mayo. An in his present predicament, the radio mast on tap o the Empire State wis still gaun tae malkie Broon's virtual body, if he plowtered intae it.

Broon took a shairp braith an thocht himsel a metre tae the richt, his pseudo-corp sclaffin the shooder o the muckle touer's observation deck. He kicked against ane o the buildin's colonnades an pushed his virtual body awa. He felt hissel faw like a feather doon the stane gangwey o vertical piers. Ablow him, Manhattan's steel spires an helicopter pads glistered like a croon. The evenin sun threidit its licht atween the skyscrapers an blint Broon as he continued his descent. The city wis eerie an still. The midden o avenues an cross streets wis aw wheesht. Nae siren's stoor riz fae road level. Even the yella cabs far ablow seemed pentit on. The sun itsel didna budge, but juist hingit abinn the skyscrapers like a neon sign, suspendit owre the city in a perpetual stationary gloaman.

But New York wisna Broon's stap. He wisna gettin aff here.

Java 5 piloted him at a shairp angle o descent owre the East River an Broon had tae lift his fit as the stane white sails o a repro Sydney Opera Hoose burled up at him.

'We are seeven VINE time seconds awa fae U Dvou Sluncu. The Café o the Twa Suns is lookin like a no bad place tae land, boss.' Java 5 had no hauf turned canty on him. 'Wid ye like tae approach fae the north or sooth, aald yin? Or dae ye no juist want tae bungee-jump in?'

A ripple o wabbitness jibbled alang Broon's spine. He had been liftin wechts an daein the daft Inverdisney jyle-robic clesses tae redd up his hert for the rummle-tummle o this Ingang but his banes still werena as soople as he needit them tae be. Cramp grupped him like a steel cleuk, makkin him concede that the virr o his youth wis mibbe finally gane. Ten year inside had sypit the sap fae his body. An in five days, the Diamond wid be seeventy. The thocht rattled roon his mind like the clatter o stanes on a coffin lid.

Broon had tae jink up his legs again as Java wheeched him in low owre the feathery heids o bonnie dark-eed passistas lowpin an dauncin an wagglin their bahookies on the decks o Carnaval alegorias wi naethin mair than a fusker o fio-dentale atween them an the Rio de Janeiro heat. The sambistas' wild thrummin soomed aroon his lugs as Broon catchit a glisk up aheid o his journey's airch. Atween Balinese temples an Arabic ingan domes, Broon could finally mak oot the fantoosh baroque skyline o Prag.

'Herzlich willkommen in Prag. Bei Tagesanbruch haben wir einen schonen Sontagmorgen und die Temperatur betragt 14°C. Es sind keine Leute auf der Straße, außer zwei virtuelle Straßenkehrer.' Java 5 chapped intae the zone's official arrivals' channel as the vehicle body stottit owre the city limit, feedin the blurb direct tae Broon. 'It's early Sunday moarnan an 14°C the day. The streets is toom, forby a couple o virtual scaffies.'

An oor o acceleratit sleep wid hae done him. It wid hae been the perfect saw for his sair heid. It micht even hae skailed the footerie particle o guilt skitterin roon his hert. But Broon couldna shut his een juist yet. No nou that he had won himsel this far. Nou that he wis sae close. Broon keeked doon at the higgle-piggle o Prag's vennels an wynds. The jags o bleck stane kirks an gothic touers skitit past unner his fit as the navigator hurled Broon doon Wenceslas Square an owre a synthetic siller Vltava River breengin atween the stanchions o a repro Charles Brig. 'Check the site, chip', Broon commanded as Hradčany an the spires o Malá Strana appeared ablow.

'Prag Tourist Zone secure. The ainly neural activity is at the Raga co-ordinate you requested. Oor signal hasna triggered ony internal or ootside alarms. Takkin ye in nou.'

Sae James Sark wis here. Broon had prayed that he wid be. He had ootstreekit himsel nicht efter nicht tae the unco sect o ersit gods he thirled tae that his ex-pairtner wid be here in Prag but he hadnae been a hunner percent siccar.

The Sark wis a creeshie troot. He an Broon had stertit aff the-gither on fishin boats happit fae the satellites up lang Norwegian fjords. The pair were a guid team. Broon's job wis tae dook his consciousness intae VINE while Sark monitored Broon's RealTime body in the hold o their trawler. Yin time, Broon wis in cyberspace owre lang ettlin a multi-million dollar pauchle wi an info-mowdy at Sony International an the Sark didna want tae bring the Diamond prematurely oot, even altho a polis satellite wis juist aboot tae pass owre their heids. Sark kent the satellite wid jalouse that an illegal Ingang tae VINE wis in progress fae the thermo-neural activity in the hold o the lane vessel, sae he picked up Broon's gammy body, papped an air pipe in his gub an flung him owre the side intae the icy watter. He poued him oot later wi a boat hook an Broon woke up wunnerin why his calvins an semmit wis aw drookit. Even in thae early days, the Sark could hide onythin fae onybody.

Sark an Broon were never neebors. They were mair like kin-dred sowels that had jaloused the road tae the future at exactly the same time. A wheen year younger than Broon, Sark had ayewis been the junior pairtner in the relationship an the Diamond had made him feel it, tae. They had mibbe even cooried thegither in the cauld Norwegian nicht, Broon couldna exactly remember. He had been wi that mony folk the details wis aw melled intae wan general kirn o pleisure.

He wunnered if his wee tag-alang pal wid be intact. Sark had been in cyberspace nou as lang as the Diamond had been in jyle – ever syne the keech hut the fan on Happy Day. The implications o that sweir moarnan in thon Goanese bangla rummled yet roon the cyberjouker fraternity, thon day when Broon had finally been grupped by the Ceilidh an sentenced tae life by the Glasgow Parish TechnoFiscal. Sark had skelpit awa intae the jungle an somewey managed tae yird himsel securely in VINE. The sheriffs had lang gied up lookin for either his VR presence or his RealTime body liggin its lane in some clarty bunkhoose chalet.

Broon swallaed as Java 5 whirled him owre the reid pantile roofs an lum pots o Malá Strana. Prag Castle glowered grandly doon fae its crag an St Vitus' spires glistered in the early moarnan repro sunsheen. Broon kent the original city weel. He had DJ'd for a summer an hauf a winter in the real Prague a pickle years afore the watters o the earth rose tae droon the European continent. He had bevvied in aw the city's great beer bothies an become, like every ither erse an pooch traiveller tae visit the toun, a skilled symmeler o Czech beer. In the spring o '38, he had foond the Sark heid doon on a widden table in U Dvou Sluncu, a café wi twa gowden greetin-faced suns abinn the door three-quarters the wey up Nerudova Street juist ablow the Castle. The pair o them supped an slavered there every nicht fae May tae November that year colleaguin the demise o the Western World. If Sark had been hiddled awa for fufteen year, it wisna a glaikit guess, Broon reckoned, that he wid brave it oot in the repro tap room o the kenspeckle Prague pub.

Java 5 laundit Broon in Nerudova. The street doors o the Café o the Twa Suns wis open. The baroque fondant-yella toun hoose had its back tae the moarnan haze. The space ben throu the open doors wis happed in shade. Broon waggled his taes on Nerudova's sleekit cobblestanes.

'Sark,' he cawed throu the still air. 'Ye in there?' Broon didna ken if his auld pal wis aboot tae come oot an shak his haun, or launch a yird-til-lift virtual air strike at him. Broon wid be the first tae admit that the Sark hadna done very weel oot o Happy Day.

'Ah'm on ma ain, Sark.' Broon spoke again. 'We need tae hae a blether. Ah dinnae hae that much time.'

A noise fae inside the pub – a chair skraikin across a widden flair – made Broon lowp. A large peeliewally figure kythed oot o the moarnan shaddas, stachered ponderously tae ane o the Café doors an rested an airm against the yella stane waw. The bricht baroque pentwork o the pub's façade gart the man's skin seem even whiter. His een wis twa pale dots, his hair a haunfou o deid straw. Broon foond it hard no tae gawk at his pairtner. It wis as if the colour had been sookit oot o him.

'Diamond,' the figure said, a sad pech weighin doon his voice. 'Diamond, I'm seik.'

'Ah'll no keep ye lang, Sark.' Broon jinked forrit, his airms ootstreetched for fear the man wid crash tae the grund in front o him. 'Ah juist want a word.'

'Naw,' the Sark said, this time wi mair smeddum. 'I'm sayin I'm seik o Czech beer.' He glowered grimly across at Broon. 'I hope you've brocht me a decent cairry-oot.'

Diamond Broon pit his haun throu his hair an lauched.

'Come on, Sark. We'll talk inside,' he said.

An the pair o them went ben.

CHAPTER 7

Favela Copenhagen

THE FAVELA AIR REEKED O ILE. Toom ile-drums stood unner windaes
an aside doors. Ane, whummled ontae its side in the middle o a
square, had nae ile left in it tae skail. Twa laddies nearby shoodered
a fou barrel throu a front door. On the ither side o Lauder
Boulevard, the Angusese pouered their hames' caller-conditionin
wi uranium; in the *favela*, the Danes an Norwegians warsled wi
aulder technology. Hame-made benzine-driven Temperature
Maisters had a constant drouth for ile. But, wi ile as dear as gowd
or watter, the Danes had tae reive their supplies fae the Angus men
an ither onParish worthies.

Forby the occasional drum, nae debris hirpled Paolo's progress
throu the dark vennels. The *favela* wis clart-free. Paolo peched his
wey past men reddin the rones on their hooses an women wi lang
poles skelpin the insidious Port stoor oot o reid an white flags
hung across every street mooth. Naebody, on cleekin his Clart
Central epaulettes, lowped up at him, gurred coorsely as he
shauchled by or even gied him a wrang look. His bitts clatterin on
the stane cawed mair fowk tae their doors an skellie verandas but
the ootward face they shawed him didna chynge. He passed
athoot censure doon wynds filled wi blonde hungry weans an
spirls o shairp-faced women.

But Paolo kent they wid mischief him in a second. Bubblin
dern inside, ben past their snell Nordic demeanour, the Danes
bealed at the sicht o Port Buddies, especially ony hard-neckit
enough tae come bummlin uninvited throu their streets. He
skailed a crocodile o kirk juniors at the door o a scoored-white
chapel. The bairns glowered at him blankly, their faces scartit wi
Saul's infinite lang cleuks. Paolo ran on. The Danes' saft skin

didna like the sun an the Port Authority thrawnly refused tae bigg them ony mair cancer clinics than the twae up at Stavanger Mansions awready rivin at the seams wi sun-chappit Terminals.

Paolo skited doon anither trig street. He wis close tae the *favela*'s dour centre. Saul bleezed intermittently intae his een atween slaps in the skyscrapers. Maist o the settlement bade in shadda. Montrose's cloodkittlers loured owre the Scandics' less pan-loaf dwellins. But where the licht filtered in, condensation sheened like sweat on every waw an heat steered the shaddas like a carnaptious spirit. The Port Authority thocht caller-conditionin on *favela* streets a piddlin awa o state funds. *Favela* schules strauchled by wi TV teachers. Their hospitals went lang days athoot watter. Paolo, a stitch stobbin his chist, burled past a wheen o reid-eed shift workers fae the purification plant at Guthrie Dock. The Danes' worth didna add up tae much mair than a docken on Port. They were the maritime canton's scabby dugs, a raggle-baggle ermy o scaffies, dishcloots, cyberhoors an cludgie cleaners. Five year syne, a supertyphoon cried Genghis, wi yin titanic blooter, had irrecoverably cowped the Danes' hame-canton North 2, turnin the pawkie skeelie race owrenicht intae breekless refugees. Maist had swum tae Port fae their drookit cities ainlie tae be met wi cauld haunshakes an luke-warm cockaleekie soup. Their temporary hooses, flung up for them in Montrose Parish's dreichest corner, reeked o neglect but the tattiebogle nation had nae option ither than tae thole their hosts' misguggled, knacker's midden administration.

Paolo stapped an leaned his shooder up against a waw. He wis in the neeborhood nou. Owre the road, Lars's blond neepface profile occupied maist o the street windae at Netta Harrit's Eat an Greet Diner. The Scandic's mooth wis chauvin on a jeelie baguette. Throu the clatty perspex, Paolo could hauf mak oot Lars's haun on the chib end o a gun. He poued aff his left glove, jinkin his com-tattoo screen intae life wi muscles unner his skin. 'Broon, ID 573. Gie me RealTime blether wi CM McCloud.'

McCloud's coupon failed tae immediately gledge up at him on

the screen. Insteid, a quine pseudoheid flichered across the back o Paolo's haun. 'Clart Maister McCloud no available. Presently en route for annual Ceilidh awards ceremony. Due back tae office, morra.'

Paolo retracted his haun intae a nieve an the screen dwyned. He really didna like his job. Forby scutterin awa his days runnin doon tykes like Lars, he had tae dree creeshie-lippit patter fae Clart Central undermanagers ten, twelve year his junior. Paolo wis thirty an the walliest post he could secure in a maritime community hotchin wi work wis cyberjanny, third cless, in chairge o delinquent Dano-Norwegian pish hoose ancillaries. Tae mak up his rent cheque at the end o the fiscal month, he had tae fash the puir immigrant populace o aw the Port *favelas*. The Flemish on Stranraer Parish an the Moravians, still hooseless on Dumbarton, were baith fidgin fain for Paolo's bluid. An every fremmit footer he warsled back tae their shifts tae sine oot commissars' bidets or advocates' hot tubs, Paolo did it on his ain, athoot even a wattery skinnymalink Ceilidh rookie at his elba for back up.

On the ither side o the street, Lars's haun raxed. The big Scandic could hae every diner in the place deid in five seconds. Paolo tensed, reddin hissel up tae go in throu the gless. A waitress pauchled owre tae the Dane's table, depositin a tassie o Elephant. Paolo let the air hech oot throu his neb. He had juist been orderin mair beer.

He scartit his lug. This tale had dreebled on lang enough. Paolo had follaed the Dane doon a dreel that, if he didna rooze himsel fae his stupor, wisna gaun tae hae a couthie end. He wid be scrievin oot inquiry questionnaires until the next monsoon season if Lars shot onybody. He minded himsel again o Port's Constitution. Murder wis a muckle naw-naw. Wi the human race near wiped oot by God's Flood, laws had been set in stane tae bield the individual fae the rocher instincts o their neebors: onybody radge enough tae kill anither citizen wis thirled in a gless bubble on the sea bed at Submarnock tae wait on their naitural extinction; human life wis tae be preserved at ony cost, even if the human sowel had tae pey the price for sic principles at Rigo Imbeki. Suddenly eident tae see the Dane's stieve foreairms fankled in an electronic bracelet afore some puir bus boy or burger chef wis streekit oot aside the cake trolley, he breenged impatiently owre the street an pit his shooder tae the restaurant door.

The diner wis stappit wi folk. Twa Colombians, unco dark craiturs amang the blonde Scandinavians, sat in the corner, bletherin Bogota. Waitresses in starched white sarks flittit atween the tables. Lars's clype frame took up twa seats at the windae booth. Paolo threidit his wey doon tae the Dane's table an sat across fae him.

'Dinna move, Lars,' Paolo began cantily. 'Right nou, ten snipers are checkin your loser's coupon for plooks, their fingirs juist yeukin tae pit you intae a six-month sleep.'

Lars Fergussen boued his heid tae the gless an keeked up at the balconies o the hooses opposite. He chapped a metallic object aff the unnerside o the table an Paolo kent he had a pistol pointed atween his hurdies. 'I could kill you, Scotman, afore their vee tranquilliser guns get me.'

'How did ye no kill me back there?' Paolo kept the chirpy patter bilin. 'The first thing the Fusiliers learn ye is hou tae pit ane in the heid. You didna pit ane in the heid, Lars. How no?'

The Dane waled a toothpick fae a gless on the table. 'I vis gettin your attention, Scotboy.'

'Ye awready had it. Ye're late for yir shift guddlin in the Lord Provost's cludgie bowl. Ah wis comin tae git you.'

'You verenae comin fast enough,' he said, howkin at a molar wi the pick. 'Some guy. Tellt me tae gie you vee fleg. Tousie your hair, eh. Guy gie me good money.'

'Whit are you haverin at?' Paolo, slidderin the bracelet oot his pocket, wisna richt payin attention tae his client's spiel. 'Wha wid be daft enough tae fling siller at you?'

Lars's een didna flicher. 'An he vant me pass you a message.'

'Wha's passin me a message?' Paolo had the bracelet in his hauns an wis sleekitly chappin in the arrest code. 'Lars, ye hae tae unnerstaun. Except for the usual cat's chorus o voices chantin in your heid, naebody's been tellin you ony messages. An believe you me, naebody belangin this world has been giein you ony money.'

'This message, it say, Nadia – this is your vife, heh.'

Paolo looked up shairply at the Dane. 'Whit aboot her?'

'Nadia – is aw. Van vord. You get it.'

'Who paid ye?' Paolo clattered the steel bracelet ontae the table. 'Wha paid ye, Lars?'

Lars's cauld coupon kittled for the first time. 'Na, I no tell you, Scotman. I like look on your face too much. It cheerie me up.'

Paolo brocht his haun doon on the Dane's left airm, peenin it tae the table. Lars, twa times bigger boukit than his Clart Central minder, juist snichered. Paolo bleezed Lars a sleckit glower. 'Name,' he demanded.

'Jeg kende ham nej,' Lars replied in his native leid an swung him a heavy clour wi his mell o a richt nieve. Paolo's heid stotted against the windae. His elba sliddered aff the vinyl bink an he rowed unner the fause redwidd table. Fae his skellie perspective on the diner flair, he saw that Lars had lowped tae his feet an had a waitress atween an oxter an his gun. He heard the quine sab for braith as the Dane thrappled her wi his big airm. He kent Lars wis bieldin himsel fae Paolo's Clart Central standard issue repeater wi the lass's shilpit body. He kent, tae, that he had twa seconds afore the Dane lowsed a ful clip intae the table tap an that he should be faikin desperately throu his jaiket for his ain gun. But he couldnae. His mind wis concussed no fae the dunt tae the heid but fae the daberlack Dane boakin sae unexpectedly his sweethert's name.

'I see you efter, Scotboy.' Paolo listened tae the roch syntax like he wis on a far moontain tap an watched the Dane's an the waitress's legs as if they were dauncers on a ballroom flair.

Six buhllits rippin throu the pseudo-widd brocht him back tae himsel. The missiles whuddered past his shooder intae the waw. He saw the waitress faw tae the grund an Lars hirplin aff oot the diner kitchen door.

Paolo wantit information. Shakkin lang fingirs o widd fae his hair, Paolo poued himsel oot fae the table. He stood an keeked doon at the waitress. She wis flegged but unhurt – a bonnie *favela* quine. Wi her lang Danish blonde hair kaimed back, she minded him immediately o Nadia. But then every lass he saw minded him o Nadia. He clapped his gun intae his haun. Lars kent somethin aboot Nadia MacIntyre. Or mair unco than that, somebody wi siller kent somethin aboot her. Paolo wantit thon name.

He pushed throu the kitchen doors, hurdied open anither set o doors an foond himsel ootside. Saul bleezed intae his een. Paolo blinly bummled his wey intae shadda. He wis in a merket. Danes an Swedes yowled oot the price o their wares an shoppers shammled roon the paddy's mall o stalls an booths. Tae his left at the merket's tailie-end, Paolo cleekit a lang bleck-cled figure jinkin throu the thrang precinct. He caucht Lars's pus profile juist as he turned richt intae a vennel mooth.

Paolo breenged throu the coupers an sellers, won the close an glowered doon it. It wis a dreich nairra passage, fou o shaddas that seemed tae lean against the waws like pursepikes. Paolo, cawed on no by ony sense o duty tae pit Lars in a psychiatrist's dook-tank but by a hope that wis gaitherin momentum in his hert, follaed.

As he moved doon the close, he had tae strauchle owre abandoned rones an cowped ile-drums. The passage wisna trig an tidy; nae Danes ever pit their neb doon here. The waws sheened wi the city's sweat. Paolo keeked up an saw the sun, a shairp thin yella blade awa up at the tap o the buildins. Then a hert-blinterin scream skirled up at him fae somewhere aroon his feet. A wud-eyed ginger gibbie cat, flegged at his fitsteps, skited oot fae unner a midden an disappeared intae the close. Paolo pushed on efter it.

He come oot intae an oorily-lit coortyaird. On ae side, there wis a twinty or thirty-metre-high corrugated iron door. Paolo had never seen sae undeemous a door. He stepped forrit an stummled owre a signboard, white wi stoor. He could juist mak oot 'MIREK AN LOJSA, Makars o Quality Ultralichts'. Paolo heched in some o the coortyaird's foostie air. Whit wis Lars daein in an auld aircraft hangar? Danes were ainlie alloued access tae fishin boats. They didna get let onywhere near aircraft. Paolo hoped he wisna gaun tae hae tae flee aboot aw owre the Northern Ocean efter Lars in some roostit auld hame-made biplane.

A panel door on his richt stood hauf-open. Breathin throu his mooth, Paolo clawed thegither his resolve an went ben. Inside he had tae wait on his pupils braidenin afore he could see. Somethin breenged towards his face. Paolo jouked back an then realised it wis the neb o a helicopter pokin oot at him fae the darkness. He saw lang steel blades leanin against the waw. He moved forrit, hirplin cautiously atween the bodies an elbas o the forfochen aircraft staunin eerily in the gloomy hangar.

Then fae somewhere tae the side, owre on the richt, Paolo heard the unmistakable skitter o an electric current. Bouin his heid unner wings an blades, he saft-taed his wey across tae the soond. As he creepit owre the concrete – his body tensin tae warsle Lars tae the flair wi the tottie bit jujitsu the Fusiliers had learned him – a haun sclaffed gently against his face. Paolo jinked back a step. An airm belangin Lars Fergussen hung fecklessly oot the cockpit door o an antique Sikorksy helicopter. Lars sat sprauchled in the pilot's seat, his een shut, chin on his chist an his mooth open-gabbit tae the fleas.

Paolo grupped the Dane's wrist. He wisna deid. He could feel the bluid dirlin throu Lars's veins. Then he cleekit at the big man's lug a bleck wire an on the cockpit flair at his feet a toom experience needle. Lars wis jagged intae cyberspace.

Whit wis Lars daein in VINE? Wha gied him the needle tae git in? How come he'd kent Nadia's name? There wis somethin iley an sleekit at the back o this, thocht Paolo. Instincts he hadna used in years suddenly kittled wi nervous energy. There had tae be ither men in the hangar wi him – agents, sodgers, lawyers' private hoodies – keekin, watchin, hingin in the shaddas like bawkie birds. Wis that a braith he juist heard? Did a moose mak that soond or an assassin's guttie scuffin the flair? Paolo sensed in the fear nippin at his hert a kenspeckleness. The moment reeked wi uncanny memories. He felt if he raxed oot a haun he would touch the pus hair o his new-foond enemy.

But he kent he had skailed enough time. He had tae jag himsel intae VINE an howk Lars oot. Clart Central wid sue him for breach o contract an mail his erse doon tae an air bubble at Submarnock if he didna. Paolo seched. He wisna alloued Deep Access. He had tae sneck Lars afore the Dane dooked himsel completely. Paolo glegly picked up the experience needle an jiggled it vigorously. When enough experience fluid had slittered intae the barrel o the hypo, Paolo jagged hissel wi his left airm intae his richt. He lowped up intae the seat aside Lars an closed his een as the chemicals sooked him rapidly intae cyberspace. Aga Dunblane had pit the licht oot on his future earlier in the day; nou it looked like the Dane wis aboot tae hae a similar influence or worse on his next five minutes.

Paolo opened his een. He wis in a lobby wi crimson cairpets. Lars stood ten metres awa, lauchin an moothin words that Paolo couldna hear. Paolo thocht himsel alang the lobby tae the Dane, then imagined himsel intae a position abinn the lang man's heid, syne wished Lars intae a hunner kilometre-an-oor skite doon the corridor. Paolo watched him wheech awa oot o sicht. He stapped, shauchled roon a hunner-echty degrees an saw Lars's body imme-diately whidder up fae the ither end o the lobby, his Scandic face white as seik an his blond hair kaimed crazily back by the virtual force-10 wund.

Paolo let him hurl roond anither couple o times. In the world ootside, Lars could heid-punch Paolo intae the next fiscal quarter; but VINE wis Paolo's hoose. Here size didna maitter. Glegness o mind wis awthin. While he waited on Lars tae spew intae his ain face, Paolo pit a haun tae the lobby's imitation Edwardian waw. The material bleared when he touched it. Ayont he kent the infi-nite glen o cyberspace hotched wi randan variety. He had ayewis felt sae free stravaigin VINE, joukin fae yin hamesite tae the next, nebdivin intae its deepest neuks an acceleratin awa up tae zero air.

A stushie o licht on the waw tae his left poued him oot o his

dwam. A gowd oblong flichered a second then pixelled itsel the-
gither intae an auld-farrant letter box. A white envelope shot
throu the box's bronze mooth an hottered in the air in front o him
as it opened itsel. A neat white letter strauchled oot. The page
unfauldled itsel an Paolo, skellie-eed wi surprise, read the words:

'Bonnie Lemon's.

3.30 o'clock.

S.'

Lars hurtled by again, yammerin for his mammy. Paolo glow-
ered at the letter. He tried tae grup it but as he streetched the
words fugged owre afore disappearin in a pixel-smirr. 'Bonnie
Lemon's. 3.30 o'clock. S.' Paolo chowed his bottom lip. He had
no been tae the Lemon in ten year. No since Happy Day. He thocht
Lars tae a rauchle halt. The Dane cowped forrit ontae the reid-
cairpet, sabbin heavily. Paolo keeked doon at him. He kent nou
wha had pit siller intae Lars's bear-size haun. He kent, tae, wha
wis waitin on him at Bonnie Lemon's hostel on Dumfries.

The day had langsyne heelstergowdied oot o control. Aga
Dunblane had sned Nadia's ainlie lifeline. Lars Fergussen had
ettled tae murder him an nou somethin else wis hurlin itsel at pace
in his direction. Paolo coorsely de-jagged his an the Dane's con-
sciousnesses oot o cyberspace back intae the Sikorsky cockpit.
Lars immediately boaked in his lap. Paolo scanned the mirk
hangar. He kent whit had tae be done an altho the thocht o it
seikened him doon tae his sowel, he had made a promise tae staun
firm an no hunkerslide oot its road.

Lars hoasted an Paolo passed him a cloot fae the copter dash
for tae dicht his slaverie gub. Then he jinked his tunic sleeve awa
fae his haun an, pechin, spoke intae the illuminated com-tattoo.

'Broon tae Central. Subject Fergussen apprehended. Ready for
shift in fufteen minutes. Oot.'

McCloud an his hoodies could awa an lowp theirsels. Paolo
didna care. The unco message had chynged awthin. Lars wis the
last blooter he wid ever need tae catch. His life as a cyberjanny wis
aboot tae expire. The pent-up emotions that had been maskin five

year in his hert were suddenly lowsed. 'S' wis an auld freend. 'S' wid hae answers. He needit tae git hissel owre tae Bonnie Lemon's an hear whit Uncle 'S' had tae say.

Paolo climbed oot the helicopter, pouin Lars efter him, the Dane's airms fankled tichtly in the electronic bracelet. Paolo made for the licht at the door an spat ontae the stoorie flair. He wis throu wi Clart Central, Port, the Ceilidh an awbody.

An no lang nou, awbody wid be throu wi him.

CHAPTER 8

17

kist 624   imbeki med   4:33am

Fact. Seeventeen oors. Thon's a fact I keep in ma heid. They tellt me. Or ane o thaim tellt somebody else that tellt me. I cannae mind. How can a body mind awthin. Hauf a day. Mair than hauf. Nearly a haill yin. I've nae business guddlin awa ma time like that. A haill day. Phone calls. Link ups. Meetins. I hae ma work tae consider. I hae a ful schedule.

If a body pits their shooder tae it, hunners can be achieved in seeventeen oors. Tak me. There's thae reports tae be feenished for MacKinnie. Her face'll no be straight until they're on her desk. Walton's efter a breakdoon o Blue Hoose. Coltello's greetin for mair analysis data. An Maxton needs a word in her lug aboot the showin up she gied the MD at the Mexican prime minister's banquet. I mean tae say. Tart wis fou on tequila bonbons efter hauf an oor an felt the Peruvian consulate's wife's bottom. I want tae ken whit pairt o the company handbook covers that. Midden.

Here, did Morton no say he'd pick us up at three? Whit wis it he had. Tickets for. I cannae mind. He's aye got tickets for somethin. A sweethert that wey. Afore I forget, Kevin took a call for me fae Korea this moarnan. He's reddin me a link-up this efterninn. No a bad PA, young Kevin. Strangheidit but couthie. He wants tae soom in the bigger sea. No mairried, tae.

Whit wis Morton slaverin at last nicht, tho? I mean, come on. Ma shooder's for Sorvino an Chanel. No for some wean o a man tae bubble owre juist acause his faither wis a keech til him when he wis wee. Och, Morton's no that bad.

An he's certainly no hackit. But I need tae git him aff thae drugs he says he's stapped takkin.

Seeventeen. It maun be seeventeen. I thocht I felt the tension kittle – left side, rib cage – but na. Ma fleerie imagination. Morton's the hors d'oeuvre, tho. The *hors d'oevure*. He's enough for me the now. I'm awfie fond o Morton. I can hurt him aw I want an he aye comes back for mair. He's guid for me that wey. Whiles, see. Efter aw the silliness, whiles I really need tae hurt somebody.

I could never hurt the ither ane, tho.

MacKinnie. She's a sweir besom. I'll need tae keep ma gless ee on her. Bumped intae her in the ladies. Maun hae been Wednesday. Naw, a week past Tuesday. She wis cozied in wi Patricks, thon lang drink o a floorwalker fae Global Accounts. Ye can cry me glaikit paranoiac if ye like, but I swear that when I walked in the loo I heard ma name bein taen in vain. 'So, darlings,' I says. 'Is there onythin ye'd like tae discuss?' Langlegs' face went reid. She hizzied up her drawers an skipped oot past me. MacKinnie didna even blenk. Took her time creeshin her hauns wi the soap, skooshed it aff wi the tap jet an jundied by me athoot a word but giein me a look that wis the torn face o the world.

We maun be gittin close nou. The lest roond wis twa, three oors ago. They aye ging by, juist tae hae a goavy an a check, sometime efter the mid-cycle. I'm usually owre busy tae receive them. Wi aw that stushie at Microdance this past wee while, naebody's got time tae even howk their nose. The CEO – Campbellson, Capellason, some bawface gilt-edged surname, whitever – he wis lucky tae keep the claes on his back. The fines he incurred himsel efter the Topocaxpi deal went sappy in his airms. Company went doon like naebody's business. Morton's faither had a three per cent daud o Microdance but flitted on afore Topocaxpi cowped the boat. Happens aw the time. Ye juist hae tae be quick an chap the richt doors an mak sure there's aye a windae tae git oot again. MacKinnie's words. Or did she steal them fae me. Midden.

But she – hey, no nou – she isna aw that bad. I'm busy. Can ye no see I'm busy. I've got – left cage, rib side – got Buenos Aires on the Conference Line. We're reddin up. We're daein a deal. A muckle deal.

Legs. Shanks. The ainlie time I feel them. The beast waukens an I feel them. Deal them. MacKinnie cannae deal. Couldna trade in her car. Hoor. Manipulatin hoor. No sae bad, tho. Hey. Hoor. Richt wee hoor. Couldna trade a deal. Cannae even. An ma back. Like fire. Like lyin on a flair o fire.

Creepin roon me. In ben ma skin, crawlin atween ma banes. I feel it. This heidless ghost. It's oot its lair. The puir breekless sowel is hungry. Hing'll be stervin. Growin lassie needs tae eat. I never got tae be onybody's mither but even I ken that. Ma wee Senga needs her denner.

Mibbe there's some kidney. Dae ye no fancy a shivery bite? There's intestine. An stomach. There a guid helpin there. An, coorse, the rake o nutritious bacteria gaithered roon ma hert. Ayewis a treat.

Wisnae intressit earlier. Didna watch ony o the Medical Center pictures. Didna see whit it looked like. It wid help me nou, tae hae a face. A haunle tae her jug. Micht pit a cauld haun tae the broo o ma bleezin imagination.

Seeventeen. A stat I keep in ma heid. Mibbe it's days. Could be years. Decades. I've nae heid nou for stats.

Seeven – teen.

It's rupped somethin. Poued it. Chawed it. Dislocated. Taen it back til its reekin hame. The stookie in its kist is hauf a percent doon on yesterday's figures. MacKinnie. Face'll trip her somethin awfie nou. Coltello'll gie me ma jotters. He'll hae tae gie me ma jotters.

I'm sweatin. I'm sleepin. I'm in the middle o a crood. I'm aw alane. I'm sittin up. Lyin doon. On the hills. Etna. Blanc. Ben Ledi. Loch Michigan. Schiehallion. Niagara. I'm haill. I'm hauf. I'm quarter left. A puddin, that's me. Need tae rejine Gold's. Git fit. Git het. Anorexic. Look at ye. A rickle o banes. A shilpit seik-eyed skelf. Ally Bally. Ally Bally Bee.

Senga's fou an boakin, tho. Lea me in peace nou. Plenty left. Efters mibbe. Growin lassie. At first. The first seeventeen. When Senga unsneckit Time. Lifted the sneck an gaed ben intil me. Thon wisna lang ago. I liked it then. Cooryin in wi me. Made hersel snod an cozy. Kittlin ma nerves. Ettlin tae pysen me wi hope. I yaised tae believe then. I yaised tae love ma kenspeckle alien.

But nou I've got thae link ups. I've got meetins.

I hae a ful schedule.

CHAPTER 9

Dumfries

PAOLO LOWPIT THE RAIL ON ABERDEEN PARISH an pit himsel in a bink at the windae.

The caur wis fou o yap an gurr: wax boys an lang-leggit natashas on the wey hame fae a nicht o tribe an hoolie up at the Broch, smittin the cabin air wi the hinnie reek o Reid Himalaya an Colorado Blue. Dub fae an argon-driven kerryblaster stottit roon the room. Up at the lang end, a dour youth in a blue bunnet held coort owre a boorach o jag preachers, glowerin at the cairriage wi the bleck claw o an uzi hingin aff his hurdie.

Paolo wanted nae stramash. He couldnae allou himsel the pleasure o nieves wi ony o these bonnie characters. It wisna that he wis feart. He wid pent the flair wi the gub blood o the first owre-privileged wee skank tae wrangmooth or drap a guff onywhere near him. A fecht nou tho wid dae naebody ony guid. It wid stumour the hauf-wrocht idea maskin in his heid an taigle him up wi the Sheriff's Office for days. He swallaed the bubble o hate in his thrapple an shauchled his khaki swimmer's rigsack unner his seat.

Efter registerin Lars in at the Montrose Hilton, Paolo had signed aff wi Clart Central, returnin his an the Dane's fireairms. At his apartment on Andrews Parish, he had shifted his claes an pit on his auld Fusilier's uniform. It wis easier tae flit aroon Port dressed as a sodger. For three oors, he had been follaein the stravaigins o the Rail network, lettin it cairry him aw owre Port tae bumbaze onybody watchin. He rugged the combat kilt doon owre his knees then thirled his gaze tae the flair.

As the Rail sleekit oot o Aberdeen Central, the halogen bleeze o the station platform fell awa an the clorty darkness o the lang Delta nicht instated itsel owre the train. Ootside the smeekit gless windae, hooses, touers an bleck-eed office blocks wheeched by. The Rail snooved alang its siller monotrack, aside the basebaw groond, owre the Santiago an AC Harland shipyairds an on doon tae the splash terminal at the Parish esplanade.

Street lichts shoogled by. The lowe fae lovers' bedroom windaes flittit past. Paolo tried no tae keek intae ony the nicht. It wis owre easy tae let the ee dauner in an oot o ither people's lives. Here a faither giein his waukrife bairn a cuddy roon the room. There a couple cooried doon in front o a music cube. An then a lassie in a sports semmit daein her early moarnan aerobics. Paolo focht the urge tae glower intae the warm chaumers o his neebor citizens but his mooth still went dry. The habitual sairness chawed throu him juist the same. Even the thocht o it made his wame gowp. It brocht back Nadia intil his mind an the pain o no haein her near wis a twist in his hert as shairp as a dirk. Paolo shut his een an absently dichtit his pus wi his sleeve.

He laid his haun against the windae pane an his loof became immediately sliddery wi sweat. Paolo watched the burnie o condensation run doon the gless. The shilpit lifestyle he had managed tae bigg for himsel wis aboot tae chynge. It wis aboot tae stacher, stummle an ultimately cowp in on itsel. It suddenly occurred tae Paolo that he had probably forekent for years aw that wis aboot tae happen. He aye had the same guddle o picturs flittin throu his dreams an whiles his wakin oors tae, rummlin him up, makkin him sweat, turnin his bluid jeel-cauld on the warmest o Port's subtropical days. Paolo stared drumly at the gallus young pairtybairns at the ither en o the train. The dream wis nou warslin its wey towards reality.

The lichts o the splash terminal fizzled up aheid throu the gaitherin haar. Paolo set his neb tae the windae an keeked alang the track as the train exited the dour canyon o grey touer blocks where the feck o citizens steyed an crossed Grapplers' Brig intae the douce arrondissement o fantoosh executive beach hooses, each twa-storey condominium ootrigged wi a saut free, but n ben leisure pool, the aye popular verandaAtlantico an the ashet circle o a private helipad. Ayont the ramparts an weather bastles o the Esplanade, Paolo could see clear owre tae the street lichts o Stranraer Parish an ahint the bleck shooder o Stranraer, he could juist mak oot the dreich electric twin-glower o Dundee an Motherwell Parishes. The Rail wis owre-elevate for him tae see doon tae the watter but he kent it wis there, strivin an hotchin atween the man-wrocht islands, aye ready, waitin, like some hungry stoorie animal, on puir sowels slidderin in.

Nadia wis seeven year aulder than him. Efter their waddin, they had flitted in thegither tae a gentrified seafront multi on Lithgow Parish. Nane o the twa o them ever alloued the age difference tae bauchle their love. In thae pre-Senga days juist efter he wis lowsed fae his twa roch year in the ermy, Paolo bocht an sellt antique CDs an bootleg Liquid Music Chips on commission while Nadia won maist o the breid for them, workin as a freelance intellectual property lawyer. They lived weel. They ate beluga caviar an fresh watter American saumon. They went their holidays tae bools-in-the-mooth volcano resorts an were aye leal an true tae ane anither. But when *Sangue de Verde* chapped the door o their couthie yuppie lives, Paolo didna ken whit tae think.

They had baith been strict in their observance o Statute 71 o the Arctic Hemisphere Constitution an confined their lovemakkin tae the clean uncontaminate environment o cyberspace. In the echt years o their relationship, the pair o them hadna even kissed. Paolo couldna unnerstaun why yin day at their Parish polyclinic, Nadia's routine bluid test shawed up SIV positive. Awbody on Port cairried within them some meisure o the dormant Senga virus. Folk kent tae caw canny an no wauner owre far fae their supply o Mowdy peels. But naebody richt in the heid wid hae slaverie real physical sex wi anither person an rooze the radge Senga fae her sleep.

They grupped Nadia on the wey oot the polyclinic door. Paolo tried tae puspunch his wey throu tae her but wis immediately peened tae the flair by ane o the specially trained sumo-orderlies. The last hing he seen wis a rammy o porters an nurses forcin

Nadia, kickin an greetin, intae the open mooth o a lang white plastic kist. They jagged a sedative intae Paolo's bahookie an he woke up wan week later in his an Nadia's apartment, alane in their Paco Raban circular double bed.

Wi a hoast o static, the train's auto-clippie piped an announcement throu the tannoy that the splash terminal yett wis nou up an that aw passengers maun mak siccar their seat belts. The double doors clicked ticht shut. A reeshle o supplement oxygen hished intae the caur fae ceilin ducts abinn Paolo's heid. Closed-circuit visuals o the gawpin splash terminal gate kythed on an engineer's panel forenent his seat. Instinctively, he grupped the belt as the train went intae its pre-splash tilt an then cawed rapidly forrit towards the gate an the rairin maw o the sea. A hotter o tension juddered alang the cairriage flair as the lead engine heezed its turbines up owre the 200 kms merk. Hope this hing's no gaun tae be late, he thocht, his mind awready reddin the route he wid tak when he finally got tae Dumfries Parish.

'Haw, neebors.' Ane o the hoodit doos – the leader wi the blue bunnet – had pauchled his wey up the aisle fae the front o the cairriage tae the tap end near where Paolo wis sittin. The angle o kelter the train at that moment tholed wis sae stey the gang leader had tae hing by his hauns fae the roof straps. The lad's een wis reid radge on whit Paolo jaloused wis a serious daud o Lugdrug. He weel kent the gallus glower Lugdrug aye installed in its users' heids. His faither's pals – the spacers an drug-baillies that had populatit his bairnhood – aw shared the same gawkit physiognomy. Maist fowk believed the ghoster that Diamond Broon had invented LD but Paolo kent he had merely pauchled the patent fae some puir scientist gadge in the fufties. Fowre decades later, bairns received their aural fix throu the lug fae DJs at raves an wax pairties the globe owre. Paolo's clenched teeth left a wallie-merk in his lip as Bunnet Boy boaked oot a blatch o coorse, nip-heid Lugdrug patter. 'God this day wull gie me wings, for the mooth o the dragon is open.'

The Rail hurled doon the track, enterin the Atlantic wi a

clamihewit o torque an impacted friction. Paolo poued in his legs afore the force o the dunt lowsed Bunnet Boy's grup on the hingstraps. The lad flew doon the centre o the cairriage, skelpin intae his freends an wammlin amang them until the front end o the caur wis a moger o airms an legs an siller stiletto heels.

The train drave doon intae the dull broon watter. Wild white stushies o faem an air-bubbles bizzed at the windaes. The flair o the cairriage juddered its length aince mair as the Rail's propulsion system burled intae action. Anti-shoogle fins opened oot alang the sides o each caur an the body o the train strechtened itsel ontae a horizontal plane.

Paolo wis aboot tae relax an let go his haud on the safety belt when somethin gart him stap. Bunnet Boy fae the ither end o the train wis ee-brooin him, tryin tae pit the fleg o daith intil him wi a skelly short-sichtit glower. Paolo seched inwardly. The peroxide heids had aw turned his wey. He had been cleekit an Paolo kent whit wis comin next. He tried no tae budge, maintainin a pus o stane in spite o the whap-whappin in his lugs fae the recent lowp in pressure.

'Well, well. Look what we have here. A shortbreid, dishcloot, hame-in-a-box kiltie.' Bunnet Boy had untaigled himsel fae his sycophantic blaw-neebors an wis hirplin up the aisle, heezin his airms abinn his heid an allouin Paolo a guid lang swatch at the automatic machine gun jinglin at his hip. 'Did you no like ma wee highland fling there? Ah didna hear ye clappin. Girls, did yous hear kiltie boy clap?'

The blootered acolytes, shauchlin forrit ahint their gangsta hava-mooth leader, shuck their heids vigorously. Waxed oot an tabbed up, twa-three fae the group werenae able even tae staun. Paolo noticed a wee breekum o a laddie sittin on his ain, girnin an chawin his thumb. Paolo sat still, ignorin the noisy clatter o the crew's fowreteen an a hauf year auld godfaither.

'It wid be bonnie, widn't it, if kiltie boy here got up aff his sweaty fud an honoured us wi a roond o applause.' A self-sookin smile slowly expandit owre the laddie's gub. Paolo had tae bite

doon harder on his lip. He could hear in the boy's skittery Delta
accent the unpalatable scrauch o a Sino-American education an
the wrang-wittit encouragements o a baw bag commissar faither.
Paolo glisked up at the lad's thrapple. He could rax up his nieve
an in the flicher o an ee, puncture the teenager's hause pipe, staun
on his ribs an stove his fit richt throu tae the boy's hert.

His wame bubbled wi anger but he couldna afford tae skail
ony o it nou on a wee inconsequential yap like thon. The Ceilidh
had CC monitors wired tae every neuk o the caur. A minor haunin
oot cheek tae a passive traiveller body wis wan thing; a trained
sodger clourin a laddie tae the flair on public transport wis a video
moment the Sheriff's Office wisna likely tae owrelook.

But Bunnet Boy wisna aboot tae relent. 'Ken whit, girls? Ah
dinnae hink Jock here's gaun tae clap us efter aw. Guess that
means Jock owes me a performance fee.' Bunnet Boy leaned doon
until his heid wis level wi Paolo's een. 'Wunner if kiltie joe keeps
his plastic in his sporran? Mibbe he'll no mind if ah tak masel a
wee keek.' He lauched an raxed oot a peeliewally airm but afore
it got even hauf-wey tae the pooch, Paolo grupped it at the sheckle
an crushed the jynte's ligaments an sinnons tae a pouder. The lad-
die's een filled wi watter. Paolo released the airm fae the vice o
his haun afore ony screams could come styterin oot the boy's
mooth.

'Gie me the gun,' Paolo said simply. The lad, aboot tae cowp
owre fae the pain, sappily let the weapon faw intae cyberjanny's
lap. Paolo deftly happit the uzi in the fold o his kilt. 'Nou awa ye
go an play.'

As Bunnet Boy turned awa clutchin his mankit limb, Paolo
keekit up at the yella ee o the clype-camera fixed high in the train
ceilin. Twa sowels shakkin hauns, Paolo mused. Thon wis aw the
Ceilidh wid see on playback. Naethin byordnar or sleekit in that.
Nae need for the Sheriff tae caw oot the dugs.

The Rail cut throu the sea like a muckle eel. A digital coonter
at the front o the cabin chapped oot the seconds. The train wid
arrive intae Dumfries Parish in a minute an a quarter. Dumfries

Central wisna far fae the Splash Port, an where he wis gaun wis juist a quick five minute skip an lowp efter that. That uzi, he thocht, wis worth the cawin oot o its kailyaird. Bunnet Boy, feared o a reid face, widna report it reived an it wis probably pauchle onywey. The Ceilidh wid hae nae trace o it an the lang-nebbit VINE monitors owre at Glesga Hoose wid never ken he had a weapon on him. Amang the stramash o soor, sair mindins, glaikit ideas an hauf-feenished plans guddlin up his harns, yin thocht wis clear – where he wis gaun, he wid need a weapon.

A dunt follaed by a shidder rattled throu the train. The dark curtain o watter fell awa fae the windaes an the bauld een o searchlichts an landin beacons o anither Splash Terminal glowered in throu the drookit gless. 'Dumfries Parish,' intoned the auto-clippie's brosie voice. The caur sklented up again at a roch angle as the Splash Terminal's retrieval engines cannily grappled the train oot o the ocean like a saumon. Anticipation kittled in his breist as the undercairriage o the train wis grupped by the current in the electric sheuch an the Rail sped up oot o the Splash Station an on intae the island metropolis o Dumfries.

Paolo heezed his rigsack up by its lugs an flittit tae a staunin position at the cairriage doors. The platform lichts o Dumfries Central broostled throu the dark up aheid an Paolo soon felt the brakes sprattle as the Rail slowed an cawcannied its wey intil the station. The doors hished open an on his wey oot the cairriage, Paolo gied Bunnet Boy the stane face. The laddie, curled up on his bink like a doo wi a broken wing, didna dare glower back.

Paolo made his road oot o the station an nashed ontae an esca-lator that brocht him up tae street level. Afore steppin oot ontae Broadway, he transferred Bunnet Boy's uzi fae the folds o his kilt tae his rigsack an then stapped an keeked circumspectly doon the street.

The thoroughfare wis toom, happed up an still in the post three am dourness. Video games blenked in a shop windae. A plastic poke scrauched past, cairried alang by the warm Portside wund. Gliskin at the steel time pad on his wrist, Paolo breenged oot the station door an hochled across the road, a grue o determination on his pus. Twa blocks fae the station at Bonnie Lemon's Space Inn hostel on 12th Street, he wis due tae tryst wi James Sark.

Paolo hadnae seen the Sark in a decade, no since Happy Day. They had tellt him at the time that his uncle wis deid but Paolo, juist nineteen then himsel, hadnae swallaed ony o their blethers. Altho he wisna his real uncle, he kent the wey Sark thocht but n ben. Thon wis how he hadna grat at the memorial service. His drouth o tears cost him seeven month in teen-analysis, peyed for by Sark's junkie third widda, Cody. Since then there had been owre mony funerals.

In spite o his unswageable sexual appetite, the Diamond had ainlie pit himsel throu the lagamachie o a test-tube burth the wance. Cathy Klog wis a pairtybabe regularly in Broon's social orbit an somewey they had got thegither at a private clinic at the Cape in the hinner 2050s tae produce a laddie. Paolo hadna seen owre muckle o his mither an wis mibbe aw gret oot efter Nadia's Kistin when his maw deed in a caur smash twa year syne. Aga Dunblane had wantit tae petition for a keek at her medical leet but Paolo had stapped her. A guilty fug clooded his thochts whenever he minded her.

He turnt aff Broadway an sterted alang 10th. The patisserie where Sark had sent him every mornan for pieces an lasagne bridies wis awa. A 24-oor cancer shop nou stood in its place. The AutoPost Box wis aye on the corner o 10th an Clyde an athoot lookin, Paolo kent he wis passin Nadia's auld office plaza.

He had ettled tae keep hissel free o memories but somewey couldna stap them sypin back intil his mind. He hadna been doon this road in ten year, altho this had near enough been his hame, an nou his hert wis sair an saft gettin wi sweet mindins. A thoosan times, he had waited on the Blue Hoose office workers skailin at the end o the day – she wis juist a heidyin lawyer's intern in thae days – when he claucht her ticht by the reid AutoBox an held her a lang minute. He had thocht himsel somethin braw an gallus swankin doon tae the Esplanade, airm thegither, wi a beautiful twenty-five year auld lawyer quine.

As he hirpled roon the corner o 12th, he seen a polis truck parked beneath the electric yella signboard that hung ootside Bonnie Lemon's Space Inn ludgin hoose. Paolo poued back intae the shaddas. A sowel lay on the groond next tae the truck an a polis wis staunin owre him wi a club. Paolo watched a second polis climb oot fae the driver's cab, cairryin a thin bleck plate. He raxed doon an rochly grupped the man on the groond by the sheckle, then flattened the man's haun oot ontae the plate an took a print. The officer alloued the man's haun tae slap back ontae the flair, had a keek at the screen an then shook his heid at his pairtner. The pair o them drove aff.

Routine, Paolo reassured hissel. A routine shakedoon. The guy on the flair wis juist anither wrangjimmy. A polis truck ootside Bonnie Lemon's on the nicht Sark come oot o VINE had tae be nae mair than a coincidence. Naebody at least kent he wis here. He had pauchled the surveillance ee in his apartment wi a repro-sleepyheid bocht at a cyberspooks' conference owre at Alpstadt. Paolo wisna even shair he wis here himsel. Thrawn strength alane propelled him throu the dark streets. Thochts an eerie memories threatened tae puggle aw his senses while fear kept a cauld kittlin fingir on his nerves.

Efter giein Lars his cleanin cloots, Paolo had taen a helitaxi tae Andrews Parish but hadna gane strecht hame. He stapped at a tabac an bocht the morn's war report, had a micromeal an a carlsberg at the diner owre the road fae his hoose afore wabbitly ridin the elevator up tae his apartment. But aince inside awa fae the monitors' een, his movements became mair swippert an gleg. He set up the virtual sleeper, hurled his gear intae a poke, chynged claes an joukit oot by the back close. An nou, haein rade the Rail back an forrit aw nicht, he wis here, alane, athoot permission, owre the road fae Bonnie Lemon's cyberjouker cowphoose aboot tae cross the line he had drawn himsel ten sair begrutten year ago.

He wis aw nerves an shivers but he didna want tae bauchle it nou. The idea o turnin an runnin hame could hae nae place in his heid. Kennin aw these years that Nadia maun hae slept wi anither gadge ahint his back hadna diminished his love. He had tried at first tae mak his hert stane-hard tae her. He had ettled tae close the een o his memory an stert again but he couldna. Whiles in life he hadna ayewis been sae couthie tae Nadia. Whiles he kent he hadna been strang for her. Mibbe she had needit anither man's touch. He didna ken whit had gane wrang or whit had happened tae their love. It didna maitter. Aw Paolo wantit tae dae wis pit her oot o her pain. Nadia nou wis nae mair than a daud o meat in a warehoose, her body a mutant disease's feedin grund. She wisna able tae move or talk or even open her een but she aye felt the anger o Senga's shairp claws. Thochts still circulated aboot her heid an her hert beat tae a mair or less regular dunt. Paolo hoped the truck hadna flegged Sark awa. He had a chance tae gie her peace which he didna want tae scutter.

Nadia MacIntyre wis in the Rigo Imbeki because she had had auld-farrant sex wi anither man. Paolo had never hiddled that fact awa an he wid howk up heaven an earth tae learn the man's name. He kent the Sark wisna comin oot o his hidey-hole in cyberspace tae fin oot the fitba scores. Sark wis back on Port tae gie him a message an nou that he wis close, Paolo wis feart tae hear it.

CHAPTER 10

Bonnie Lemon's

HE CROSSED 12TH STREET an stepped owre the wrangjimmy's body. A slaver blew in an oot at the entrance tae the man's mooth. They hadna hut him that hard. Paolo stapped on the sidewalk in front o the door. The electric sign that read Bonnie Lemon's buzzed like a cicada abinn his heid. The fowre-storey reid brick walk-up appeared chapped at the edges an clatty wi secrets; it wis exactly the wey Paolo minded it.

He pushed the door an pit a fit inside. A familiar reek clawed at his neb. The gowd-lamé drapes an mock-hawaiian reception bar had been neither decorated nor dichted since Sark an Paolo checked oot o the Maui Suite that daft final day when Sark an Broon flew awa tae Goa, leain Paolo on his lane on Port.

He poued fae his zip pooch the experience needle baith he an Lars had used tae jag intae cyberspace in the helicopter hangar on Montrose. Paolo didna need much fluid. Bonnie Lemon's wis a hauf-wey hoose atween the RealTime world an the virtual reality o VINE. He unnerstood how Sark had waled this place for the get-thegither: Paolo's cyberjanny commission alloued him nairra access tae VINE an Sark himsel could skite awa instantly if ony polis tried tae stick their neb in. Paolo stobbed a slaver o the creeshie liquid intae a vein an watched as the clatty reception area shimmered aboot him.

The atoms o the boak-yella curtains an the hawaiian bar skailed momentarily, regaitherin a second later as a lang white-wawed room flaired wi sleekit ceramic tiles. Paolo keeked aroon him. At the chaumer heid wis a widden bar. Gowden slavers dreeped fae the beer tap intae a joog on the coonter. Sunlicht sklented in throu an airch windae ayont the bar but didna blin him immediately, like Saul wid hae done. This wis the repro world Sark had cawed up tae foregaither wi Paolo in. It wid hae tae be here, he thocht sardonically. Sark an Diamond Broon's favourite howf – the Café o the Twa Suns fae the auld days o Prague. Mair like Café o the Twa Eejits, he heched as a chair leg scrattit the tiles ahint him.

'You're late, younker.' The shairp voice came fae a booth on the richt. Paolo shauchled forrit an pit his neb roon the corner. At the en o the drumly-lit neuk, sprawled oot on a roch widd bench, wis James Sark.

'Ah'm no a younker ony mair, uncle,' Paolo replied, glowerin throu the hauf-gloom at the apparition's face. 'But juist as a wee ID check, ye can mibbe tell me ma mither's maiden name.'

Sark lauched. 'Weel, sweethert, if we're gaun tae be glaikit, I'm no your uncle.'

'Ma mither's name afore she wis mairried' – Paolo spat the words oot wi a gurr – 'or ah v-mail thon polis truck that wis here three minutes ago.'

'Goad help wi. Whitever ye dae, Lord, dinna send us back as a Broon.' The bogle in the corner raised its heid tae the white ceilin afore cuttin back shairply tae Paolo. 'Yir ma wis cried Klog.'

Paolo opened his mooth tae speir again but the nippy voice cut him aff.

'An afore ye git smert, you were born on the Cape. Ye hae a kenmerk the shape o a foostie aipple on yir left foreairm. Yir ma yaised tae sing ye tae sleep wi Coulter's Candy an Stairway tae Heaven.'

Paolo trauchled tae see throu the hauf-darkness at the speaker's features. He couldna see the man's face.

'When ye were nine year aald, you accessed yir heidmaister's exam vault an sellt the prelim answers tae the seniors in yir schule. The time pad on yir wrist ye keep touchin wis a gift fae the woman ye think ye love. The christian name ma parents cursed me wi is James.' The voice paused tae sech in a braith. 'An your faither is a complete an utter pish hoose.'

The nimble coorseness o the man's speech wis kenspeckle but Paolo kent he wid be daft no tae mak siccar. 'Show me yir face, uncle. You aye tellt me tae no speak tae shaddas. Show me yir coupon.'

'Weel, dinna expect ony ile pentin, eh no.'

The figure glegly boued his heid oot o the shaddas intae the repro licht. Paolo did his best no tae blink. The een were bleared an craw-taed roon the edges. The chowks wis white as paper. Paolo could see somethin o a nose but the lugs wis retracted sae far intae the heid aw he could mak oot wis the earholes.

'This bod o mines has been throu the wars.' The jinky wee voice o the ghoul had mair life aboot it than its skin. 'Bairn, you dinna even ken the half. Ten year on a Russian-made life support in a Siberian watter purification depot. I've been awa, sweethert, far awa, an ye'll forgie me if I'm no ma usual bonnie sel.'

'How come ye're back?' Paolo's mooth wis ticht wi anger. 'You're owre late tae visit yir parents. They're baith deid. Did you ken that?'

'Dinna mak me cross, younker. I'm here wi a message.' The figure strechtened his back an brocht his hauns thegither on his lap in front o him. 'The message is a short ane. Wan word. Mibbe even you'll manage tae haud it in yir heid for mair than twa seconds.'

'Ah never had you doon as a gopher, uncle. Times must be sair in paradise if you've howked yir bahookie oot o VINE juist tae gie me a message.' Bitterness wis chawin like a worm throu Paolo's hert. 'Ah hope it's a guid word, uncle. Ah hope the first word onybody's heard fae you in hauf a lifetime is a braw wan.'

'The message is fae yir faither.' The Sark spoke quickly. 'An the word is 'Ay'.'

Paolo felt his braith stap mid-thrapple. He looked at the flair an then back tae Sark.

'Dinna look sae vexed, sodger boy,' Sark cairried on. 'Yir faither tellt me tae tell you 'Ay' an I've done it.' Sark, observin Paolo's puggled expression, speired, 'Ye ken fit it means?'

'Ah ken fine whit it means, auld man.' Paolo's voice wis shairp an croose. 'An ah kent, tae, that that wis whit ye were gaun tae tell me. It wis juist.' The flair squeaked unner Paolo's bitts as he turned an moved til the door. 'It wis juist hearin it, that's aw.'

'Tongue-tackit. Greetin-moothed. Haudin his pants like a slaverie wean. Typical Broon.' Angry, Sark tried tae strauchle aff the bench tae follae Paolo but his arthritic shanks widna allou it. 'Dinnae you walk oot on me, ya reticent wee skitter.'

Paolo had a nieve roon the iron door haunle.

'Dinna go. There's time yet. I wis wantin tae, ken, doonload wi ye. We've no seen each anither. Aa thae years in. Son, I need a blether wi somebody.'

Paolo spun roon an stramped back intil the bar.

'Weel, let's hear yir blethers then, unc, because if ah had tae brek oot in a rash o honesty right this minute, ah'd hae tae say that ah'm no aw that sure aboot you.'

Sark tried tae mak a joke but Paolo cloutit a stool across the room wi his bitt.

'Maitter o fack, there a question lowps tae mind an ah'd like tae run it by ye, if ye've nae objection.'

Sark shuck his heid, a glower stertin tae fash its wey across his pus.

'How come, uncle - an dinna be blate here, eh, dinnae you haud back nou – but how come you have sae miraculously resur-rectit yirsel tae run messages for the same man that pauchled you oot o everythin ye owned an yirdit you alive on the wrang side o reality wi hauf the world's banks an cyberpolis chairgin aboot lookin for ye?'

The words rattled oot Paolo's mooth.

'Wi his braw lawyers – peyed for wi your siller, by the way – he dobbies the daith penalty at Submarnock an flits tae the life o larry in a penthoose prison, an yet here you are, skitin roon RealTime, riskin your precious erse tae be his errand boy. See wi thon muckle reservoir o love an forgiveness that maun be slitterin aboot in your daft hert, ye'll mibbe finn it in yersel tae forgie me when ah say that ah dinnae believe a word you're tellin me.'

Paolo paused tae regulate the pech in his voice. His chist heaved as his thrapple poued new air intil his lungs.

'Did fufteen year creepin aboot in the dark bauchle yir senses awthegither, is that whit it is? Or are you juist owre guid tae be true? Ah'm stertin tae hink that ah should be keekin owre ma shooder for whit micht be waitin on me in the shaddas insteid o staunin here listenin tae your pysenous blethers.'

Sark sat back in his chair like a man retirin fae a game o cairds.

'There a storm comin, younker.' The auld man's voice wis stertin tae fade. 'Yir faither says he'll wait for ye up at the aald place. Haud on until they sned VINE, then dive fae the Gaelic Quarter.'

A shoogle ran throu the pixels o the Café's white waws. Sark's image flichered momentarily aff then on again. Paolo caucht a glisk o Bonnie Lemon's mingin aloha decor. The virtual link wis dwynin. In a second he wid be oot o VINE. Desperate, he skited forrit tae grup the auld man but Sark's repro flesh flitted awa in front o him. Paolo foond himsel gowkin at an empty bink. Then the roof, flair an heavy widd bar o Café o the Twa Suns slittered awa an he wis staunin his lane in Bonnie Lemon's reception. Sark's roch voice rived the hostel's eerie silence afore mizzlin awa completely intae the air. 'Swim, younker. Swim like I taught ye. Soom wi yir hert an soom wi yir mind an ye'll aye win tae the far shore.'

An then the bogle wis gane.

When Paolo stepped oot o Bonnie Lemon's, he took yin keek at the scene in the street an kent he didna hae lang. Sark wis richt. A storm wis comin. Newscubes in shop windaes alang 12th were a hotter o blue an white weather maps, monitorin an ondingin hurricane. Awa in the distance, Paolo could hear the klaxons on ither Parishes bummin oot the general alarm. Polis an fire trucks clattered past on the highways abinn his heid. Fowk stertit tae appear fae their hooses wi their bairns, maist o them still sappy wi sleep. In twa-three minutes, hunners o people were on the street shauchlin the same fleggit gait towards the mooths o the Parish bields. Paolo jouked by them throu the Dumfries side streets an wynds, eident tae rax the Gaelic Quarter afore Atlantic Hoose posted the storm curfew.

His mind bizzed fae the encoonter wi Sark. Deep doon, he kent it wis aw pauchle. Somebody wanted tae guddle up his heid. He wisna shair whase hauns wis pouin the strings but it didna maitter a button. This wis the first peep he had heard fae Diamond Broon since Nadia wis Kistit.

His intellect tellt him tae stap, turn roon, hirple efter the guid parishioners o Dumfries an see oot the storm doon in the bowels o the island, snod an safe in a municipal hurricane bield. But his hert cawed him on. He nou had the information he had been tryin tae jalouse on his ain aw these years. Or pairt o it onywey. A whusper. A hauf truth. An the time had come tae mak siccar. He wid meet Broon an tak fae him whit wis needed. Paolo's heid bealed wi this recent confirmation o the soor suspicions his imagination had fashed owre for five year. He had been tellt 'Ay', an thon maun be enough. Time for Nadia wis growin tae a mair an mair shilpit shadda.

The Gaelic Quarter wis empit. A rep in Lorne Gillies Square wis manually cheynin a display o suzuki funbikes thegither afore rattlin doon the steel shutters on his dealership. Twa polis nashed past him in Sraid-na-Macantoir. The lass at the Gaelic Bureau de Change booth in Angus Dubh Road gied him a cauld glance as she scuttered wi her shop keys. Paolo turned doon ontae Ocean Way.

The wund fae the sea shooder-checked him as he approached the edge o the Parish. Ahint him, left an richt, the muckle beach condos an casino touers o Dumfries Esplanade streetchit as far as he could see. A procession o limousines drew up an poued awa fae the lang boulevard o reid carpet hotels, transferrin VIP guests tae business cless storm bields spreid aboot the Parish.

Paolo crossed the Esplanade an stepped oot ontae Pier 5. As he merched up the steel gangwey, he could mak oot the ither Parish cities, nou aw stertin tae bump an shoogle fae the approachin storm. At the en o the pier, he drapped his poke on the grund. He whupped aff his kilt an ermy tunic an stowed them in the poke.

Quickly happin Bunnet Boy's uzi in a plestic ziplock, he strapped it til his shooder an poued a package fae ane o his tunic pockets. This he unrowed neatly intae a scuba suit an then howked it smertly on up owre his body.

The mainland wis a sair twa-hunner km sweem across the Irish Skagerrak. Paolo could mak oot peerie wee white fernytickles on the far Dryland shore which he kent were executive dachas. The land owreby wis forbidden tae ordinary Port citizens. Ainlie the radgely rich could afford tae bigg hooses on the Drylands. Paolo wid win himsel ten year on the Mongolian border if the Ceilidh catchit him owre there. Forby, he wis heidin a hunner an echty degrees in the wrang direction fae his ration o MDZ peels, athoot which the Mowdy virus in his bluid wid rapidly degrade intae the deidly Senga. Paolo flung the last peel doon his craigie an swallaed.

He couldna turn back. Mibbe the Diamond really wis up at the 'auld place'. Mibbe the soor-hertit auld sinner wis awready sittin on ane o But n Ben A-Go-Go's thirty verandas watchin the Alantic thunner gaither owre Port, waitin tae gie his lang lost son a phial o DNA. Whit if Sark wisna mis-airtin him? Whit if nane o this wis sweirly wrocht? Sic a chance wis owre precious tae miss. Paolo widna ken if the Sark's virtual bogle had tellt him the truth until he saw Broon an speired him for himsel.

If the man he blushed tae caw his faither admitted tae haein unprotectit sex wi his young wife, Paolo kent exactly whit he had tae dae. The Diamond had in the fabric o his sweir auld banes the key that wid lowse Nadia fae her pain. He wanted a swatch o DNA oot o his faither an he wid thrapple him tae git it, if he had tae – thrapple the auld man an mibbe never stap. Paolo shook himsel. He had tae keep the heid clear. He maun pit aside his ain emotional scunner. The moral midden o it aw wid hae tae wait til efter.

But he didna unnerstaun yet exactly how the Diamond, efter fowre year o pusyin him an Aga Dunblane aroon in the coorts, wis aw o a sudden sae doitedly happy tae oblige. Paolo, even as he pre-

pared tae dive, wis furiously tryin tae scoor awa the clart o sub-
terfuge he had been sellt since yesterday efterninn tae jalouse the
Diamond's motives. Fillin the cash pokes o a Dane like Lars wi
siller wis wan thing; howkin Sark oot o cyberlimbo wis anither.
The Café venue fyked him, tae. Thae twa girnin greetin suns had
ayewis fashed his intuition, whiles hinkum-sneevlin their wey
intae his dreams.

For a wee second, he thocht he could see faces at the windaes
o the sea-scrapers ahint him. He nearly jinked roon but checked
himsel. The smeddum tae survive wis thrummin back intil his
body efter an absence o years. This storm, tae, gart him think. The
hurricane wid temporarily cowp Port's security channels, makkin
a sweem tae the Drylands possible. Thae channels, thocht Paolo,
ainlie went doon yince or twiced in a season. It aw seemed awfie
handy. A bonnie coincidence. He felt some anonymous haun, mair
strang even than his faither's, cawin him alang, steerin him
unflenchinly towards danger.

Paolo glowered at the Skagerrak. His twa year as an
Amphibian Fusilier had learned him how tae warsle muckle
swatches o watter. He juist didna want tae think aboot the hicht o
the drap. He wis never onythin mair than proficient at divin.

Paolo spat oot a skitterie gob an watched the white slaver trail
awa doon until he lost sicht o it against the hotchin faem. He
drapped his poke owre the edge an made blades o his hauns. The
time for thinkin wis by, he concluded dourly, an athoot blenkin
lowped the hunner an fufty fit aff Dumfries Parish intae the sea.

CHAPTER 11

Elvis

PORT THOLED HURRICANE ELVIS 48 oors afore the hert o the storm cowped in on itsel an mizzled oot owre the Sea o Iceland.

Doon in the storm bields, on each o Port's twinty-seeven Parishes, weans gret, auld wifes hoastit an Russian grandfaithers chowed their thoums owre broukit games o chess. The air in the chaumers deep in the Parish bowels wis sair tae breathe. Watter skailed in fae gaws in the roof. The shilpit an the seik chittered unner drookit blankets while wallydraigles o laddies guddled bairnishly in the sheuchs.

Efter twa days wi yin million sowels stewin athoot a chynge o claes or a skitter o soap, there wisna a bield didnae reek o oxters an feet. Packymen pauchled roon the bell-shaped chaumers, sellin deodorants, duty-free paracetamol an pokey hats. Port Buddies seched in lang queues, polythene ashets in their haun, waitin on wabbit microwave cuisine fae stressed-oot, soor-faced kitchen staff.

A sham o normality hingit like a fine stoor owre the boorach o hooseless citizens but amang fowk an their faimlies, the tension wis as thick as clart. Ootside, the storm aye rummled like a dangerous baist an the nieve o the sea chapped like a god against the Parishes' iron hulls.

Burth-mithers an their pairtners, airms linkit roon their weans, gowked at waws flicherin wi television screens. Sea TV hotched wi picturs o burnin buildins. Anchormen havered excitedly aboot the radge wildfire bleeze that wis pugglin the city's emergency services.

Shooglie footage fae a Cable Z minicopter revealed a collieshangie o flames on the deck o Glenrothes Parish. Ibrox 5 vidcrews yappit efter fire trucks an ambulances on Bathgate an Elgin Parishes. Andrews Parish smuchtered like a weet bonfire in the smeekit haar. Inverness Parish hauched thick bleck smoke intil the atmosphere an the skyscrapers o Glasgow Parish wis like a raw o lums against the grey lift.

Bawbee Brig an the Clyde Expresswey had baith been cowped intil the bilin Delta watter. Helicopter crews hottered abinn the collapsed linkweys, fishin screamin sowels oot o the sea. Polis junks were visible flittin refugees aroon the Skagerrak. Dundee Parish wis laich in the watter an the news desks wis janglin wi reports o Dunbar an Kilbride Parishes lettin in.

The people ben in the hurricane bields glowered at the picturs o their bauchled streets athoot collogue. Electric cables, lowsed by the wund, hingit in taigles across avenues an vennels. Toxins bubbled at the mooths o cundies an maist o the 1,000 km o Sheuch Public Transit wis whummled.

Professional bletherers on the popular live talk channel, Havers Inc, were cryin Elvis ane o the sairest cyclones ever tae ding doon on the maritime metropolis. In the hauf century bygane since God's Flood, the city had had tae dree mair than a hunner an fufty tropical storms. Each Parish wis biggit tae thole vernear every kind o mishanter the North Atlantic dispatched til it. The steel island muckle-structures, chained by stieve cables tae the ocean flair, were able tae sook up the fury o maist o the seasonal taifuns an tsunamis, but nou an again, Port foond itsel fechtin for existence against ae singil radge catastrophic storm.

Bonaccord 3 cairried aerial an satellite photostills o Port. Cameras thirled tae the wames o licht aircraft dichted the screens wi panoramas o the storm-blootered Parishes. The twinty-seeven settlements riz an fell on the birslin ocean. Each ane keltered like a coracle on the roch, white-heidit sea as gurlie wunds grupped the dark metal structures an hurled them thegither wi a dour clang. Fae yin mile up, the Parishes were like a guddle o clatty ile-drums; fae space, Port looked mair like a bleck ee.

Shammydab, the entertainment channel, howanever, managed

tae kittle fowk's spirits throu-oot the storm wi updates on the safety
o kenspeckle celebrities detained in Port by the uncanny weather.

The weel-kent coupon o the Taiwanese virtual explorer, Che
Kirk Wong, keeked oot intermittently fae the city's television
screens, his hallmerk slaverie Havana wedged atween his million-
dollar wallies. The soople fingirs o a Marriot Hotel masseuse slais-
tered lotions owre the shilpit adventurer's plooky shooders as Kirk
Wong recoontit throu the fug o his cigar his latest daith-deavin
splores in the laich rooms an regions o the cyberspace archives. A
monogram o his new bestseller, alang wi the price, blinked in the
neuk o the screen an the haill interview hirpled roon on a contin-
uous loop in Flemish, American, Arabic an Scots.

Shammydab's cameras jouked impetuously roon Port, snappin
efter mair famous fizzogs. Rachel Loyola, the first albino wumman
tae soom the Atlantic, wis at the Airport Hilton on Falkirk Parish
burlin her muckle anabolic-biggit airms aboot in an impromptu
demonstration o the Pacific Rim Crawl. His Royal Hieness,
Eduardo Stewart, wis dichtin broos wi a wat cloot in a hurricane
bield fou o dowie an epileptic weans. Fluminese, the Rio exhibition
team, in toun for a World League play-off wi FC Portic Thistle,
had been tracked doon tae the Stade Olympique hospitality centre
on Edinburgh Parish where they were seein oot the storm in a
gravity-free jacuzzi wi the first fufteen o the Pan-European
Wumman's Hurlin Team.

Syne suddenly every screen an station lowped tae live picturs
o a helicopter bizzin angrily owre the Parish o Selkirk.

The muckle man-wrocht island had shoogled apairt fae its nee-
bors an wis hingin heavy tae ae side, a skelly silhouette on the jow
o the sea. Klaxons bummed an warnin lichts bleezed as helicopter
crews focht the high wunds tae pou auld yins an bairns fae the
taps o buildins.

A ramstougar wave clashed aff the Parish stern an tap-
salteeried the settlement o toun hooses an shoppin malls further
intil the watter. As the Parish cowped slowly owre fae left tae richt,
the communications touer an the high rise flats in the dockers'

quarter dreed sae stey an angle that the bolts an foondstanes were riven oot o their larachs as easy as rotten teeth.

Waws juddered. Windaes boaked furniture. Gless dinged doon like rain. An ice cairt skitit the length o Wallace Boulevard an rattled the shop fronts at Fish Row. Garbage sliddered throu the cundies. A wean's basketbaw stotted its lane doon a desertit street. On the teeterin promenade, laddies an men wis puhlin aff their sarks an flingin theirsels intil the waves echty metre ablow.

The hot news fae a fleg-faced reporter burlin up an doon on a polis launch hauf a klick fae the bauchled Parish wis that Selkirk wis lowsed fae Greenock. The storm had managed tae sned the stieve fibre-alloy cable that thirled each Parish til the mutual anchor on the sea flair at the drooned maritime burgh.

The muckle waves finally rowed Selkirk owre ontae its side an the population o Port gowked at their TV cubes as the ocean swallaed the hunner-thoosan-tonne metal structure like it wis a sweetie or a peel.

CHAPTER 12

Vermont

IN THE DRUM o Elgin Parish, Vermont watched Selkirk kelter an sink intil the birslin sea syne closed her een.

Naebody else aroon her in Hurricane Bield 6 seemed tae care. There wis nae general greetin or kirmashin o grief. Vermont sometimes couldna thole Port's cauld uncouthie character. She hadna ever been on Selkirk but the loss o sae mony kenspeckle strangers made her hert as sair as if somebody had stobbed a peen throu it. As her neebor citizens drooned on TV in front o her, she looked doon at Ashka, asleep at her oxter. Mibbe nou the storm wid lea them alane.

Ashka yawned an cooried in tae Vermont's life jaiket. The quinie's cheeks wis reid-sheuchit wi tears. She had been reived fae her warm tosie bed at her faither's apartment in the wee oors o the moarnan. He wis broostlin aboot wi a lang lip owre at the screens, goavyin like awbody else at the satellite weather forecast. Vermont clapped the lassie's yella hair an alloued the bairn tae guddle up closer. Ashka grummled in her sleep. Vermont chirked her ain teeth thegither, tae. She wisna feelin aw that braw hersel.

Z. Z. Coulter. Thon wee puta. She had been aboot tae arrest him ootside his pill bothy at Elgin North when the shill pibroch o the hurricane alarm stumoured her lugs an senses. Vermont had been efter the dug-gabbit wee dope pauchler as lang as she had been oot the Academy. She had skinnt his neb wi the waw a couple o times afore this but had never catched him wi onythin on him mair hazardous nor a sweetie. Syne there he wis, the pooches o his shabby manga jaiket stappit wi gowdies, heiders, jube-jubes an cake. An hingin aff his shooder, a kist-bag riftin fou o Vermont's personal channerin worm, the michty Lugdrug.

Coulter wis a big clart o a lad tho an gruppin him her lane in an oorie service lobby on the thirty-seeventh flair o the Elgin Finance Center wis nae wey wice. Her pairtners, Watt an Paterson, wis bunny-cleekin on the ither side o the Parish an were blate in respondin til her v-mail request for back-up. When the spate o fleggit lawyers an brokers come chairgin doon the lobby tae git tae the bields, Coulter juist rived her nieves fae his shooders an slieved awa in the rammy.

Nou she wis yirdit in the vaults at Elgin, the name Coulter a stane atween her taes. The wee chancer micht hae been her first collar. Schuster, the station captain, wis nippin her heid for results. Her arrest leet since she jined the Ceilidh didna reflect the amoont o darg she pit intae her job.

The gallus heroes, Watt an Paterson, pished on her aw shift lang. 'Bonnie pair,' Paterson wid murmel in the ither's lug on the wey til a raid. 'Braw wee erse, tae,' Watt wid reply. 'Ye could boonce pennies aff that erse, if booncin pennies aff girlies' erses wis whit ye were intae.' The twa o them – Watt mair nor Paterson – wis seik she had lowped owre them in the militia pey an command structure afore she wis fowre month oot the college.

'Wha's she sookin? Wha's she drappin them for?' Watt's soor-faced rhetoric jundied her thochts. Paterson's leerie coupon cam oot o the shaddas o her mind tae glower at her breists. They baith gied her the boak. They had made her greet in the cauld oors o the nicht but she had enough experience nou o highland league bampots like them tae no allou ony o it unner her skin. Their words wis juist air an guff. Aw she needit dae wis tape their sexist flytin an the Equality wid gie them the jyle. Vermont fingired the lang purpie scar on her airm an chowed her lip. It wisnae Watt an Paterson made her feared.

A muckle fit stepped on hers. 'Ah'm tryin tae git past, eh.' There wis a crabbitness in the voice abinn her heid that gart Vermont keek shairply up. A slapper albino male wi a cou's lick creeshed til his sweaty broo an a pitcher o watter in his mealie haun had his bitt heezed back tae wheek hers oot the road.

'You steer this wean, chief,' said Vermont, her anger happed in a whisper. 'An ah'll timm whitever's in that joug o yours doon yir knickers, then ah'll brek yir face wi it.'

The cou's lick jirked up. The man's gub hished open but shut again when he seen the blue flashes o Vermont's uniform. 'Ah didnae mean tae.' The words skittered oot his mooth as the man whirled roon an wheebered back the wey he had come. At least somebody wis feared at her. Ashka steered in her airms an said in a sleepy voice. 'Ah need tae pee.'

'Well, dinnae pee on me.' Vermont skailed her fae her lap an the lass run ben the steel chaumer til the rest rooms at the hin-end o the bield. Ahint her, the v-mail exchange on her Ceilidh-issue VINE bracelet cheeped. The 2x2 wraproon screen an thick bleck polythene wrist strap liggit on the flair like a deid bawkie. Vermont wis sweir tae pit the bracelet on again. The heavy strap wis owre ticht. It ruggit on her sheckle bane an whiles jagged her wi static. Sairer than thon tho, the communicator come wi a locater chip biggit intil it. Vermont didna like how the bracelet clyped on her. The station aye kent where she wis. That meant he kent, tae.

Vermont thoumed the skin on her left wrist syne sneckit the bracelet back on. The system wis mair security-siccar than the communication tattoo, organically thirled tae her airm which had nae safe channels, nae scrammler facilities but, as Vermont aye pointed oot, nae locater chip. The bracelet clicked on, nippin her skin. VINE had been deef an dumb throu the storm tae lowse til Atlantic Hoose the information vennels needit tae fecht Elvis. The polis lines wis janglin again. Vermont's screen hotched wi visual an verbal data aboot Port. Nou she could lug in tae whit wis happenin ootside an mibbe git a haunle on Coulter afore Schuster foond oot she had mogered his arrest.

She speired VINE tae mak a general search an took hersel a dauner roon the system. Some day-glo daftie wis aboot tae tak a heider aff the tap o Connery Plaza. Anither ane, a fitba diva wi a Marilyn Barrymore set an curl, chittered in the wund abinn the

Telecom Touer. VINE zoomed in for a routine ID shot. Vermont
seen the lassie's face up close an in profile, the girl's broo weet an
shinin wi fear. Lowpers like thae shoogled Vermont's kennin o
fowk. She wis aye gled nane o thon was in her remit.

Vermont wheeched roon the Parishes. There wis stress ram-
mies in the storm bields o Dumbarton an Kirkcaldy. A faimlie o
boat people had been apprehended in the main haven o Portree
ettlin for the mainland in a stolen junk. Looters an reivers arrestit
on Stranraer. A Dane foond deid in an executive suite o the Hilton
on Montrose. The same auld keech, thocht Vermont. An nae a
peep o Coulter. Schuster wis gaun tae dicht the flair wi her.

Ashka come back fae the cludgie but didna return tae
Vermont's knee. The bairn gaed owre insteid til her faither, Lou,
that wis still glowerin at the screens. Vermont sensed a gliff o spite
in his gait. He wis stane-luggin her, dookin himsel intil the bree o
images hotterin owre the TV cube. Ashka rugged the leg o his
breeks an Lou heezed her up intil his airms. The ootline o their sil-
houettes bleared in the licht o the screens. Vermont mowed a
smile.

Lou wis a wan-lowp ceilidh that wis intae its third month. She
had rescued him fae a cauld mairriage tae a caterin executive on
the mainland. His ex hadna seen Ashka in owre a year. Vermont
charked her teeth again. She wis awready smitten wi the bairn but
wisnae shair if she wis cut oot tae be Lou's bidey-in.

They'd had virtual sex an a bleezin row afore she went aff on
her last shift. She tellt him aboot Watt an Paterson's soor-moothed
patter an Lou had gane aff his heid. Aw she wantit wis a shooder
tae greet on. A strang sowel tae coorie intil. Insteid, she had lichtit
the lowe o jealousy in him. She needit love fae a mair siccar hert,
no a drochle that poued his hair an rived his sark ilka time some
bamstick whustled at her. She wis owre numb fae the storm an her
work tae be still sair at him but she seen, no for the first time, that
Lou an his wey o love wis toxic. It wid thrapple them baith. She
kent nou she wid never tell him aboot Craw.

'What's it like out, hun?' she called owre tae Lou. 'Can we go to the beach yet?' Lou shot her a soor look. Ersehole, she thocht. She wis ainlie tryin tae brek the ice.

'It's pishin doon, sugar pie,' he replied, his expression as dour as granite. 'Ye'll hae tae wear a bunnet wi yir bikini.'

Vermont pit her hauns on her hurdies. 'Oh, bum-mer,' she said in gawpit American. Ashka, at her faither's elba, lauched. Lou's thrawnness saftened intil a smile an the pair o them stertit tae hochle owre.

VINE cheeped. The hotter o static on her wrist-screen wis formin intae a face. Vermont hauf-expeckit Coulter's glaikit pus tae kythe on the monitor an gie her the fingir, tho it wid mair than likely be Schuster wi an owredue verbal warnin.

Ashka an Lou wis makkin cooin noises til each anither as Vermont pit a wee amp attachment intil her lug. A heid come thegither on the screen. 'Wha is it?' speired Lou, the lang look returnin.

'Naebody,' replied Vermont. 'Ah'll be owre in the now. See Ashka gits a cup o watter.' She moved awa fae them tae a quiet corner an cooried intil an elba o steel. 'Ay, sir,' she said tae the screen.

The Craw's face wis, as usual, shairp an clean-shaven. The soorest o smiles spreid across it an a pair o the peeliewalliest albino een glowered up fae the screen at Vermont. She sooked in a pech o cauld braith an tried tae swallae the lump gaitherin in her thrapple but couldnae. Craw's thin perjink voice jagged her like a needle.

'Lieutenant. Your lugs, please. Hurricane Elvis has steered the watters, an a freend o yours has surfaced. The Ceilidh needs your talents. I will be in ma office til ten. Mind, nae breeks or panties.'

CHAPTER 13

Haven

POOCH, MAN. HE HAD them aw in his pooch. Tell them lowp an they wid jink up an doon like dafties in the loof o his cosmetically-reyounkered haun.

Diamond Broon looked doon at Concourse Y fae the cuddie-back seat on his Inuit bodyguaird's shooders an smiled. The warders, the pauchlers, the Ceilidh patrolmen, even the heids o the seeven Faimlies, includin Forfar O'Shea, Izumi Hattori an the spectacularly radge MacCracken brithers – they aw jigged the day tae the tune o his choosin. His word, for the next twinty minutes, wis gowd. His siller had unclarted the wey o obstacles an, in hauf an oor, Inverdisney's maist celebrated prisoner wid be lowsed.

He rade Mojo's braid back doon the stairs tae the Concourse flair. The mall hotched wi sowels but naebody keeked twice at the skinnymalink supercriminal gruppin grimly ontae a neebor lag's bul-neck. The pen population had been tellt. Each man kent where tae look, whit road he should walk. No a singil euro-bawbee wid be peyed oot if ae prisoner stachered or glowered the wrang wey.

A thirty-thoosan-dollar-a-minute movie director fae Hub had choreographed the haill o Broon's escape in a ploy that had the brass neck tae try tae pauchle the allegedly unpauchleable Ceilidh security een which glowered unblenkinly at Inverdisney fae Atlantic Hoose on Port. As Mojo hirpled wi Broon on his shooders throu the prison, a Visi-Anim editor wis digitally dichtin the pair's humphy-backit image aff the heid monitor's memory while aw the ither inmates shauchled aboot in thrang silent concentration, ettlin tae no bauchle their pairt as extras. Forby, a professional actor had taen up residence on Broon's TV sofae in Penthoose Cell A. An Hans Cairns had a fortnicht's worth o the Diamond's hert an body

rhythms chapped intae a dobby program for the neural watch cen-
tre on Stirling Parish. It wid tak the busy lugs oors, mibbe even
days tae jalouse he wis gane. Daunce for me, baby. Daunce.

But Broon couldna daunce. No ony mair. Mibbe juist as weel
he had peyed the Disney population no tae keek. Even nou in the
ee o his life's maist dangerous crisis, his vanity skraiked louder
than his fear. Aff the legs an no able tae hochle the length o himsel,
he wis still tryin tae look braw. He didna want auld an forfochen.
He wantit shabazza brulliant. Aw this wis sair for his image tae
thole. Cairried. Oxtered. Stretchered oot on the shooders o an
employee. The muckle Inuit stachered on the final step an the
Diamond had tae haud in ticht tae Mojo like a bairn tae its ma.
Broon wished he didna hae tae dae aw this in person. How could
he no juist pey somebody tae shank oot tae But n Ben A-Go-Go
for him?

Guairds an sodgers mizzled awa oot their road. Maist gowked
the ither wey but a wheen couldna stap theirsels takkin a fly
goavy. Broon hadna had tae mixter-maxter wi the mainburn o the
jyle's felons, seein oot his sentence hiddled awa in douce
penthoose chaumers. Oot here amang the feck an the lave, his
appearance wis like thon o a rare doo landin in a field fou o orra
craws.

The first guaird tho didna even blenk as Broon an his Eskimo
cuddie approached. He simply redirected his lang-nebbit glower
doon the corridor an swippertly skited his pass caird throu the
yett-scanner o Ooter Door 15. Broon an Mojo shauchled cantily ben.

The second security officer, bieldin the fire stairs fae illegal
stravaigers wi a dour wee Galil machine-pistol, pit awa his gun.
Wi a ghaist o a wink, he turned his back giein the escape pairty
free access tae the stairheid. Broon clipped Mojo's hurdie wi his fit
tae speed up the Inuit's howdlin gait. Sae far the ploy wis gangin
weel.

But owre at the Laich elevators that led doon deep unner the
moontain tae the sea-havens, the sleekit smooth operation tumm-
led its first wulkie. Curious tae see the famous cyberjouker, the ele-

vator guaird's neb got the better o him. The young gadge didna
bou doon or melt awa as he wis supposed tae. A smerter, mair
skeelie reader o situations wid no hae glowered sae lang an sae
glaikitly wi the gub open an a face on him like a dug regairdin a
pork chop. The young lad soon foond himsel in the heidlichts o
the nippiest glower he had ever experienced afore a heavy Inuit
foreairm showed him the flair an route wan tae unconsciousness.

This wis nae amateur nicht. Diamond Broon didna want ony
clooties in his road. The stakes wis owre muckle. He didnae like
haein tae dae this. He wished it didna hae tae be this wey. Hingin
in tae Mojo. Joukin meekly past men he had spent his life walkin
owre. It wis a moment o some professional sairness. He couldna
be certain whit the general jalousement o his actions wid be. The
prison claiks wid be giein theirsels ulcers ettlin tae divine the
Diamond's motives. Mibbe even a wheen o them awready kent.
Broon's thrawn nature had never been sae unhappit. His sleekit-
ness had no been public-domain afore. The semmit o his ugly con-
tortit sowel wis for the first time really stertin tae shaw.

Mojo strauchled intae the Laich elevator an Broon breathed
oot. He wis redd an he wisna redd. Cairns had said his metabo-
lism wid haud thegither anither three days but awa fae the canny
environment o the penthoose cell, Broon couldna be shair hou
weel his diseased auld corp wid fare. The lands ootside the prison
were snell an could sook the juice oot o chiels far swacker an
younger than himsel. He had haun-waled Cairns, Ip an Mojo for
this crucial ploy. The doctor, whae had been caucht pauchlin dis-
coont herts intae Port fae organ fairms in Alaska, owed the
Diamond guid style – Broon had sponsored him for ten year wi
fantoosh lab facilities in ane o the Penitentiary's quieter neuks.
The auld chancer kent he could rely on Cairns tae dae juist aboot
onythin. Ip an Mojo, on the ither haun, wis loyal ainlie tae siller
an Broon had plenty o thon. His personnel widna let him doon.
He had wrocht the situation tae be as moger-free as possible but
there wis a wheen o variables oot there ayont baith his ken an his
control.

Cairns an Ip stood waitin on them when the Laich elevator dinged open.

'There's naebody aboot, boss,' whuspered Ip in a hoasty voice which wis looder than if he had juist spoke normal. 'Come on. Wir boat's owre there.'

Inverdisney's sea-haven wis supposed tae be a hiddlin secret fae the felons up the stair but awbody kent Governor Santos keepit a wee flotilla o pleisure craft in a muckle cave riven oot o the rock by dynamite. An the siller-bribe the Diamond had had tae pey for a len o ane o Santos' boaties had riven juist aboot the same size bite oot o his personal fortune. Broon had lauched when the word 'len' had been applied tae the deal; the Governor wid be mair likely tae see twinty-wan again than whitever boat he gied him.

They traivelled on throu a tunnel tae its mooth boaked them oot intae a braid chaumer, unlichtit forby yella an white bogley shapes dauncin on a roch stane ceilin. Jet skis, catamarans an yachts jowed on the semi-circle o watter that led oot tae the gurly waves o the open sea.

'The yin at the end.' Ip wis awready on a nairra walkwey at the tap o which waitit a lang white speed boat. 'Canny wi him nou, ye big Inuit dowp.'

Mojo gurred at the wee man as his feet foond their balance on a wanchancy plank o widd. Wi Ip aheid an Cairns ahint, the muckle man cairried Broon forrit taewards the boat. They werena a quarter o the road there when a shairp click echoed roon the dourly-illumined herbour.

'Stap an drap, boys. IDs an cell nummer. An nae pusin me aboot.'

The escape pairty hurled roon. A senior guaird, wi a complexion mair craw-taed than couthie, had his Galil oot an airted at the fowre o them.

'Whit's it wantin?' Broon snashed impatiently. 'Go away,' he tellt the man cannily an clear as if instructin a bairn. 'Git oot wir face.'

He chapped Mojo's napper tae continue but the second the

muckle chiel budged his ponderous bouk, the Galil violently hoasted a raik o buhlitts across the quayside. Ip, forenent Broon, Mojo an Cairns, skraiked an went doon haudin baith legs, squealin like a grumphie, his pus a sudden pronooncement o pain.

'ID an cell nummers nou.' The guaird's ja wis a stieve unflenchin line. 'Or eh'll gie the grey-heidit skitter a cap in the erse.'

The Diamond slippit awkwardly aff Mojo's back an faced the man, even altho he looked that shooglie a guid sneeze wid hae blawn him doon.

'Ah'm no unnerstaunin this,' he stertit. 'Mibbe ah've missed somethin here. Did you no git yir money? Did ma accoontant omit tae pey you? See, you're supposed tae be keekin the ither wey, haein yirsel some serious zeds an juist generally no bein here. Ah didna shell oot siller tae hae a mega-numptie like you waggle a gun in ma pus an crack foosties aboot ma hairdo.'

'Eh'm no wantin yir money, Broon.' The guaird flung himsel fae the dock ontae the gangwey. The Diamond an his men felt the plank whudder unner their feet as the security officer landed. He advanced up the brod, his een twa bools o dourest blue an his body language decidedly thrawn. 'Sturrock. Does that ring ony bells inside your raivelled heid? Sturrock White. Bra-lookin blok. Lang an daft an ehwis laughin. Guid skin. He eh said he hud guid skin.' The man stapped tae dicht an invisible slaver fae his mou. 'You dinna mind him, dae ye? You havenae got the first ehdea whit eh'm talkin aboot, eh no.'

The Diamond closed his een. He didna need this. He peyed folk byordinar salaries tae keep aw his indiscretions, wee an muckle, thirled where they belanged: the past. He wantit Mojo tae juist clour this problem oot the road. Cairns wid be hotchin tae gie him a jag tae smoor his fykie febrile system. The guaird wis richt, tho. He couldna mind ony Sturrock White.

'Up at your magic bothy. Your famous But n Ben A-Go-Go. Eh tellt him. Aa aboot you an whut he could expect if he rolled in the midden wi you an yir pals. Coorse, a faither sayin that tae his lad-

die. Dementit horses widna hae kept him awa efter eh said that.'
The guaird levelled the automatic machine gun at the Diamond's
wame. 'Eh dinna want your money. It's bluid eh'm efter. Yours,
Broon. See, thon's aboot aa ye can ever want when ye find oot yir
son's been senga'd by a clarty wee wick like you.'

Diamond Broon glowered at the man that wis greetin on aboot
takkin his life an realised that he had never richt unnerstood folk
that he couldna buy. Siller wis the Diamond's global tongue, his
lingua franca. His nouns an verbs come oot as merks an bawbees.
Thon wis how he blethered tae the world an how the world
blethered back. The vennels o communication ayewis broke doon
tho when ane o thae unco buddies that didna ken the language wis
alloued tae slieve in throu the waws he had biggit roon aboot him.

'Aw, hunners, pal. Thoosans,' the Diamond began wi a sech.
'Heifers, beefers, hizzies, hairies. Bidey-ins, bidey-oots, causey
crawlers, lassie-boys an jeds. Louns an quines that should hae kent
better but didnae. They aw went throu ma fingirs. Ah held their
heid in the het oors o the nicht. Mibbes your son, tae. Canna pic-
tur him, tho. Ah've nae recollection o his guid skin.' The Diamond
checked himsel an poued his thochts doon anither road. 'But ye'll
hae tae excuse me. Ah didnae mak ony space in ma diary the day
for glaikit nae-hope evangelists like you.'

Broon's airm-com tattoo had been scannin the guaird's coupon
durin their conversation an had juist speed-dialled a nummer the
Diamond had ayewis foond handy tae hae on his phone leet. Afore
the guaird could react, he had brocht the com up tae his mooth an
said, 'Ay, this address. The haill faimlie. Affirmative. Granny.
Weans. The lot. Thank you much.'

'Whut dae you think you're daein, scumheid?' The guaird's
stance wisna juist as siccar as it had been a moment syne. He
couldna quite jalouse exactly whit wis gaein doon but he instinc-
tively felt, altho he still had the gun in his haun, that the advan-
tage had somewey flitted owre tae the Diamond.

'Kate, Ingrid an Euphemia. Ah think that's whit ye cry them.'
Broon spoke in a rapid haver, his voice toomed o ony feelin. 'Sae

this is the deal, Officer White. An you've got tae consider this an consider it weel. Ah dinna git on that speed boat an let oot o here in ninety seconds, a freend o mines chaps on your door at 730 Crichton Smith Park, Lithgow Parish an peys your faimlie a visit. An tak it fae me, Mr White, you dinna want this china onywhere near your wee nuclear faimlie.'

The security guaird's face had turned peeliewally wi rage. He near snapped a tooth ettlin tae deave the voice in his heid chauvin him on tae peen-cushion Broon's chist wi aw the buhlitts left intil the Galil.

'You gottae dae the richt thing, officer.' The Diamond raised his airm tae let the man see hi-rez heidshots o his mither, quine an wife on the tattoo-com screen. 'An ye've got tae dae it pronto.'

Anger and dreid bubbled wi equal sairness in Officer White's hert. Emotionally an strategically stumoured, he had nae ither wey tae gang but tae drap the Galil on the flair.

Mojo smertly turned an cairried Broon the rest o the wey tae the boat where Cairns immediately rowed up the Diamond's sleeve an set tae work wi a hypo tae smoor the Diamond's pain. The Inuit then shammled back alang the gangwey tae the guaird whae stood heid boued forenenst his surrendered weapon. Mojo grupped the gun by its barrel an wi a violent stob cloured the man unconscious.

'Heh, polar baws. How's aboot me? Gonna gie's a haun or whit?' Ip, bleedin fae the hurdie doon, wis aye where he had fawn. He raxed oot an impatient haun tae Mojo but the muckle gadge didna respond. 'Heh, boss,' he yelloched tae Broon. 'Git him tae cairry me tae the boat, tae. Ah've a slug in ma erse an ah'm needin a cuddie-back owre there.'

'Aw, Sawney,' the Diamond cheeped. 'Ah near forgot. Whit wis ah thinkin? Am ah no terrible? Am ah no juist the maist awfie man that's ever lived?'

Ip recognised the owre-saccharine register intil Broon's couthie freely questionin an swallaed. 'Och, away. Ye're no that bad, Diamond.' He hurled his words brawly across the herbour watter but the dour echo o his voice that come stottin back returned tae him wi a tait o desperation.

Broon keeked up at the stane roof o the haven cavern. He wis seik o this gettin an it had no even richt stertit. Whit like wid he be twa-three days fae nou when the real plowterin wi people's herts began? How did he hae tae dae aw this himsel?

'Ip, you canna traivel,' Broon declared cauldly. 'An aw that you ken aboot this trip, a Ceilidh interrogator wid ken, tae, in aboot five seconds.'

'Hey, ah widna clype.' The ex-cyberjouker ettled but failed tae win tae his feet. 'Ah widna even admit ma ain name.'

'You aye said ah wis a chancer, Sawney, but ah'm takkin nae chances the day. Droon him, Mojo, an let's gang.'

The Diamond slippit a walkmannie on owre his lugs, makkin the music lood enough tae deave Ip's cries. He let oot a sech. His hauns were clarty awready. No even oot the prison an there wis anither sowel tae be jaloused. Broon allowed Cairns tae arrange him snodly in the boat's stern. Mojo returned, his simple claes drookit, the expression on his face as dour as nicht. The Inuit rugged the ootboard motor intae action. The sleekit wee vessel chittered wi energy. Broon regairded his hauns. At the end-up, they wid shairly be much mair mawkit than the now.

Licht skelped his een an he nairrowed them tae the thrawn sun as the lang white boat breenged oot intae the unbridled heids o the whummlin Atlantic waves.

CHAPTER 14

Craw

A SWAW O WARM saut watter bloustered owre the stern o the polis barge an cloutit Vermont as she stood against the ship's rail. The tropical sea drookit the thick claith o her lieutenant's langcoat, sowpin throu til her lycra semmit. Sweat sheened on her broo. The boat's sailors, chauvin aw aroon her, warsled bare-chistit wi the waves. The ocean itsel seemed tae hotch an bile fae the switherin heat. But in spite o the close, birslin atmosphere, Vermont couldna stap hersel chitterin wi cauld when the barge howdered roon the metallic hurdie o Perth Parish tae come in sicht o Glasgow.

The ocean trogged Port sideyweys as the poke shakkins o the hurricane jowed throu the island metropolis. The Glasgow skyline shoogled as its semi-submersible muckle-structure suffered clour efter clour fae the wud Atlantic storm. The wund kaimed Vermont's gowd hair intil her face an the sea, manged wi her tears, dreepit aff her neb. She dichted the moisture awa wi a sleeve an watched the waves kelter an crash thegither. Vermont's hert wis in a deep howe.

She hadna heard o Craw until she made lieutenant. 'I've had ma ee on you', he tellt her on their first briefin session, goavyin at her legs an peerin intently at the buttons on her bloose while she stood stane-still in the middle o his office. 'Quinies that follae orders always dae weel under me.' She had been dumfoonered at Officer Craw's behaviour. Ceilidh executives were usually cauld an mechanical. She hadna kent at first whit wey tae respond but nou twa month intae whit Craw cried their 'coortin', Vermont richt weel understood the rules.

Craw didna want tae touch her. He had nae urge, as he graciously explained til her, tae pit his sinfu hauns on her young body.

He wisna glaikit sexually, he tellt her, nor were his perversions thrawner than onybody else's. An he ettled tae assure her he wis nae dyke lowper. Aw he wanted fae Vermont wis her tae staun in the middle o his office flair an oor at a time an let him look at her. Craw had made this request in the same dreich eesie-oasie voice he yaised in the daily de-brief room wi the lave o the men in the unit.

He redd her up a timetable wi dates an oors he wanted her tae come but tae stert wi, she ignored it. A lang week passed an naethin happened. Vermont had ver near lauched the haill episode aff when UPS delivered til her an unmerked video sphere. Vexed tae fun oot wha had sent the sphere, she played it an felt immediately seik at the pictures poorin across her screen.

It wis Craw an her in bed. Images o him lowpin her. Graipin an ficherin at her nakit body. The video wis roch repro, a haunless unprofessional transposition o her heid tae some puir hoor's corp. Vermont had tae stap a keckle when she seen the Craw's wee peen-heid spliced ontae the shooders o a three-hunner-poun muscle-man. But the message itsel wis serious an sair.

Efter thon, Vermont regularly attended Craw's office an stood in the centre o the flair ablow a saft spotlicht. She wid staun in deef silence for sixty minutes while Craw glowered at her fae ahint his desk. Chap on the oor, the elevator bell wid ring, the lift doors wid squatter open an Craw wid turn awa tae keek oot his windae. Athoot a word, Vermont wid leave.

Craw sometimes asked her tae wear certain claes. 'I'm sappy aboot silk,' he confided til her. He advised her that she wid look braw in bleck. Ticht charcoal skirts. Tartan thongs. Stockins. Stilettos. Sleekit siller panties wi a lycra kilt. His requests became mair an mair sweir. Rubber semmit. Spiked bra. Vermont wore aw o them, staunin in his office, sweatin, uncomfortable, yeukin wi rage at the figure on the ither side o the room.

In spite o this intangible flytin, Vermont foond wee rewards waitin on her in unexpected corners o her job. Her pey wis mair nor it should hae been. She wis rota'd in for mair rest days than ither lieutenants. She thocht she could see the road her liaison wi

Craw wis takkin. Craw wis the stane across the river, a helpin haun tae the next rung on the ladder. She even began tae grow numb tae the oors o gowkin an glowerin. She thocht she could thole whitever rauchleness the Craw had in him.

But the week afore Elvis burled intae Port, he had ordered her tae pit on a leather-thong harness wi hauncuffs lined wi fluffy pink claith. Vermont had refused. She hirpled oot his office, chynged, bussed hame an happed hersel up in the blankets o her ain bed, determined tae never hoor hersel oot like that tae onybody else ever again.

She wis asleep an oor when several men's strang, uncouthie hauns grupped her, poued her tae her feet, skelped her a wheen times wi the open loof an yince wi a clenched nieve syne buckled her intae the harness an hauncuffs Craw had speired her tae wear. The men tichtened the straps til the leather sned the surface o her skin an then they cowped her on the bed tae greet.

Craw hadna contacted Vermont til the day. His silence wis aiblins worse than ony o his soor commands. She didna ken whit micht hut her next an there wis nae sowel she could turn tae for help. Craw wis a ghaist in maist o the Port's imagination. The media had nae haunle on him. Onybody Vermont speired said they had never heard o him. His name appeared on nae file an his coupon in nane o the Ceilidh's photobases. Vermont hadna jaloused until then in juist whase office she had spent an oor every week o her lieutenantship. Craw maun be ane o the Port elite which made him a gey dangerous man tae be near because he had nae maister. An onywey naebody wid credit blethers aboot non-physical rape fae a jumped-up polis cadet against a heidyin executive commander that didna even officially exist.

She poued hersel up tae her fou hicht as the polis barge hottered closer tae Glasgow Parish an stotted a gloved haun aff the observation plate railin. She wid hae tae rax deep for the courage tae face the Craw again. She had worked owre hard an invested owre mony years at the Academy tae hae it aw skailed by a baw-moothed bullyboy.

The decks an esplanades on Glasgow were awready hotchin wi people efter the storm. Vermont could mak oot bodies joukin roon the walkweys. She could see vehicles slidderin doon B roads. Lichts gleamed on aw thirty-seven flairs o Atlantic Hoose. The satellite disks an telecom poles on the weescrapers roon aboot were juist aboot back in operation.

Glesga wis the hub. The haill population o Port seemed tae be fidgin fain tae git there. Launches fou o techs an channel-A engineers lowped past her throu the waves on jet foils en route tae re-redd the Parish. Helicopters gurred owreheid, returnin commissars, held up by the storm, til their posts at Ceilidh Command. Vermont couldna be sure if the Port's Rail Transit system wis back in action yet but she kent that as shin as it wis, trains wid be soomin unner the watter fae aw Parish stations tae the terminus on Glasgow.

The captain steered the barge up tae the rust-reid iron bouk o Glasgow syne manoeuvered the vessel intae a cave-like entrance in the side o the Parish hull merked Haven K. Vermont flittit fae the observation rail tae the ship's cabin, eident tae disembark. Aince the barge wis thirled tae the dock, she lowped aff an took the haven elevator tae Broadway. Fae there, she stapped a toom streetcar which burled her strecht owre tae Ceilidh Command.

'Moarnan, lieutenant,' cheeped McCall, the lang-nebbit desk sergeant, as Vermont nashed in throu the Command's reception smeekit gless doors. Vermont acknowledged his ironic coupon wi a gleg nod an hurried owre tae the elevator pool. Ainlie twa cars were left active by the storm an Vermont rode the first o them tae flair ten. The Craw had his office on nineteen but Vermont wanted tae chynge her claes afore she faced him.

Her locker wis no far fae the lifts. She flung aff her langcoat an her polis-issue drill pants. She picked up the burgundy pencil skirt the Craw aye claimed wis guid for his hert afore flingin it intae the back o her locker. She fished oot a pair o woollen boxers she had got a len o fae Lou an happit her tanned shanks an hurdies unner a pair o baggy slacks. The elevator wis waitin for her an she stepped in an chapped the button for the nineteenth flair.

The lift doors juddered open seeven seconds later. Vermont cleared her thrapple an stepped oot. The Craw wis at his desk, his back tae her, gawkin oot the curved gless office windae owre the panorama o Port.

'You're a bad wee girl.' The Craw burled roon, presentin his peeliewally coupon. He had his bleck Ceilidh Command tunic buttoned up tae his chin. A pair o bleck gloves lay on the desk aside him. 'Naughty lassie. Are ye feart tae come ony closer?'

Vermont clenched her teeth an walked forrit.

'Naughty lassie, wid it be unreasonable tae expect a lieutenant in ma service tae cairry oot orders, exackly as she is tellt them? I specifically ordered you tae nae wear ony breeks.'

Craw's shairp white face wis kittled wi a faint hint o reid. Vermont hadna seen him angry afore. She stapped at her usual spot on the flair an waited.

'The quine kens, I hope, fit tae expect fin she doesna folla instructions.'

He chapped a button on his desk console an a screen ahint hottered intae life. It kythed zoom-focus images o her in the locker room twa minutes syne strippin oot o her weet claes an pouin the boxer shorts up owre her hurdies. A skelp o fury skited throu her.

The Craw caught a guff o her anger an lowped til his feet. 'Quinie, I can hae thae picturs syndicated on VINE an posted tae every hoosescreen an hamesite in a quarter o an oor. I can howk your name throu the glaur an pent you as the biggest hoor this side o the Appalachians. Forby, I can speir ma louns tae pey ye anither visit an tell them tae no be sae poleet next time.'

His white een bleezed wi hate an his lang thin body hotched. He sclaffed the grund wi his feet. Vermont thocht he wis gaun tae try an wrang her. Come an claw at her wi his ain hauns. She redd hersel up tae repel him. This wis the moment she had been dreidin ever since she had met the sleckit auld man. She wid kill him nou if she had tae. 'Is that aw, sir?' Vermont wanted awa fae the office afore onythin as daft as thon happened. She hauf keeked roond.

She couldna mind if the elevator door had shut ahint her or no. 'Permission tae leave, sir.'

But Craw's rage saftened. He stapped fizzin. His voice growed dour an quiet. 'I wull hae ye, Lieutenant Vermont. In time, I wull hae ye for mysel an you'll want me, tae. Divna warsle me, tho. Ye'll only mak sairer fit's inevitable onywey.'

Vermont near enough cowked when she heard thon. She fauldit her airms. She wisna ready tae leave juist yet. She wanted him tae hear it aw. 'Wha the hell dae you hink ye are? You'll hae me? You're a million mile awa fae haein me. Ye can glower aw ye want an tak yir dirty photies but you'll never hae me.' Vermont wis spittin. She took a step forrit taewards Craw wha appeared tae retreat a wee thing ahint his desk. 'An dinna hink ye're daein me ony favours. A day aff here. A couple o scabbie credits there. Dinna mak me boak.' She kent she wis traivellin close tae the flame but she couldna mak hersel wheesht. She didna want tae stap. 'If you're gaun tae turn me intae your limmer, at least gie me decent assignments. Ah've had enough runnin efter bawbee bandits an ATM pauchlers. If ah hae tae thole your seik bluidless een follaein me every place ah go, then gie me some real polis work.'

The office windaes rattled fae the last thraw o the storm. A spear o sunlicht brust in throu the gloomy cloods an illuminated Craw's wersh complexion. He pit his hauns doon on the desktap as if tae steady hissel. Vermont heard him try tae hoast somethin oot his thrapple. When he spoke, his voice didna hae as much blaw aboot it as afore.

'I'll deal wi your dress code violations later, lieutenant. An if your wee funk is owre wi, I'll tell ye the richt reason I summoned ye here sae urgently this efterninn.'

Craw flitted tae the windae an keeked doon on the streets an buildins ablow. Vermont glisked quickly roon. The elevator doors wis ticht shut.

'You ken that it is the duty o this office tae uphaud the will o the Constitution an tae mak siccar that nae sowel in oor custody comes tae ony herm.' The Craw paused, expectin Vermont's pow tae jink in agreement; it didnae. 'As a senior Ceilidh officer, it is ma remit tae ensure Port citizens are bielded twinty-fowre oor a day fae the rocher machinations o the world.' He stapped again, the tail-end o his shairp vowels still hingin in the air. 'Weel, a freend o yours – Diamond Broon – is in danger.'

A dreel run alang Vermont's foreheid. 'Broon's nae pal o mine.'

'But you do hae a PHD in Desmond Broon,' Craw retorted, snellness returnin til his tongue. 'Ye won yir doctorate in criminal psychology wi yir analyses o motive an behaviourism in this man.'

'Ah dinna ken him, tho,' Vermont replied, bumbazed at the mention o the man's name. 'Ah've never even met him.'

Craw ignored her words wi a ham-wabbit expression an resumed his narrative.

'Broon escaped fae Inverdisney Penitentiary early this moarnan. He is believed tae be still on the mainland but is likely tae hae access tae a nummer o seacraft posed on various moontain peaks. Ceilidh patrols are awready cairryin oot a neuk-an-cranny search in the Drylands area. We wull apprehend him an return him tae Inverdisney for his ain gweed, as is oor remit. He's no a weel man an we wull dae athing in wir pouer. Fooanever, there is a loose end.'

Craw daunered owre tae his desk an chapped a key on his workpad. The waw-screen ahint Vermont lichtit up wi the face o a man.

'His son, that wis implicated in but never convicted o ony o his faither's criminal activities, has bade here at Port since his faither's internment. But he didna stey here tae be close til him an gie his puir da emotional support. In ten year, he hasna visited him eence. In fack, the son hates him.'

Vermont examined the muckle heid on the waw. A bonnie-featured albino male wi cauld blue een. She seen immediately the facial kenmerks o Broon in him.

'They cry him Paolo. A cyberjanny third cless wi Clart Central. He's thirty year aald an like his faither has a shairp logical mind. But file Broon is a narcissist, his son Paolo is a stoic.'

Craw pit oot the screen an returned tae his windae.

'Paolo Broon took a heider aff Dumfries Parish an oor afore Elvis hit Port. He's been sweemin throu a hurricane for twa days but he's ex-Amphibian sae it's likely he didna droon. Oor sensors hae been banjaxed by the storm but oor braaest guess is that he's juist aboot at the sooth en o the Drylands by nou. He kens his faither's oot an the laddie wants his aald man's heid on a trencher. Paolo tellt me ten year ago in this office that he wid kill the Diamond if he ever sa him again. Broon wull hae nae chance if the son fins him.'

Vermont opened her mooth tae speir ane o the wheen o questions that juist lowped en masse intil her heid but the Craw pit up his haun.

'Your mission, lieutenant, isna affa complicated. I need you tae git tae the son afore the son gits tae the faither.'

Vermont had been ettlin desperately tae jalouse the Craw's agenda fae his body language. She had been trained tae watch for ony slip or shibboleth that wid gie awa a person's intentions. But the Craw, wi his stane face an hauns o steel, wis hard tae read.

'Sir,' she hauf-havered. 'Sir, ah dinna ken. Ah'm juist no. Ah'm no shair if ah'm ready for somethin like this.'

He flung a disk at her across the desk. It skittered owre the polished oak an Vermont jinked forrit an stapped it wi her nieve.

'Thon's yir paperwork. Ye ken fit tae dee. Nou git oot o ma sicht, quinie.'

As he turned his back, Vermont caucht somethin in the man's glower she wis shair he hadna wanted her tae see. She blenked an crossed quickly tae the lifts, her rigbane awready sair fae the muckle responsibilities Craw had juist laid on her sma bruckle shooders.

CHAPTER 15

Lichty Nichts

kist 624   imbeki med   11:23pm

Snaw. Fae the hotel veranda tae awa doon tae the shores o Lago Maggiore. A bed o white. No yet scartit wi ski blades. Haurdly a fitstep on it. Juist the gastarbeiters slidderin up the moontain road in 4Traks tae redd the chair lifts. Awbody else happed up in chalets an bothies doon the glen.

I'm chitterin oot here in the Dolomite gloaman. A chiffon sark saft on ma shooders, sleekit owre ma hurdies. You come oot ahint me. Pou me tae ye wi thae stieve strang airms. We didna mak it ontae the piste that weekend.

An I mind the snaw in Finland. Muckle nieve-size flakes smoor the land an the lochs. The sauna room in Jaatee. We hae it tae wirsels. Sweat runs like ile doon your neck ontil your chist. Three days in the dark North. I sign us up for the nicht-ski pairty an you loss the heid, but dae it onywey. You're soon awa oot in front. Me an the ithers are slow. Hirpled wi fear. You jink atween the braid firs. Ma hert lowps no for me, but for you.

An at Nagano, somethin fashes ye. Unner yir skin, awa fae yir een. I ken whit it is because it is in me, tae. We haud hauns on the ski lift, no speakin. I feel your thochts, tho, throu the thick gortex as you grup ma glove wi your tense loof. At the airport, baith o wi unnerstood we couldna git awa wi this forever.

The snaw wis aye pure wherever ye took me. It wis ayewis sae white. Hou much o thon wis real an hou much repro, I dinnae ken. The Northern snaw seemed rocher, mair naitural.

I wis aye snochtered wi the cauld on the plane hame. But at Cortina D'Ampezzo, ye didna even hae tae shak the snaw aff yir bitts, an in Japan it wis waarmer on the pistes than it wis in the hotel. The North wis mair your element. You were aye mair content in a cauld environment.

We didna ski at Lake Tahoe. You had a gig on Angeles Island 3 an you bocht me a flight fae Port the same nicht. The excuse I had tae gie him then wis gey shilpit. When I tellt him I had a shotgun meetin in California, he turned awa athoot a word. Puir wee Paolo. I realised that he micht hae jaloused there wis somebody else but he didna ken it wis you. I jouked in ma seat on the plane owre, no able tae sleep. I wis a hunner thoosan fit abinn the Atlantic some-where atween you an him an utterly alane in the snell air o the stratosphere.

There wis nae snaw at Tahoe thon time. Either it wis summer or because o a broon-oot, the repro pistes were aff-line. I canna mind. Your heid wis still spinnin fae the gig. You cawed me by different lassies' names an signed us intae the hotel register as husband an wife.

I had tae haud ye a lang time in ma airms afore yir body stapped shakkin. When I tellt ye I thocht he wis stertin tae misdout ma ghosters, you said ye didna care. We were so thegither that weekend – the closest mibbe – as we kissed an cooried in the dark shadda o Mammoth Moontain. In the moarnan, ye were that tired ye didna wauken as I redd up tae gang tae the airport. Ye were gaun tae fin me, wherever I wis, a fortnicht later sae I left a saft kiss on yir mooth an tiptaed oot.

A week later, I wis deid.

Walkin oot the gates o the polyclinic on Lithgow efter a routine bluid test, they huckled me by the airms, poued me tae the flair an warsled me intae here. I wisnae clean. Somebody had made me clarty. No you, tho. You werenae the richt age. An you taen a test every week. You tellt me ye took a test every seeven days. It wisnae you.

It had tae be Paolo. Paolo maun hae been hoochma- gandyin aroon himsel. When I hink aboot it, there were things he said that I foond hard tae credit. Where he wis gaun. The folk he wis seein. I mind yin wumman oot on Dumfries Esplanade. He said he hadna met her afore. A broon-haired, aipple-breistit lassie. But I kent I'd seen him speakin tae her at Coltello's pairty on Hogmanay, bletherin thegither in a neuk o the room, neither o them fashed that their glesses were empty an that ither fowk were pittin on their jaikets tae go hame.

I canna blame him, tho, when I wis cairryin on wi you ahint his back. Shootin aff tae conferences that didnae exist. Sayin I wis in emergency negociations wi clients whase names I'd poued oot o the yella pages. How could I hope he wid remain leal, wi me rubbin his neb in it like that?

But I cannae forgie him. Ma bluid, ma banes are mawk- it because o him. I hae the virus slaverin in ma system because o him. He should hae taen precautions. He should hae tried a cyberhoor or went tae sex coonsellin or even juist kept it in his breeks. His lass wi the broon hair an aip- ple breists – whit wis thon jed's name – she'll hae it tae. Senga wull be chowin throu her peerie wee body as weel. Mibbe she's in the next kist. Here, we could be buddy- stookies, liggin in here thegither like twa gigots on a butcher's plate. She maun hae been as glaikit as him. Dafter, mibbe. Even the lobogowks on Ocean 6 unnerstaun that Senga is aye mair partial tae women than men.

Mibbe it wis planned. He wis mibbe tryin tae kill me, calculatin tae hae contact-hoochmagandie wi anither tae rooze the dormant virus an then plant it in ma body wi a kiss in the nicht. It could hae been deliberate, if he'd foond oot aboot me an you, an the radge wis on him. He widna hae been able tae stap himsel, shakkin wi anger fae the moment he jaloused I wis gunkin him wi somebody else.

But Paolo wisna that coorse.

White. It is the colour I canna git oot ma heid. Ayewis there, juist abinn ma flicherin eelids. Wi you, it wis snaw. Weekends aff-Port. The Appalachians. The Gorms. The Urals afore the Eastern War.

But wi Paolo. Oor white wis late evenins in summer, oot on the veranda on Lithgow Promenade, juist as the curfew-bummers wis fleggin the bairns an minors intil their hames. A cauld Azzuri on the ermrest an oor heids back in oor loungers, sookin in the lang cloodless lichty nicht, oor hauns helt ticht in the ither's grasp.

We aye said we could mak oot the edge o the warld. The bubblin northern horizon. We jaloused craiturs an bogles fae stray twists o nimbus. An the nocturnal licht shinin sae doucely intil his een. There wisna a lee in his face. There wis never a moment's soorness on that face.

But Paolo is a wean whase shooders arenae stieve. He isna strang enough for me nou. I need a man tae lowse me fae Senga an he'll no can manage. His hert is corn but he willna come. I'm no haudin oot for him, but for you. I ken you'll no let this go on. At Lake Tahoe, you said ye'd fin me an I ken ye're near. Fin me soon, Diamond. I need you tae help me dee.

CHAPTER 16

Skagerrak

A WAVE SKELPED Paolo's pus.

He took anither insook o air an dooked his heid back unner the surface, his legs an airms pilin him automatically throu the watter. Rugs an riptides fae the hurricane's hin-end clawed at his for-fochen limbs but he widna be bauchled fae his course. Sark's message wis a rummlin kirn in Paolo's mind, cawin him thrawnly on like a saumon returnin til its burn.

Elvis had sairly hirpled Paolo's progress. He had been in the watter twa days fechtin the sea's trochs an gurlie tides an twiced he had nearly slippit awa intil the camsteerie deep. His oxters wis bleedin. Friction, gaithered like ooze in the awkward neuks o his swim jaiket, had chawed throu tae the flesh. He flyted himsel for no takkin the time on Dumfries tae prep his upper body wi suffi-cient creesh. His crotch felt raw, tae. The cuts, the nou, wis warm couthie kittles on his dowf cauld skin. But they wid soon stob him like blades on the hunner-degree hills when the saut o his sweat got intil them.

Soomin the northern sector o the Irish Skagerrak should nae wey hae fashed Paolo's physique. He wis a ReidStar Fusilier Amphibian, stievened tae survive indefinitely in ony sea the ermy chose tae dook him. Aside the month-lang missions he had regu-larly completed wi his unit in the Mexican an Romanian Oceans, the Skagerrak wis nae mair than a dub. An, as the haven watter for Port, the Skagerrak wis comparatively clart-free. It didna hotch wi limpet subs an booby-trapped sea partans. Forby, Elvis had stumoured the local subwatter sensors an traffic had been cawed a halt til. Paolo should hae easy maistered the rhythm o the storm the first twinty-thirty kilometre oot frae the skelp-point at Dumfries.

But five year wi Clart Central had gart his bahookie saft. A cyberjanny wisna required tae keep physically shairp. The job had scuttered awa his practical intelligence, tae. Back in the auld days, when he had flown in cyberspace, he had had tae keep his intellect an general neurology gleg. Wi his faither an the Sark for instructors, he had tholed twa-weekly stot tests o his acumen an a regime o hypojags an cultures tae fushion up his neurological profile. Cyberjoukin had needed aw his pech an a pristine nervous system; cyberjannyin demanded ainlie a stomach that widna turn at the sicht o executive boak.

But Paolo Broon wis nae drochle. He had aye been strang enough boukit. He ran six klicks in the oor afore every shift an never passed up the chance o a game at fitba or australian-rules shinty. But the near olympian virr o his early twinties nae langer banged in his banes. The Skagerrak for him nou wis a dangerous bree.

He crashed back up tae the surface, his gub open for air. He glowered intae the distance but nae shooder or spur o land broke the horizon. A tropical haar wis gaitherin alang whit he jaloused wis the coast. He had tae hut terra soon. He couldna bide in the watter indefinitely. The repellent inbiggit til his swim jaiket widnae hae much anti-sherk guff left. The mair scunnersome craiturs o the sea wid soon hae him in their neb. Juist in the now, a pysenous dundonese man-o-war had approached fae the undertow an cooried in aside him for a guid kilometre afore slitterin awa intae the deep.

He wabbitly drave himsel back doon intae the drumlie sea. Elvis's michty hurdies had steered the Skagerrak flair an stooried up the watter wi silt. Paolo's een wis sair gettin, ettlin tae decipher whit lay aheid throu the maritime glaur. Wee shell-like mauks had smookit intae his dook mask an were scartin the skin aroon his broo. He heard saun cramsh in his mooth whenever his teeth clecked thegither fae the effort o the swim. The ainlie liss fae the pain o swimmin Paolo could afford wis tae loss himsel in thocht.

He didna trust the virtual bogle he had seen at Bonnie

Lemon's. He hadna ayewis trustit James Sark when he wis in the real world so he wisna aboot tae lippen tae a goggle-eed spectre o the man that had juist crawled oot o some cyberspace kirkyaird. But it wisna the messenger channerin awa at Paolo's mind; it wis the message.

Diamond Broon had been aw his life grabbie wi even the peeriest things. A news cube. A liquid disc. A cotton bud for the lug. Broon's bairnhood hadna learned him how tae gie. An yet nou a muckle daud o generosity had wrassled its wey free like an iceberg fae ane o the world's bygane Magnetic Poles. Paolo couldna figure oot the Diamond's angle. Yirdit unner the facts an flagaries liggit the richt reason his faither wantit him tae come. An by the trauchle an expense the Diamond maun hae incurred tae dae aw this, Paolo kent thon reason, when finally jaloused, wid be sweir an wrocht wi bleckness o hert.

But he couldna turn back. He had yin chance nou an he wid hae tae be grabbie himsel. The Diamond micht never pit himsel oot in the open like this again. Ootside Inverdisney, his faither's position wis shooglie. He had nae guairds or commissars in his pocket in the Drylands. His siller widna help him climb a brae in the bleezin sun or sweem the sea lochs atween the moontain taps. He hadnae his lawyers wi him tae fleg ony craiturs he met wi legal action. Leopards an kelpies werenae feart fae coorts o law. The Diamond wis on his lane an Paolo wantit twa minutes quality time wi his da.

Paolo's richt knee scratted aff a stane. His senses, deid dowf wi cauld, haurdly registered the clout. But when his left leg scuddit against a rock, Paolo kent he had raxed some kind o shore. He let doon baith feet thegither but they foond nae flair. Paolo, hert-hungert for dry land, splairged forrit a wheen metre mair throu the oorie mist until his heid near forgaithered wi a dour stane waw. Glaikit wi relief, he tried tae pit his airms roon the rock but his hauns could grup neither howe nor shelf: his forjaskit body simply sliddered back doon the moontain's implacable pus intae the watter.

Paolo plowtered desperately roon the ben, feart he widna locate quick enough a shalla troch where he could pou himsel in. His physique wis forfochen ayont repair. He felt drookit aw the wey doon tae his sowel wi skagerrak watter an had nae virr left in him tae even haud his heid abinn the sea. He keeked up at the moontain but seen ainlie a glessy vertical hunner metres o thocht-less, hertless gneiss.

The moontain let him jaw aboot in the watter anither quarter oor afore his airm bummled ontae a wee gullet in the rock. He heched himsel intae the peerie bay, a nairra haven atween the moontain's rauchle whunstane. Chitterin, Paolo pit his heid doon against the rock an liggit a moment in the shallas. He had been soomin athoot pause twa days an a langsome nicht, an his body wis ragin at him tae rowe owre an sleep. His mind howanever hadna a notion for ony rest.

The satellites maun be back on by nou, goavyin doon frae space for ony unauthorised Dryland activity. When the warmth eventually sypit back intil him, Paolo kent his body heat wid hae alarm bells greetin in every Ceilidh lug-station across Port. He rugged hissel tae his feet but the bluid hadna made the flit fast enough fae his airms tae his legs an his shanks bauchled unnerneath him. Undauntit, he hauled himsel forrit by his elbas until the bluid slaistered roon his body an he could staun.

He redd himsel up wi his Saul claes, happin his airms an gub wi Factor Extreme. He burled a Ceilidh tartan plaid roon aboot him an trigly assembled a sun keffiyah ontae his heid. He knelt tae pou on a pair o Ceilidh issue bitts fae the poke he had been trawl-in ahint him. Finally, he retrieved the uzi he had lifted fae Bunnet Boy on the sea train an then hirpled on up the brae. The claes ensured that fae a distance he wid pass for a Ceilidh patrolman an the uzi unner his oxter meant that it didna maitter whit he looked like up close.

Needles an pins hotched in his legs but the thocht o the satel-lites stravaigin the earth's orbit abinn stang him on. He pit his neb tae a steyer brae but didna win far, his bitts slidderin him back doon on loose clinker stanes. Paolo tried again wi renewed ettle, this time pilin himsel forrit wi his hauns an knees. Efter the marathon sweem, the muscles in his airms didna like the pingle wi the brae. His hert beat wabbitly in his chist. His broo wis immediately creeshie wi sweat. It took him a hauf-oor tae achieve the plateau. Wi his pus a sair grimace, he rowed owre ontae his side an glowered at the eerie Dryland landscape.

Moontains, up tae their oxters in sea watter, riz afore him. They breenged oot o the ocean tae his richt an left an guddled the line o the horizon. But he jaloused nae pattern he could steer by. The summits rived the watter as randomly as mowdy hills. Land brigs ran atween some o the larger bens, jinin them thegither intae a skellie lattice o rigs an causeys. Ither moontains stood on their lane, happed mysteriously in stratus clood. Wee-er bens – broon like the backs o turtles – intermittently broke the surface. Ablow the azure watter, Paolo minded himsel, straths an glens an human settlements lay drooned an dissolvin in the warm saut sea.

He poued a polymap fae a pocket an tried tae locate himsel on it. Paolo thocht he recognised ane or twa peaks but he couldna be sure. He wisna a Drylander. The closes an boulevards o Port wis his hamesite. He could mak his road aroon Elgin an Ayr Parishes durin a pouer cut on the bleckest nicht but he had nae intimacy wi the hills in front o him. Forby, he hadna been tae the Drylands in ten year. Athoot ony familiar landmerk tae navigate by, Paolo pauchled on.

The moontains wis scaudit an dry. A trail o stoor issued fae his stammlin fitsteps. Nae soond raxed tae him across the moontain taps, ainlie the reeshle o chuckie stanes aneath his bitts. A daud anxiety began tae bubble in his wame. Against Saul's atomic glower, the peaks appeared tae Paolo as eerie as Apache clachans he had seen on video spheres, wi row efter row o forleeten tepees silhouetted in the sun's hertless licht.

He shauchled a guid oor across the first moontain island afore the rock stertit tae bend back doon tae the sea. Paolo had tae redook his tired banes intae the chitterin blue watter an soom a nairra minch tae the next summit. Hauf-wey owre, he wis took wi an urge tae close his een an allou the sea tae slip owre his heid, but a dirlin roon the hert drave him on. His body wis minin a primitive smeddum he hadna kent he possessed. Even when wabbitness threatened his thochts an he couldna mind ony mair whit the agony signified, his airms an legs didna stap for he could ayewis feel Nadia's pain stoundin throu his bluid.

He backpaiddled tae the ither side an strauchled up a new ben. This ane wis as unkenspeckle as the last. He howked throu his memory for a clue. Schiehallion, he minded, wis an independent stac, bielded fae the strang suddron wunds by a trio o dour gran-ite peaks – Mairg, Liath an Eun. Diamond had kirstened them the Three Corbies an cried them an earthly manifestation o his con-science. Tae Paolo they were the playgrund o his bairnhood. If he could recognise the faimlie o three bens, But n Ben A-Go-Go itsel widna be far awa. Wi a gurr, he piled himsel forrit intae the latest summit's braes an mini-glens.

He wis aboot tae cross a stane rig when he luggit on the wund a human voice. He drapped instantly tae the flair. He heard a man hoast an anither voice (mibbe a woman's) lauch. Paolo cautiously keeked owre an elba o rock. Doon in a shalla gully, ten raggity fig-ures sat hunkered roon a map, immersed in group blether. He wis thirty fit awa fae a cell o rebel tourists.

Paolo jinked his heid back. He hadna ever seen a rebel tourist in the wild afore an here wis ten o them. The newscubes dichted them anti-guid diseased lobogowk bairn-eaters. Paolo couldna help hissel. He had anither quick goavie at the pairty. Ane had risen an wis faikin throu a kitpoke. The ithers steyed, heid doon, warslin quietly wi some strategy or idea. They were as windlestrae as the newscubes made oot but nane o them looked ony wey glaik-it. In spite o their ragabash appearance, their een bleezed wi mense; their motion wis swack an shairp. Paolo jaloused in their demeanour a sense o thegitherness he hadna seen even in Fusilier Swim Regiments. He wid hae tae sleek soonlessly awa. He didna want tae hing aroon for their autographs.

The rebel tourists were the fauchled remnants o Ziemann's Rebellion, a feckless coup crushed fufteen year syne by Ceilidh forces at the Battle o Orchy. The feck o Ziemann's ermy fell in the kirmash, the lave were skailed across the Drylands an cyberspace. Ainlie cells o tourists nou remained in the hills, reivin meat an watter fae millionaires' bothies, tholin Saul's unbienlike radiation in dern moontain bunkers an ayewis hauf a step aheid o Port's merciless nieve. Paolo quietly follaed the rock a thoosan yairds doon tae the sea. Sic endurance made them dangerous.

He slieved intae the watter athoot a splash. Across the inlet's glessy face, mair moontains waited. A lyart-grey advection fog wis gaitherin roon the bens tae his left. The wund wid cairry it an mask his progress tae the next summit range. The map in his watter-proof poke hadna helped him. He wid hae tae traivel nou by instinct. He imagined the aviary o unco birds the Diamond had yince maintained at But n Ben A-Go-Go. The parakeets an macaws, if they were aye there, wid be chantin exotic melodies in some glen owre thae hills. Aw Paolo had tae dae wis listen oot for their sang.

Swippertly, he jouked his heid intae the sea an flitted on throu the waves.

CHAPTER 17

The Cages

VERMONT LAID HER HAUN on the pilot's chair an glowered throu
the cockpit windae. Port burled ablow her at a stey, unco angle. The
parapets o Edinburgh Parish wheeched past follaed by a swatch o
sea afore the gless cathedral touers on Portree Parish whirled intae
view. Vermont's stomach gowped. Her heid felt licht. The bummin
o the helicopter's rotor blades plumped throu her body like thunner.
She had tae canny her breathin tae git the words oot.

'Hou lang,' she peched. 'Hou lang afore we land?'

The pilot's een didna flit fae his controls. Vermont noticed his
gloved nieve tichten roon the joystick a hauf-second efter he poued
the echteen-seater troop cairrier intae a ninety-degree turn. The
sudden jouk flung her rochly against the cabin interior waw.

'Settin ye doon on Montrose in twa minutes thirty, lieutenant.'

Vermont strauchled back tae her seat, haudin her airm. Her
left elbae had taen a knock in the faw. She keeked back at her crew
sittin ahint her for ony tait o irony. Craw had assigned her a dozen
junior guairdsmen an for the seeven oors they had been in her
command, nane o the twelve had expressed either emotion, opin-
ion or misdoubt. They had leally follaed her aboot fae Register
Hoose tae the Cyber Archive, formed a phalanx o braid shooders
roon her in the busy, hotchin malls an brocht her milk, watter an
vitamin peels at regular thirty-minute intervals. But the laddies'
stane faces gied Vermont the cauld creeps. They semmit-searched
awbody she wanted tae interview, they widna allou her onywhere
on her ain, an like vultures bouin doon a brainch, they never
wance taen their een aff her.

Craw had also issued her wi a helicopter an a licence tae howk
throu ony file or database on Port that wid support her unner-

staunin o her subject afore she set oot intae the Drylands efter the Diamond's son. At the moment, aw she had in her loof wis facts an statistics.

Paolo Broon wis thirty. Born 2059 on the Cape. Mither, Cathy Klog, deid. Faither, Diamond Broon, a cyber criminal currently lowsed athoot documents in Port jurisdiction area, Drylands. Paulo Broon wis a six-fit, albino male wi an aipple-shaped bairnmerk a quarter-inch ablow his oxter.

Thon wis aw Vermont had on him. She didna ken whit wey he thocht. She couldna predict whit wey he wid lowp or the road he wid tak unner pressure. Maist o aw, she didna unnerstaun how he wid cowp his life, walk awa fae his week's supply o life-savin Mowdy peels an risk his neck tae gang efter an kill a man the files said wisna aw that weel onywey.

'North or Sooth side, lieutenant?' speired the pilot indifferently.

'Ken the Rigo Imbeki?' She had tae fecht wi the rairin engines. 'Can ye pit us doon on the Plaza?'

The pilot, awready haverin intae his mooth-mike, didna listen til her haill question. 'Spuggie 6 tae Control. Need a green licht for a drap at the Cages. Can you ay that? Owre.'

Vermont gowked doon at Imbeki's muckle saun-stane ziggurat, its monolithic hunkers drochlin every contiguous Parish skyscarter. The spuggie jockey's slang jagged in her mind as the copter burled doonwards tae the white bawpark o the Plaza. Doon tae the 'Cages', she thocht, flittin a soor look at the pilot's back. The Port invested weel-hertedly in the Rigo Imbeki Medical Center, drookin it in siller an heidhuntin the wale o specialists fae the world-wide medical establishment. But in the secret neuks o folks' minds, Imbeki wis where they keepit the boogeyman; it wis a soonless zoo o the undeid wi Senga, its star animal, aye rattlin the bars o the onPort populace's skeerie imagination. The Cages, people cried it. Vermont couldna thole the phrase, but no for its dowf proletarian insensitivity. It wis because the coorse logic o the metaphor it cairried offered the mind nae escape fae the buildin's sweir an unricht purpose.

The helicopter pilot sat the Spuggie doon on Imbeki Plaza an thrappled the engines. Ane o Vermont's muckle-shoodered guairds rugged open the craft's slidderin doors tae her. She lowped oot ontae the bleeze white concrete an jinked smertly across the Plaza tae the Medical Center Bienvenue Foyer. Owre the Montrose sky-scarter roofs, she could discern throu the skimmerin forenoon glare Ceildih HQ on Glasgow Parish. Then she heard the twelve Ceilidh militia younkers clatter efter her, ootwardly fashed wi the lieutenant's safety but, ben in their herts, eident tae clype on her progress tae Craw. She didna wait on them.

At the main security yett, staff sairgeant Kurt Porteous advised Vermont tae stap wi a dour nod. She absently reversed her loof tae allou the sairgeant's haun-held security-ee a scan o her VINE link tattoo. Porteous, mealy-fistit an sweatin like a soo, pentit her airm-com link wi an Imbeki Center traivel icon. 'Bonnie fingirs, lieutenant,' he slavered, hingin ontae her haun a lang inappropriate second. Vermont flenched awa fae his touch. The sergeant's dreich flirtation instantly biled her bluid. 'Which gallery are you efter, toots?' She wis grupped by the urge tae catch the man's iley chin wi a left hook. But Vermont snashed at hersel tae calm doon. The Craw had sent her across a shooglie rope. Anger wid ainlie cowp her.

'Ah'm gaun tae Gallery 1034, Sairgeant.' Vermont said wi a douceness that made the man smile. 'An if you cry me toots again or yaise ony o its synonyms, ah wull requisition your fat fud for bandit patrols in the Afghan swamps.' The grin sliddered aff the sairgeant's face. Vermont jinked her heid in the direction o Craw's men. 'These fellaes here could dae wi a seat. The puir sowels have been on their feet aw day.' Vermont blenked an ee at Porteous wha wis staunin rigid tae attention. She didna ken if it wis her bran-dishin the nieve o authority that had flegged sense intae him, or if daein a mission for Craw investit her wi a protective bieldin halo but Vermont didna care: Porteous wis gowpin it aw doon. 'Ah'm shair, sairgeant, ye'll fin some wey tae accommodate them.'

Vermont pauchled in throu the gate, lowped intae a vacant

elevator an disappeared intil it. Porteous's pus tint its skeerie look. He turned his glower on the young Ceilidh patrolmen. 'Yett's closed,' he announced, shuttin aff the electric wi a clout tae the fail-safe panel. The auldest guairdsman, a plooky echteen year auld, peched up his chist tae the staff sairgeant but Porteous fixed him wi a look o sic thrawnness that tears soomed up in the laddie's een. 'Naebody enters this buildin tae Maintenance clarifies whit's gone wrang.' He steered the cadets' attention tae a holdinchaumer fou o sofas. 'Tak a rain-check, boys.'

Vermont's lugs dirled as the max-speed elevator burled her high intae Rigo Imbeki. She didna ken whit wey tae feel. She snapped aff her Stings an zipped them intae a breek pooch. Then she boued her heid, drawin the ends o her shooder-lang blonde hair intae a burette. Vermont wis gled tae be on a real case. Efter months booncin wee-timers in an oot o precinct borstals, she had a chance tae scart her merk on the station waw. An the opportunity wis far fae shilpit. The pouer o it stoved in doors, opened folk's een an provided her the vehicle for which she had ayewis greined. This wey she wid find oot whit wis in her hert.

But the Craw had socht her oot an she didna like that. He had haun-waled her fae the twinty Ceilidh polis units unner his command. Men an women wi decades mair experience had been passed owre. An she wis daein this solo, athoot a pairtner. Vermont kent she could cairry oot the order. She unnerstood the Diamond's heid better than onybody. His son couldnae be aw that different. Wi the richt support fae Ceilidh HQ, she wid warsle Paolo Broon hame. But the idea that the mission had come fae Craw didna sit weel amang her thochts.

The elevator rose up throu Imbeki like reek in a lum. Vermont keeked at the digital display. Eemocks o licht ran across her face. Anither thirty flairs. Somebody somewhere wis hiddlin the truth fae her an she wanted it unhapped. In her three year pokin her academic neb intae the unco world o Diamond Broon, nae file or infobase had ever mentioned a son. She had unyirdit aw the clarty details o the Diamond's megapauchles, cyberpairties, coort cases an a haill litany o his walks on the radge side but there had been no even a bit byte aboot a laddie cried Paolo.

Vermont had even had tae waste twa oors snowkin aroon this efterninn tae git a trace on the man. The ainlie computer wi his name on it wis a database at a flouerseller's in the Angus Quarter on Montrose. A customer cawed P. Broon had bocht a rare miniature flouer there earlier in the week. The coonter lowper in the shop tellt her that the same man had been coupin the same flouer for five year. Wi the florist no a thoosan metre fae Imbeki, it hadna taen Vermont lang tae guddle throu the security photobase at the muckle Medical Center an tae crossmak it wi the image Craw had gien her. The Front Yett cameras cairried footage o Paolo Broon ingangin an ootgangin the Center, but Imbeki policy disalloued Vermont fae findin oot which particular Kist he attended.

The elevator stapped an opened tae reveal a lang semi-lichted passagewey. Her neb instantly remembered Imbeki's antiseptic reek. She had been here yince afore – a field trip wi the schuil for a human biology credit. It had been a cairry-on for maist o her class neebors but no for her. The memory o the white faces unflittin inside their kists chapped every nou an then at the yett o her dreams. She had won the credit thon time but at a price. Nou back wi hunners o credits an twa degrees in her pocket, it didna dowfen the eerie atmosphere a maik.

Paolo Broon had been comin here tae Imbeki wi a miniature rose for five year an the Center computer had tellt her micro-dauds o an unco exotic bloom were detected regularly in the incendicowp o Omega Kist 624. Vermont wanted tae ken if it wis the same flouer.

The lieutenant stepped oot the lift. A driverless caur arrived soonlessly ahint her an speired her destination. She tellt it, pouin her legs intae the vehicle. It cairried her a hauf km intae Gallery 1083. A germsooker skiddered oot o the shaddas an chummed her doon the dour corridor. She tried no tae look at ony kists but fae the corner o an ee as she shoogled alang she catchit the profile o a corp – a man, beardit, strang-nebbit, open-moothed. Vermont thirled her view tae the road in front o her.

A few Omegas afore Kist 624, Vermont ordered the courtesy caur tae brake an park. The electric motor pewled tae a stap. Vermont swung her hurdies aff the plastic bink ontae the sterilised flair. She felt her hert stot quicker against her ribs. Her fingir ends jangled wi bluid. She wis daein the work she had wanted tae dae since bairnhood but this wis ane o the moments she had aye kent wid come – meetin the deid. She took in a stieve sook o the foostie corridor air an hirpled the ten metres fae the caur, reddin hersel inwardly against the sicht she wis aboot tae see ahint the keek panel o Omega Kist 624.

A bed slab, monitors an a swatch o lang blonde hair. A mooth ticht shut, the lips no a proper reid. The skin on the face hauf-hertedly treated wi shilpit cosmetics. Unner the white hospital goun, peerie airms crossed owre ane anither. The body had aw the appearances o daith. A corp streekit oot in a mortician's chambers.

Vermont fingired in a security code at the quartet o infoscreens on the Omega Kist's side. Ae screen flichered intae life, bringin up the patient's name – Nadia MacIntyre. Vermont blenked. She had hauf-expected the surname tae be Broon. She scrolled doon the file. The woman had been a corporate lawyer, kept a hoose on Lithgow. Sister at Berlinhaven. Familie on Hub. Vermont chapped intae N. MacIntyre's visitors' file, a memory poke fou o aw the coupons that had ever goavied intae the Kist. Porters, doctors, a bonnie melano lawyer – a wheen pawkie-lookin gubs flitted across the screen, nane o them catchin her ee.

She keeked mair intently tho when a heid skittered owre the Kist's VDU wi aw its features blecked oot. She couldna mak oot wha it wis. Vermont glowered doon the corridor. She wisna gaun tae let a glaikit security-stumour like this stap her. She scrattit open the control panel an scuttered wi the electronics inside. Her faither, a heid programmer for Microdance, had learned her weel. Computers didna fleg her.

The silhouette on the monitor skirled wudly oot o focus afore millions o minute flechs o colour gaithered thegither intae a face.

'Paolo,' said Vermont, dautin the pictur on the screen gently wi her haun. The first unscrammled pus-photo wis dated three days syne. Vermont weet her dry lips. Broon had been here the day afore he lowped aff Dumfries Parish. She checked swippertly throu the ither hidden images. Paolo Broon's coupon, wi a constant dowie expression an him aye wearin the same uniform style o claes, jinked an flisked across the screen. He wis an Imbeki regular – a bidey-in almost on Gallery 1083. The records showed Broon had whiles visited Nadia twa-three times a week.

Vermont scanned the picturs wi her airm-com bracelet an v-mailed them tae Ceilidh Central for an ID on the ither fremmit faces. Forby, she wired ane o the Paolo photo-heids tae a pal in Personnel tae jalouse the provenance o the uniform Broon aye seemed tae hae on him. She had been tellt he worked wi Clart Central but she needit tae mak shair. Vermont had begun tae pou thegither a sense o the man but she wanted tae ken everythin. Allouin the de-scrammled photies tae slowly flicher back in time tae Paolo's first visit, Vermont turned again tae the woman in the Kist.

Nadia wis as unbudgin as a corpse but the lugs an thrapple displayed juist enough kittlin o colour tae indicate life. Senga, thocht Vermont, made ghaists o the livin, giein burth at the same time tae bonnie corporeal bogles. Vermont chapped a tooth wi her thumb nail. She couldna look at the stookie ahint the gless an yet she couldna rugg her een awa. Altho Nadia's face could gie her nae clues, Vermont nou believed that the truth ahint Paolo's story liggit in there wi her.

The ID screen had near coontit doon tae Paolo's first visitin oor. Vermont wis fain tae cleek ony unco expression on his pus that micht help wi her psychological profile o him. The Academy had aye pit great wecht on psychology an she wanted her investigation tae gang by the book. But as the last photo-heid kythed on the screen, the rule book took a heider oot the windae.

It wis dated Jan 25, 2085, an oor efter the stookie's Kistin. The een were wee stobs o blue, familiar tae Vermont fae the maist

cauld-creepit o her frichtsome dreams. Executive Officer Craw's
frozen expression glowered glaikitly oot at her fae Nadia's info-
screen. Vermont gowked juist as stupitly back.

At the tap o the corridor, she heard the elevator doors squat-
ter open. She turned her heid. The young guairdsmen had evi-
dently managed tae lowse theirsels fae Sairgeant Porteous's crab-
bit ministrations an were nou strampin doon Gallery 1083 tae
resume their houlet-eed vigil owre their team leader. Vermont
breathed oot. She had a wheen seconds afore the sodgers raxed the
Kist.

She keeked back at the five-year-auld image o Craw, questions
buzzlin in her mind like bees. Whit wis his gub daein on Nadia
MacIntyre's memory poke? Whit did a Ceilidh Executive Officer
hae in common wi the son o Diamond Broon? An whit for wis
Craw's an Paolo's pusphoties sae carefully dichted oot the data-
bank?

Vermont turned her heid again. Fae the ither end o the Gallery,
her lugs picked up a muckle skitin an slidderin o metal. She peered
doon the corridor but could ainlie mak oot the raws o silent Kists.
Then Vermont caucht sicht o a gaggle o surveillances puggies,
scartin their wey alang the Gallery ceilin. The wee metallic ape-
like microbots wid arrive afore the sodgers. She wid hae tae be
quick. The puggies' vid-cam een wid relay the pictur o Craw
strecht back tae Ceilidh HQ. An altho she had shown braw initia-
tive exposin this important clue, Vermont didna think it wis gaun
tae dae her career or her health muckle guid.

She glegly deleted Craw's image an flung hersel immediately
intae howkin up Nadia's ain thocht screen. Vermont had hoped
that, when she keeked at Nadia MacIntyre's corp, there wid be
some runkle o skin, some pirlicue o hair that wid tell her whit the
cauld facts refused tae admit. But she had foond nothin. Mibbe
some gleed wid scance up at her amang the aishes o her thochts.

Vermont chapped in digits an scrammle codes tae the thocht
screen panel wi concentrated virr. The sodgers were thudderin
doon the corridor fae ae direction an she wis weel aware o the

rapid slitter o the puggies' steel cleuks fae the ither. As she worked, her mind pingled tae unraivel the mystery o Nadia MacIntyre. Wha pit her in this Kist? Whit wid mak her man, that couthily visited her every spare oor he had, suddenly lowp aff o Port tae thole the elements an the Ceilidh's iron bitt tae kill his ain faither?

The puggies were ten Kists awa. Vermont quickly feenished the last fykie adjustment, wheeched the control panel back intae place an waited. The dreich inhuman blue on Nadia's langwheesht thocht screen fizzed intae life. The monitor flichered until the pictur auto-focused. Vermont watched as vieve reids an pinks jined thegither on the screen tae form the hi-resolution image o a miniature rose.

She didna blenk. The last thing on Nadia's mind had been this fantoosh expensive flouer an, for the nou, it wis the ainlie object in Vermont's.

The puggies arrived abinn the Kist, goavyin doon at her wi yella een. Her team o sodgers clattered up til her, tae, sheenin wi sweat, tryin tae regain their pech.

'Better late than never, boys,' Vermont hurled at them birkily. 'Weel, we're aw done here.' She breenged throu their ranks, pittin her bahookie intae the attendant courtesy caur. 'You,' she airted a fingir at ane o the dumfoonered guairdsmen. 'Radio aheid tae Ceilidh Logistics. We need a Stramash Attack helicopter, fuelled an fully-airmed. Ah want tae be on the Drylands afore gloaman.'

The young sodgers maned in protest as they stertit joggin back up the lang corridor efter their unpredictable eemis-witted lieutenant, while the surveillance puggies' bricht vid-cam een glowered diligently at the flicherin image o the inscrutable bonsai rose.

CHAPTER 18

Kelpie

PAOLO LIGGIT ON THE stane rig o the brae, pechin. Creesh hailin aff him. His keffiyah wis tore. Ane lens oot his raybans. The erse o his plaidy rave apairt by the craitur's gruppit claws.

Thon kelpie wis a hoor killin. Bluid come slaisterin doon Paolo's legs. Made a reid skiddle on the white stane. The craitur wisnae bauchled yet. An unco cuddy. Sprauchlin, haunless, goor sypin aff its stieve feline shooders, hashit til the bane by Paolo's rauchle dirk.

Hit managed anither yaird. Tummled. Bumpit doon the brae. Heid an hurdies benmaist-foremaist. A kittle baist. A lowper. Echt fit lang. The teeth in its heid as shairp as cleavers an its twa een steerie wi a queer intelligence, awmaist couthie, awmaist a bairn's. Hits shanks cairried the vieve merk o the serengeti an spairged owre its boolie back wis a broon siberian gair. The hing wis unricht. An eerie mixter-maxter o lion an wulf. An unnaitural guddlin o the species. Whit VINE cried the 'deevil's miracle'.

The kelpie's hochs chittered. Leddery paws scartit the grund. Paolo wisna able for the baist's deid thraw. He boued his heid. The smeddum intil him that had brocht him this far, up here intil the scabbit glens, had been giein a muckle fleg. The sleesh on his erse stang. Mair bluid slathered ontae his bitts. Yon cut needit seein til. A woun like that had tae be scoored oot an dressed immediately. Paolo wis in a state gittin. He had nae Mowdies in his poke an there wis nae access, no up here.

A clorty reek riz aff the craitur but Paolo wis owre sair tae be scunnered. The kelpie wis hechin its last, hoastin yella goor oot its muckle, unbonny neb. Yowlin, it stachered ontae its side, an unco rattle rinnin the length o its misgrown bouk. A final pech. A skitterie wee gob at the corner o its camshach mooth. Syne the baist wis cowped.

Paolo let his heid faw intae his hauns. He wis vexed at himsel. A lang road this an thon the clartiest dub on it. Stickin a livin baist. Thon wis radge. His airms an legs wis as shooglie as jeely. It wis like he had somethin caucht in his thrapple. A sweetie, or a bool. This wisna the partisan. No the same kinna cairry-on. Thon cream puff politico he had huckled oot in the street efter curfew in thon pish hoose toun in west Carpathia. Aw he could mind wis the gadgie's braith, het an foostie wi fear. Syne a haun owre his face, a windae brekkin an twa shots fae his Luger doon a feechie close. His Fusilier sairgeant MacPin juist doosht him on the shooder an daunered awa, burstin hissel lauchin. This wisnae the partisan at aw.

Puggled. Snochterin. Paolo's broo wis creeshit, the oxters o his battle tunic mawkit wi swite. The craitur's guff wis on his claes. Owre his hauns. The caircass, no ten yairds doon the brae, wis awready stertin tae ming in the foreninn heat. Paolo's hert banged at his chist like a steekit nieve. Jammy. He had been that jammy.

He had been trauchlin owre a moontain heid for twa oors efter soomin anither lang Skagerrak fjord. He had had tae cannily mak his road atween executive dachas an compoonds afore he could begin the dour hike up the sterter braes an on up the ben. He still had the peeriest o ideas where he wis but at least he didna hae tae fash owre much aboot the Ceilidh. Aw the sodgers an militia had their hauns fou dichtin up the midden left by Hurricane Elvis an he could hirple on an no be aye keekin owre his shooder for patrols. But Paolo hadna minded the ither hazards slidderin aboot the god-forhooied hills.

Athoot warnin, the kelpie had lowped oot fae ahint a cairn an near taen his heid aff wi a swack o its muckle paw, sendin Paolo skitin ontae his dowper. The kelpie wid hae rupped him. In twa ticks, howkit oot his hert an kidleys an haaled them back tae its yammerin brood. His uzi wisna worth a button this close reenge. The meat wid hae been aff his shilpit banes an gowped doon the baist's weans' slubberie wee gullets if Paolo hadnae been sae spawny wi the gully knife. When the craitur flung itsel at him, he wis able juist tae wheech oot the dirk fae the tap o his sock an drave the stumpit blade intil the baist's coorse-skinned wame. There were a wee sooch. A soor reek. An Paolo kent he had burst the life intil it.

Fae the mooth o the corrie, Paolo could hear the baist's cubs yawpin for their ma. He didnae hae a threid o pity for thaim. He wis twa sabs awa fae greetin himsel. He wid hae stoved in their heids wi his tackety bitts athoot remorse or scruple. An yet. They were wee juist. Blin an glaikit. They widnae bather him. Ane or twa micht thole the heat o the glens, growe fou-size an come hechin efter some ither puir waunered sowel. Scores o the eerie hing-luggit tykes stravaiged thir hills. There wid be a coonter ae season syne, but it wid no be wi Paolo. He widna be here. Ane o Ziemann's ragtaggle rebel tourist guerrillas, a pyro heid or a lost Ceilidh patrolman. Some wanfortunate gadge end-up wid nae dout hae tae warsle in the stoor wi ane or aiblins aw o thir jaggy brood. But thon wisna Paolo's fash. He wis tired. His leg wis sair. Forby that, Paolo owed the future nothin.

Kelpies. He said the word til himsel an its syllables catchit on his drouthie lips. Kelpies. Baith sides cried them kelpies nou. The Ceilidh aye gied a day's leave tae ony fusilier that brocht ane back tae the garrison. The rebel tourists yaised tae live aff them, burn their ile an mak spears fae their stieve, steel-enforced banes until Chem Hoose mashed a 24-oor cancer intil their DNA an effectively dichtit seeventy percent o aw tourister cells aff the theatre map.

The scart on his back hoch, Paolo jaloused, widna be fatally clarty. He wid need tae guddle wi the craitur's ingangs an slaister its sap roon his wallies tae hae ony risk o a cancer. His conscience tho wis pingled wi guilt. He had killed a thochtless animal, the upmak o sleekit corporate biologists, lowsed by Port on Ziemann's ermy efter the battle at Orchy. It wis a genetic scunner. A body couldnae credit it wi badness. Daein ainlie whit its thrawn naitur intimated.

Paolo flung his heid roon. He wis forgettin himsel. The poke.

Where wis his poke? It wisnae on his shooder. No on the grund.
No on the brae. Where wis? He'd tint it in the stushie. Couldnae
mind where he'd drapped it. He had tae. This wisna funny. The
sitiation. The predeecament. Athoot the poke. He needit intil his
poke. Paolo wis near the place lossin, his oxters an broo weet wi
dreid. He wis squatterin on the grund, in a feem tae git til his feet,
afore his thochts cleared. At the corrie heid. The broon satchel.
Cowped tapsalteerie an chaffit wi stoor. He could see it owreby.
Paolo sooked in his braith an heezed himsel aff the flair.

   The sun wis awmaist at its hecht. He maun redd up. He wis
awready begoud tae see sters an bogles in front o him an the peel-
iewally lift offered nae bield fae the blinterin sun. Paolo kent he
widna hae lang. He wis gey vulnerable awa fae the biosphere cli-
mate o Port. The snell licht wis nippin intil his skin. His richt ee,
athoot the UV lens, wis bleared an sair. Confeesed an reelin in the
uncanny bleeze, Paolo thocht he could feel the inside o his heid
stertin tae bile. He stachered owre tae his rucksack like a drunk
man. He wis blootered wi the heat. Twiced he had tae hunker
doon. He had taen a skelpin aff the sun warse than fae the baist.
A guid dose o the pysent licht wis unner his skin. Intil his bluid.
The smeerich o lotion he aye guairded his legs wi wis dichtit clean
aff in the fecht. An albino gadge like him wis gaun tae roast like a
tattie. The backs o his hauns wis awready bricht reid. His lugs wis
sufferin. As if haein the Mowdy virus inside him wisnae flegsome
enough.

   Paolo cooried doon aside the broon poke, rivin the velcro fes-
tener apairt wi his mealie hauns an, fakin aboot, foond a buckshee
polycarbonate lens an a clattery auld can o sunscreen. He reddit
the battered ermy-issue raybans an pit them on. The UV lenses
sookit up the sun's fierce brash an Paolo keekit again direct at the
scaumit hills. Ahint him, he seen the plateau he had juist traversed,
studdit wi executive bothies an the helipads o the High
Commissars' weekend-awa villas an ayont, the blue Atlantic sea.
In the far skimmerin distance, Port keltered up an doon on the
swell o the dwynin hurricane. VINE wid be back on line. He wid

need his een nou tae be shairp an his lugs tae be lang. His retinae bielded fae the sun, he glowered at the landscape in front o him an ayont the bleck heather an the stane white beds o rivers, he could clearly pick oot the louerin forms o the northern Bens.

He caucht himsel. That him doverin again? He warsled his kef-fiyah back ontil his napper an skooshed the sunscreen owre his body, happin his nakit airms an shanks tae the hem o his kilt unner anither smoorin o Factor Extreme. Syne fae his medeecament pooch, he applicatit til the yella bealin on his leg an antiseptic saw an injeckit his foreairm wi a jag o sunseik. But the Quartermester's peel. Shawny's peel. The thocht wis a skelf in his mind. MDZ 7. Tae hirple Senga. Slaw the radge's progress. Stabilize viral deteriora-tion. Paolo had nae Mowdies stowed in his poke an there wid be nane where he wis gaun. The moment he lowped aff the pier at Dumfries, that wis hit. Nae mair for laughin boy. Friday denner-time. Sgt. Shawn, Clart Central's soor-ersed quartermester. Auld Shawny. He aye doled them oot like a priest deliverin communion. Ae wee button o megadiazine 7. Yin wee Mowdy intae each cyber-janny's creeshie haun. Cheers, sairgeant. See ye next week, Shawny. Fleg awa the hoor infection. Keep the feechs oot o yir blootered immune system.

Athoot it, Paolo didna ken. He wisna sure how lang. He mind-ed yin bloke fae his days in the Amphibian Fusiliers. Some analy-sis gadge on the Mantra, a Cola Class II missile huckler. Gaed doon wi his ship in the Sooth China. Javanese torpedo. Pherson fae Port the lane survivor. Rescue howked him oot the watter efter near a fortnicht, his body haill. Nae a cut or cauld. Sherk-repel-lent, heat pads, proveesions, fresh watter. His preserver jaiket cair-ried awthin. Brocht him throu it intact. The Russian manufactur-ers even had the neck tae yaise videotape o crewman Pherson in a glaikit infomercial bummin aff their braw tap-o-the-reenge eejit-proof jaiket – except the neepbrains forgot tae wire it for a pooch o MDZ 7.

Pherson's een. In the mess, the crack wis aw aboot Pherson's een. The medics sayin there wis naethin in them. Blin. Toom. The life an colour aw slippit oot. Couldnae look at him, the boys that foond him. Couldna look at the puir bamstick. Twa week athoot a Mowdy. The mess kent. The haill Port. Awbody could see the brae Pherson wis aboot tae ging doon. He hung on thirty days, in as wallie condition as his ain doctors, afore his body gied owre, fae the inside oot, crummilt an broke, like a rare bruckle cheena vase. Syne his infectit corp wis Kisted an Pherson wis cairted aff tae the hoose o the undeid at Rigo Imbeki, anither lost bairn for Senga's weirdless playgrund.

Happened aw the time oot in the Parishes. Motherwell. Dunbar. The population had tae dobbie aw their drugs. Remortgage their hooses, faw intae hawk, tear each anither's faces aff for a peck o vitamin c. But no civil servants – Ceilidh, Fusiliers, cyberjannies. Senga didna tak mony cyberjannies. They didna need fash theirsels aboot mega-D. They had their Quartermester. Clart Central aye had auld Shawny.

Pherson, in the last oor, had slavered like an animal. The Port watched in dour silence on the stevedores' channel as Senga rupped intae his wame an spinal chord an skinkled itsel roon his hert like a snake. A barman in the pub Paolo had been in pit the TV oot. The howf wis fou o Fusiliers glowerin dourly intae their pints. They aw skited on the same thin ice. They aw needit Mowdy peels, altho the brawest MDZ wis never a hunner percent siccar defence. Mowdy peels could stumour Senga a while. Pit up a shooglie waw. But allou Senga in an there wis nae remeid. Aw there wis, Paolo tellt hissel, sittin on a cairn twa hunner an fufty hunner clicks fae his Quartermester's office wis hou lang an even VINE didna ken. Or wisnae lettin on.

Paolo haaled himsel til his feet an gied at the stoor on his kilt a hauf-hertit dicht. He had no had a sleep for near three days. His braith reeked. His jowl wis jaggy wi stibble. His een, he jaloused, maun look a rerr perr o dug's baws by nou. His airms an back wis still sair fae the swimmin but he couldna lie doon. Schiehallion an But n Ben A-Go-Go couldna be aw that far awa.

Tholin his pain, he gaithered himsel up an shoodered his poke.

He hung his uzi on his back an wi a thrawnness he had aye kept happit fae the ither cyberjannies, gobbed on the grund syne stachered on up the brae, lettin the kelpie an its sappy een alane til the buzzards an the craws.

CHAPTER 19

Tokyo Rose

kist 624   imbeki med   8:58am

If ye'd seen yir face. Juist the wance. If ye'd seen it fae where I wis. Everythin micht hae been different. Ye micht no hae been sae sair on yirsel. Ye micht no have gret.

See, see. I couldnae help. No fae here. I wis a grade-A guid bone hing-oot, strauchlin throu ma sentence at bordelmammy Senga's immuno-bauchle seraglio.

Where I wis. A soonless enless spiral. An me aye fauchled, never able tae fecht tae a wey oot. Them in the External. The hauns. The mooths. The brides an banshees tae be. They sent me aff nou an again tae wauner alane throu corporation dwamscapes or, tae divert me fae the dreich daily rhythm, hurled ma brain awa tae ane o the Center's occasional gitdoon-an-coorie morphine an anthrax ceilidhs.

You should hae seen yirsel. The gless guddlin your sharp Klog lines. I wanted tae clap ma loof tae your bonniness but that piece o gless aye clarted thon which wis clear. The pane wis baith windae an yett. A sneckit unraxable access.

Steel interfankled wi saft linen. Jags an IV-pokes meisurin oot remeid. An inverted nicht. A cave wi the shaddas an bawkies aw flegged awa. Ma domain. Ma individual doocot in the great corbie's hoose. Chez mines.

You bade, tho, an indeterminate lang time. Ayewis hotterin, scutterin aboot in the unseein neuks o ma deid een. You didna leave the gless. You didna quit.

The windae magnified your tears intae a burn. Your neb intae a brig. An the bairnish plooks you aye tried tae hide wi slaisterins o expensive Lebanese cream appeared as muckle an as obvious as the blootered pus o the minn. You steyed, a leal steersman, keekin throu thon sweir unflittin porthole.

Took yir time, tho, eh. When I think on it – an thinkin on it is whit I dae in here – you were aboot a million year owre late. Planets had turned tae stoor an hauf yir freends tae stane afore you showed yir face.

But when ye did. When ye finally produced yirsel. When ma frichted wee romeo sclimmed up this uncouthie balcony, thon wis the moment I kent whit I had done. An it jagged me sairer than ony knife.

I hadna thocht o ye until then as strang. You were juist the laddie on the ither side o the bed. The loun that cozied intae me in the cauld August moarnans. Ma schoolbairn husband. Ma young bumfluff bidey-in. I aye tellt masel I mairried you so I could bield ye fae the world. The Weirds had no been kind an there wis a bruckleness tae ye I foond masel drawn til. Micht hae been I mairried ye tae mak masel young again. Could be I hungert efter yir soople laddie's body. An mibbe I mairried ye juist tae be near him.

He didna come. No tae ma windae. Didna wance stap by. The man wi aw the flouers an fine hooses an fast fancy blethers. Couldna brek the silence o ma new world. Couldna come an say 'hey there'.

No like ma unshooglie sentinel. No like you. I never kent thrawnness could be sae bonnie. I used tae think you were glaikit, bidin wi me. Goavyin throu the gless. It took me time. Turns oot I wis owre late. I wis the yin a million year owre late.

The man wi the flouers.

I couldna tell ye tae yir face. Thae first thoosan oors in here. When you speired for his name, the pain deaved me. I could feel Senga reddin for her first chow. I kent I had tae tell ye. But I couldna. I wisna able for words then. I wisna able for you.

I didna configure the flouer tae wrang ye. It wis aw I could think o. The flouer wis a kenmerk. An habitual tocher he gied me when we met. Thon's why I did it. I couldna say it tae yir face. I slaistered ma thocht screen wi a symbol o the man that broke baith wir herts. He aye brocht me flouers. The bonsai roses. The ainlie wey I could tell ye it wis him.

I thocht ye wid jalouse it, Pavel. I had tae believe ye wid unnerstaun.

CHAPTER 20

Gleann na Marbh

PAOLO WIS HIRPLED WI a nebbit stane in his bitt. He stapped, speeled his shooder o the heavy poke an clinked doon wi a sab.

The sun aye hottered in the lift, scaddin his back. It widna lowse him. Some time syne. An oor. A day. He couldna mind when. The nicht had dooked him in caller darkness an he had streekit oot on the stoorie earth an slept. But the birkie sun wisnae sweir tae rise. The sodger had been chauvin north since peep o day. His sark wis seepit throu, his keffiyah nae mair than a wat cloot. Swite dreebled fae his broo, blinnin him. Baith feet bleezed in their bitts an his legs gowped wi pain. Paolo coched up a skelf o a gob an wechled it ontae the dust. Every step owre the roch grund wis a trauchle.

He poued aff his left bitt an a buhlitt-size chuckie come rattlin oot it. He rugged at his sock. It come aff wi a skoosh o sweat. His fit wis chaffit reid an pink. The sole felt numb as a baffie. Efter draggin it a hunner an fufty clicks owre the coorse hills, it wis a miracle it hadna faaen aff. Uyah, he gloufed, flingin baith sock an shuin back on. Ae lick o the keen sun an the runkled skin wis awready nippin. The sodger gat back til his feet, collectit his poke an hochled on.

He won til the tap o a brae an plowdered doon the ither side. Port wis langsyne oot o sicht. The ocean, tae. He wis that far awa his thrapple wisna clagged wi the corrupt reek o the sea. Nae helicopters or executive airships had passed owreheid the haill day. He had heard kelpies yowlin in the distance an twiced cooried ahint a stane tae let a Ceilidh land patrol gang past. But thon wis oors ago. He wis ayont the rax o Port. Sic freedom should hae kittled his spirits, but the soorness o his quest made ony sense o victory seem very wee. There wis an uncanniness aboot it he

couldna richt explain. A tension clawin at his hert that he could-
nae expel. Mibbe this dourness wid lift when he finally chapped at
the door o But n Ben A-Go-Go. Paolo seched for aboot the
thoosanth time that day. He wisna far fae admittin til himsel that
the map o the hills he thocht he could mind fae his bairnhood wis
gittin mair an mair raivelled in his heid.

He joogled the wecht o the poke an rifle aff yin shooder til the
ither an shammilt doon a nairra pathwey scrievit in dust on the
side o a hill. Shaddas soomed like douro wine in the bool o a mini
glen ablow. The air, suddenly thick an kittlie at the back o his
craig, wis sair work inhalin. Somethin here wisna juist. Paolo
keeked up. He had seen this. He kent it. The wey the twa – na –
three crags riz oot o each anither. Twins an a bairn. Mairg an
Liath an the wee yin. Whit wis it cried? The wee yin. Whit did they
caw her? Meall nan Eun. Paolo blenked. He had been here afore.
He kent this place. He wis gawkin up at the bens his faither had
kirstened 'The Three Corbies'. Paolo sclaffed the grund wi his bitt
an heezed his banes up the roch suddron ascent o Carn Mairg.

He strauchled wi renewed virr owre the slope, his mind unhap-
pin memories as he gaed. The colour o a stane here. A hurdie o
rock there. It wis aw comin hirplin slowly, painfully back tae him.
The Corbies had been his backyaird. His private personal play-
grund. Paolo had scrammled lang oors an days on these braes,
couerin fae his faither's daft Lugged-oot hoose guests owre at the
But n Ben that either wanted tae kiss him, mither him or hurl him
nebfirst aff the moontain. The sooth side o the Corbies wis his ain-
lie hidey-hole. His young lugs couldna thole the remeidless elec-
tronic thunner o Diamond Broon's famous non-stap End o the
World Pairty. The hunner-piece rock bands, the warehoose raves,
the Hell's Hoodies motorplane conventions, the Cossack
dauncers, the transvestite Mongolian synchronised watter ballet
kept him oot o the faimlie holiday hame, hiddlin himsel awa in
secret neuks on the hills. Paolo cowped the mindins wi a shog o
the heid. He needit his thochts fug-free.

He piled himsel up the stey ben on his hauns an shanks an, an oor later, raxed Carn Mairg's summit. Yince there, he clinked doon on a kist-shaped boulder an glowered at the view. Relief, quickly dunted oot the road by fear, scudded throu his hert as his een sooked in his first sicht for a decade o the massive lang undauntit backbane o Massimo 7, itherwise kent by its auld Hieland name, Schiehallion.

The moontain sloped up the wey richt tae left, kythin oot the watter like the fin o some undeemous predatory fish. Schiehallion's lang slow ascent ended in a muckle rocky plook at the ben's western extremity. Ancient boulders, the size o hooses, defended the moontain's suddron face an, fae its hame at the hert o the solar system, Saul poored licht doon ontae Schiehallion's millions-year-auld shooders, giein its diverse faimlie o rocks an stanes a dour communal purpie hue.

Paolo couldna see But n Ben A-Go-Go but he kent it wis there, posed in a howe juist ahint the neb o Schiehallion's summit. Atween Carn Mairg an the moontain, a five-mile swatch o sea chittered in the efterninn glaur. Paolo looked doon at his hauns an chowed his lip. In a laich moment last nicht afore the blinterin sun quit the sky, he had been gey close tae creepin hame altho he kent fine he couldna gang back. Port for him nou wis the stane flair o a jyle. An yet, he had tae admit tae himsel, he wis feart tae tak this ony further forrit. He foond himsel baith eident an sweir tae continue. Somewhere at But n Ben A-Go-Go, the midden o his ain hert wis waitin on him.

An Paolo still had tae soom Gleann na Marbh, the five mile o roch sea that sweeled in the drooned glen atween the Corbies an Schiehallion. He had never liked sweemin owre Gleann na Marbh, even as a teenager. It wisna the length o it or the watter's gurlieness that fashed him. He didna mind the physical darg the nairra sound exacted fae his body. It wis the thocht o whit micht unyird itsel fae the drookit valley flair doon ablow an rax tae the surface wi unhaly ootsookins o air. He hadna ever enjoyed swimmin the Glen o the Deid.

He keeked owre at the three hunner metre o shairp dockies

that led doon tae the Gleann na Marbh watter. Saul had scartit the scree slope that lang wi its bleezin het cleuks it appeared as raw as ulcers. Paolo pit a fit on it an a boorach o stanes sliddered oot fae unner him. He caw-cannied doon the stey piste, walin his steps amang the mair stowfie-lookin boulders.

He gowped across at Schiehallion's hertless crags lowerin up on the ither side o the watter. This wis gaun tae tak him owre lang. He couldna plowter aboot daein this. He had tae clear his mind. He hoasted, tryin tae pech the misdoubts oot o his system. He still didna unnerstaun how, but Diamond Broon had opened a yett o opportunity an Nadia MacIntyre widna git ony mair chances like this. He wis haufroads doon. A brak ja or a mankit leg wid feenish him nou. Where he had awready sclithered, stoor riz like steam fae the shale surface. It didna maitter. For Nadia an no for onybody else, he maun fill himsel yince mair wi smeddum. Paolo took in a gubfou o braith an lowped intae the shairp gradient o the brae.

He jinked a deep slap, near bauchlin his ankle landin. A boulder battered up at him like a train an dobbied a swatch o skin fae his shooder as he sklentit past. His bitts sclaffed a bank o clinkers an he skited twinty metres wi maist o his vital organs in his mooth. A sheuch fou o coorse chuckies winked at him fae ae side. Shairp rocky elbas joostled him fae the ither. His kilt whupped roon his hurdies. The fillins in his mou rattled. He kicked an jouked an skiddered until his crazy onding wis arrestit by the watter an ootraxin his airms, he dived heidfirst intae the Glen o the Deid.

In 2040 – the year God toomed his heavens owre the world – this glen had hotched wi people. As the risin watters smoored the coasts an fermlands o the sooth, the emergency coalition government which had flitted fae Holyrood tae ile-rigs in the firth o the Clyde-Forth-Tay delta, requisitioned the strath tae hoose the thoosans o refugees fleein north fae the radge tides. Folk managed tae bide here a week but the sea soon seepit up fae the carse lands o the sooth an east. The feck o citizens hirpled oot the watter's road by strauchlin tae the higher grund while the maist able climbed the bens. Glen Mor, in the lee o Schiehallion, seemed a siccar place tae stey until the angry oceans calmed doon again but the meteorologs hadna forejaloused whit wis comin. Ae day, a nine-hunner-fit-high freak tsunami thunnered throu the glen, droonin every sowel in it.

Paolo keepit his gaze thirled tae the far shore. He didna want tae think aboot the deid unnerneath him. When he wis wee, he had clattered intae a grey-gubbit auld man an a peeliewally young lassie on the sweem across fae Schiehallion tae the Corbies. He realised that efter fufty year there couldna be much left tae scunner him but there wis aye a chance the recent hurricane had steered the wattery kirkyaird three or fowre hunner metre ablow. Paolo didna ken whit he micht encoonter.

As he paiddled owre the mirk sound, a blouster o wund whupped across the watter in front o him. He saw the white heids o waves crash aff the stanes at the moontain's suddron shore. He keeked up at the lift. The western sky wis a dour colour turnin. A local taifun maun be maskin somewhere amang the island peaks. Paolo rived the watter wi vigorous strokes, eident tae win dryland. He didna want caucht up in ony mair storms.

It took anither hauf oor afore Paolo raxed the moontain. The muscles in his legs jangled an his airms, wabbit wi fatigue, weakly grupped the rock. But he couldna stap. He had tae claw himsel oot o the watter. Athoot bield or shadda, he wis a sittin doo. Ony plane stottin by owreheid wid cleek him in a minute an he wid hae nae place tae gang.

Schiehallion's stey sooth slope riz afore him like a waw o nieves. He raxit oot tae the first fithold an began the lang sair climb. His mind wis bizzin. The radge chase doon the brae had giein him a jundie. No a physical stoond but a psychological ane, kittlin his fozie harns oot their dwam an introducin tae his heid a glegness o thocht. The Mowdy encamped in every nerve o his system wis stertin tae steer an sap his strength. He wid need tae lippen tae adrenaline, an mibbe fear, tae caw him on.

The waves, bigger nou wi mair dunt tae them, cloured the base o the rocks as he climbed. Spray lowped ahint him. He glowered up at the brae aheid. He couldna see much but he had a roch idea

where he wis. Efter this swatch o muckle aboriginal boulders, he
imagined the Ben wid level oot an offer Paolo its braid back. An
if he kent nothin else, he wis stane-certain he wis at seeven hunner
metre the nou, wi fowre hunner metre o the hill still tae cowp.

He poued himsel owre the rocks wi aw the virr left in him but
his limbs were forfochen. Even his banes felt bruckle. It seemed that
aw he needit wis a skelp in the pus an his haill bouk wid shatter.
Howanever, the pain wis sae undeemous an snell it didna feel like
it wis happenin tae him, but tae some ither puir sowel. He pingled
on atween the muckle rocks, whiles hunkered doon, ither times at
fou stretch until he raxed the broo an the ben flattened oot. An
then he saw the Stanes.

Six granite obelisks stood yirdit in the roch grund a hunner
metre fae the grey ashet o a helipad. Paolo's een flitted immedi-
ately fae the stane circle tae the ben summit. There wis still nae
sicht o But n Ben A-Go-Go. He couldna see ony evidence o the
antennae or satellite dishes or even the glaikit rollercoaster that he
kent wis up ahint the peak. Forby the helipad, it could hae been
that the hill wis untouched by human haun. But it wisna tae he
saw the Stanes that it stotted hame tae Paolo that he wis back on
his faither's moontain.

The Stanes had been the toll-bar throu which Diamond
Broon's pairty guests had had tae pass afore hirplin up
Schiehallion's rigbane tae the relentless megahoolie aye radgin at
But n Ben A-Go-Go. The Diamond had peyed millions tae a team
o scotlandologists tae rive the ancient stanes fae the sea bed an
reset them on the ben. When he saw the dour Pictish obelisks for
the first time, Diamond Broon had apparently declared tae the
entourage o sycophantic guffies that follaed him aboot slaverin
owre his every word that he had 'bocht Time'. An aw his guests,
nae maitter hou grand or bauchle-like their status, had tae gaither
at the Stanes, sit haly an mim for an oor as at a conventicle an fey
the world's clart fae oot their sowels afore the Diamond's snipers
alloued them up tae But n Ben A-Go-Go.

Paolo drew his richt loof across the face o a staunin stane. He could divine nae guff o nostalgia fae the ancient pillars. The spiritual lagamachie Diamond made his guests perform here wis, like awthin else in the famous cyberjouker's life, a pauchle. Fae his CC suite on the tap flair o the But n Ben, Broon wid wale which quines, louns or dykelowpers he wanted tae seduce fae the non-stap spate o A-Go-Go maunabees that stotted in every day fae Port, an wid send hame ony pairtners or lang-luggit freends that micht staun atween him an an easy cowp.

But, the day, the Stanes wis toom o Broon's blawbairns an pairtyheids. Paolo leaned his wecht against yin o the pillars an glowered up the moontain. The wund chantered throu the timeless stane stoups an twa craws soared on the burlin breeze high abinn. If he had been in ony doubt afore, Paolo kent exactly where he wis nou. The Stane circle merked his position as clear as a compass. But n Ben A-Go-Go wis a fowre-hunner-metre uphill shank tae the ben's tap. He scrattit his face. He wisna far fae his final airch. Nae mair switherin. Nae mair sweemin. An oor's pech an he wid be there.

Paolo heezed his fauchled legs on, takkin yin slaw step at a time across the camshach brae o fykie shairp boulders. The craws steyed abinn his heid, apparently follaein his shooglie progress wi the eident persistence o vultures. He pingled his wey tae the first o the moontain's three fause peaks an wis hauf-roads tae the second when a voice rang oot across the hills like a thunder plump.

'Yo.'

Paolo stapped deid. He could see naebody. The slope wis toom as a Parish krem on Auld Year's Night. Athoot thinkin, he made a wild rax for Bunnet Boy's uzi. As he did sae, a shouer o stanes come hurlin at him throu the air, ane chappin hard against his fingirs, anither cloutin his foreairm. Paolo let the gun faw.

'Hands on heid,' gnipped the invisible mooth.

Paolo let his een skite aroon the glen. He didna want tae steer up whitever bam wis oot there an invite anither dockie. He couldna risk a gaw in his skin. The bealin on his leg wis wanchancy enough. His knuckles on his left haun dinnled somethin sair but he heezed baith his loofs tae his napper in merk o surrender.

Then the rocky flair sterted tae hotch wi movement. Paolo's gub drapped open as he watched the moontain forenenst, ahint an aw aroon him rive itsel apairt an he saw, as if by a cantrip o nature, roch sinewy airms dunt throu the bane-dry stanes follaed by heids an torsos, as men – mibbe as mony as a dozen – vigorously warsled their wey oot o the groond. Paolo's decision-makkin virr wis temporarily dumfoonered. The men won tae their feet, no fashin tae dicht the stoor fae their ragabash uniforms: their jaikets were awa at the elbas; their ancient combat breeks hingin aff them. Each ane's face wis hackit fae the sun wi lang unbonnie cicatrices runnin fae lug tae neb an back again.

Altho he kent immediately wha they were, Paolo wis unhooled by the sicht o rebel tourists unhowkin theirsels sae unexpectedly fae the yird. Eleeven clatty terrorists stood roon him, gurrin wi whit seemed tae be anger, glowerin at him wi colourless een.

Yin o them, a muckle great gaberlunzie o a man wi a beard like a cypress buss, broostled forrit an picked up Bunnet Boy's uzi. 'Victor. Domingo. Shlep the mensch intae that dyke there.' His voice wis a roch baritone grool which cairried wi it the coronach o a New Appalachian accent. The shilpit diseased rebel tourists gaithered grimly roon. Paolo offered them nae strauchle as they grupped him by the airm an oxtered him forrit.

Ae tourist – the yin cried Domingo – didna help. 'Oren, man. The gun. He's a Port. I hate the Ports, Oren. I gotta malkie him. Gimme the gun nou.'

Oren the gaberlunzie leader turned shairply. 'You gotta dae nothin. You gotta keep your wheesht. I got the gun nou. An I say the mensch gangs in the dyke.'

Paolo wis keltered heidfirst intae a naitural bunker in the rocks. 'Bide!' Oren commanded, flingin his lang strushlachie hair awa fae his een an commencin a menacin dauner roon aboot him.

Domingo, staunin ahint his leader, kythed in Paolo's view wi an auld-farrant rifle. 'Whit's ya business, fishman? What for you come fashin us here in oor country?'

The muckle leader foond the safety sneck on the uzi an as the mechanism let oot a clack, Paolo detected a braid smile unner the tourist leader's growthie beard.

'Yeah, lost ya tongue, fishman?'

Paolo wisna feared at fechtin thir rebel tourists. They were physically peerie. Their banes bubbled wi viral bogles; their herts beat tae the bruckle rhythm o malnutrition. He went heid-tae-heid wi stotters like Lars Fergussen an siclike radge Scandics every ither week that were at least twa times bigger boukit than them. He had focht stieve reid-eyed Cuban an Malay Amphibians in bare-haundit subaqua combat an won awa tae tell the tale. He could send hame this muckle lang infected American rag-bag in front o him wi a flea in his lug athoot effort.

But he micht git a scart. Ane o them could easy steek a claw in him that wid lowse the Mowdy an mibbe accelerate Senga on its road tae his hert. He wid be deein afore he raxed the next rig. The rebel tourists were chemically camstairy tae him.

'Shtum. The fishman's giein us his best shtum.' The gadgie Oren wis daein aw the talkin. His smeddum seemed tae be the ainlie pouer cairryin the lave o his rebel troops alang. 'Divest the sorry shlemiel o his cloots. Let's see if Saul maks him squawk.'

The tourists uncouthily ripped Paolo's keffiyah fae his heid an poued him oot o his tunic an plaid. Wi juist his semmit atween him an the bilin star ninety-three million mile awa, he soon felt the sun's shairp cleuks rax intae him. His mooth contortit intae a skellie line. Oren howked awa Paolo's plaid wi a bitt. 'So whit's the fishman daein up here? You tell me, you get your tartan back. If no, Saul's gonna cook you up like the lox the saftas used tae make tae us back at 75th an Amsterdam.'

Blisters wis awready stertin tae bleeze on his skin but Paolo had tae keep his wheesht firmly shut. He kent the lang lugs o Ceilidh listenin satellites monitored aw rebel tourist conversations. Even juist hearin his voice wid gie awa his position tae McCloud an whitever ither hoodies had their nebs in the business by nou. Paolo redd himsel up tae warsle back the uzi an try no tae earn himsel ony wounds. But the tension that had been biggin atween Paolo an the Oren fella – the rebel tourist leader had his bitt on Paolo's Sting glesses aboot tae mill them tae pouder; Paolo thocht he could caw Oren's feet fae him wi ae clour - wis suddenly burst by a stushie o shairp swift movement. The tourist leader foond himsel cowped rochly tae the grund.

'Pit the keffiyah back on him.'

A young woman wi a stylish guddle o blonde hair had recovered the uzi an wis depressin the leader's face ontae the glen flair wi a cou-hide bitt. Paolo brocht his hauns doon. The woman wis slim but tall-boukit an wi a birkiness tae her actions that gart her seem bigger than she ackually wis. The elbas an knees o her Port polis uniform wis grey wi stoor – she had obviously slinkit up on the tourists by mowdyin owre the rocks on her wame. Nou she pressed the neb o the uzi intae Oren's neck. 'Tell yir men, an git that citizen happed up.'

'Whit ya waitin for?' Oren yelloched at his stumoured troops. The tourists moupitly retrieved Paolo's claes tae him. The young woman watched as he re-cled himsel. She wis an albino, tae, an kent the effect Saul could hae on peeliewally skin. She turned back tae Oren. 'This wisna the deal, you. Juist tae catch an haud him, that wis it. Naebody said onythin aboot ony recreational torture. We micht juist hae tae re-negotiate here.' She rowed the leader owre ontae his back, duntin her knee doon ontae his chist.

Paolo's een interrogated the young officer wi a lang glower. Blue flashes on baith shooders tellt him she wis a lieutenant. She had a strang face an lang soople shanks cled in sleekit lycra. Paolo couldna juist reckon her, tho. Whit she wis daein here. She seemed tae ken him. An she had some kinna pre-wrocht pact wi the rebel tourists. The maist byordnar item, tho, wis her age. She could be nae mair nor twinty. Whit wey wid the Ceilidh allou a junior lieutenant, no lang oot o cadet breeks, up intae the Drylands by hersel? Even veteran Ceilidh detectives didna pit their fit on the moontains athoot a poustie military escort. An yet here wis a slip o a loun's lass stravaigin the hills seeminly alane.

The tourist leader's sun-scartit gub reflected in the lieutenant's

Sting glesses. 'What aboot the plane?' peched Oren, squatterin tae git up fae the grund. She stepped hard on the man's shooder until he near gret wi pain an then let him up.

'It's no a plane. It's a minicopter. Ye'll git wan o ye in it an if ye hurry ye'll git tae it afore the kelpies chaw it tae bits. It's owre on that ben.' She airted a fingir north across anither glenfou o watter at a moontain Paolo recognised as Beinn a'Chuallaich. Then she flung at him a wee white ignition caird. 'Chap in the nummers 190. There's a hauf tank o fuel in it. It's been a pleisure daein business wi ye.'

The leader rested a wee second on his hunkers. Oot the edge o his een, Paolo thocht he saw the tourist nearest the young lieutenant flicher wi motion but it wisna until Oren heezed himsel tae his fou hicht that Paolo jaloused whit wey the wund wis aboot tae blaw.

Touerin owre the poliswoman, Oren shawed as couthie a smile as his yella teeth wid allou, waved the white ignition key in the air momentarily beglamourin her een, an then clamiehewed her hard an sair in the lug wi his free haun. The lieutenant fell unner the heavy clour. The ither tourists waukened back tae life, croodin for-rit.

Paolo, wi his hauf-second foresicht advantage, wis awready oot the sheuch. He glesga-kissed the first tourist tae react tae his chairge an laid a lamp on each o the second twa that turned their face tae him. Paolo noted the leader an his deputy, Domingo, scrammlin for weapons wi dour desperate faces. Gaitherin the last saps o strength in his forfochen corp, he drave an elba throu yin wasted pus an gied anither a guid gowf wi his shooder. The fozie polis lieutenant ettled tae git up but managed ainlie peerie resistance as Oren rugged the baby uzi fae her grup. He burled roon an Paolo could see the man's fingirs faikin for the trigger. Domingo aside him wis linin up Paolo in the cross-airts o the tourists' hereditary rifle. He wis oot o options – he had tae either lowp them, or be dang tae daith by his ain buhlitts.

Wi aw the strength left in his shanks, he hurled himsel at the twa men. Domingo lowsed a shot an Paolo felt a shairp cauld stob in his airm. He fell on the tourists, whummlin them baith. The three rowed thegither intae a bing o legs an elbas. Paolo's ainlie impulse wis tae pit his haun on the uzi. The leader's airm wis raxin as weel. Thon wee compact wax-killer seemed tae be the haill wecht an meisure o pouer on the moontain.

'Naebody move. Nae footerin. Stap footerin.' The young poliswoman had won back ontil her feet an had pauchled the uzi fae the strauchlin midden on the grund in front o her. 'I am Ceilidh Lieutenant R. J. Vermont, 9th Precinct, an naebody here will footer.'

Paolo dunted the touristers' legs wi his fit an disenfankled himsel fae them. 'You, you dinna move either.' Vermont held the gun at Paolo's heid. 'The rest o yis. Owre there.' Her voice wis nae langer birkie. The weapon trimmled visibly in her haun. 'Footer', mused Paolo, wis the vocabulary o shooglies. Oren jaloused her weakness immediately an broostled forrit tae mak anither attack but Paolo wi his guid airm ettled a forcie paik at the man's thrapple. The tourist leader sank back doon, wheezlin for braith.

'Ah said nane o ye wis tae footer.' Vermont boaked oot her words. Oren's attack had huckled her composure. Paolo noticed she had an unwice grup on the gun. If she fired it nou, it wid lowp oot o her hauns an slaister buhlitts aroon the moontain like watter fae a burst spigot. But Paolo wis owre puggled tae concentrate. His mankit airm transmittit sensations simultaneously bleezin het an cranreuch cauld aroon his body. His claes wis sowpit wi bluid. He pit his heid tae a stane an let the words an steer o the ithers wash owre him.

'Tak that key, you.' Wi the tae o her bitt, Vermont kicked the discairded ignition panel owre tae the tourister chief. 'The minicopter's on that ben there. Ah've tellt ye where it is. Tak that key, an mak very shair ah dinna see yis again.'

Oren wis hotchin tae grab the uzi for his ain weapons poke but figurin aw he wid git nou wid be a raik o shells in his New Appalachian ass, the tourister heidman sweirly poued his men awa. 'Okay, louns, whit dae ye want? Scram. We got better things

tae dae.' The rebel tourists gaithered ahint him an stertit tae spiel
doon the hill tae the blue watter on the moontain's north side.
Vermont watched them gang, the ee o the uzi follaein them each
step o the wey.

'Ah'm hurt.'

Vermont turned tae Paolo's prostrate corp sprauchled on the
grund. She knelt aside him but keepit the uzi levelled at Paolo's
wame. 'Where?' she speired, glowerin misdoubtinly.

'Here.' Paolo's pus wis iley wi sweat. He flenched as he pugged
his tunic sleeve awa fae the reid sotter on his airm. Vermont
coched. She had ainlie seen buhlitt wounds on trainin videos.
'Here, haud on,' she stammered, unzippin a wee siller flask fae a
jaiket pooch.

'Whit's that?' Paolo speired, pouin awa his injured limb.

'Anaethesa. Skelp-new anaesthetic technology. Aince ah git
this on yir airm, a truck could run owre it an ye widna could feel
a thing.' She clacked it open an poored a clear liquid owre the
wound. Paolo seched audibly, keekin doon wi a scunner at his
airm. Altho the buhlitt had badly rived the skin, baith o them
jaloused it had skited past the bane. Then she heezed up the steel
uzi an suddenly clattered his wrist wi it. Paolo got a fleg fae the
sudden movement but didna feel the dunt o the gun on his airm.

'It's juist a scart,' Vermont annoonced. 'Ye'll live. The
Anaethesa will keep the bogles aff ye a wee while yet.'

But the lass's diagnosis didna settle the stoor o thochts in
Paolo's heid. The medeecament she had applied tae the mankit
limb had dowfened the pain an wid mibbe stumour ony collateral
infection until he saw a doctor. But Paolo didna want tae see ony
doctor. Gaun back tae Port tae git steekit up by a prison surgeon
wisna in his plans. The Mowdy wid soon mak thon innocuous
scart intae a fatal woun. Paolo's time had juist been sned in hauf.
He had tae be on his wey. He maun hochle on tae But n Ben A-
Go-Go.

The muffled rair o electric engines raxed up tae them fae far
ablow on Schiehallion's northern hurdie. Seconds later, a line o

nine ramshackle jet skis appeared in nae particular formation
scuddin throu the watter awa fae the moontain, their riders boued
determinedly owre the controls en route tae the ither ben on the
far side.

Vermont watched the skiers skite across the waves leain nine
white tailie-ends o wash ahint them. Paolo's een sklented up at her.
'Whit nou, lieutenant?' he speired.

Vermont exhaled, lettin the braith oot throu her nebholes.
'You stey put,' she replied athoot lookin at him. She checked the
communication bracelet on the sheckle o her left airm but didna
activate it. It fashed him that she did this. She seemed tae be red-
din tae contact Port an log in his an her location. If she wis alloued
tae dae that, minutes efter Schiehallion wid be bizzin wi Ceilidh
helicopters. Paolo's airm wis a daud o meat. He could feel the
Mowdy enterin the chambers o his hert. The state he wis nou, he
couldna ootfecht the lieutenant. He had tae find some wey tae
sneck her imagination. He had tae hope his bauchled sense o logic
wid be enough.

'An whit aboot them, lieutenant?' Paolo nodded tae the airt
the tourists had gane. 'Yir raggity freends?'

'Nothin for your neb, citizen. Juist wheesht yirsel an relax.'
Vermont minded tae dicht a professional smile ontae her pus. She
wis comin back til hersel. The warsle wi the tourists had dealt her
composure a guid ramiegeister. She hadna expected them tae turn
on her like that. It didna maitter nou, tho. She had tae thirl her
thochts tae her prisoner. Takkin him in had tae be textbook. She
wanted the merk on her arrest sheet tae be perfect. She imagined
Schuster's face goavyin at her when she oxtered the son o
Diamond Broon intae his dreich wee precinct.

'Ah like it.' Paolo cut jocosely intae her dwam. 'Chapter 14,
subsection 7 o the Ceilidh Cadet haunbook, paragraph 3/4, eh no.
A wee bit orthodox, mibbe. A thing amateur. Some micht even say
a tait naive. But me? Naw. Ah am stap-fou o confidence in ye.'

Vermont, unhooled again suddenly at her prisoner's lack o
flegs, slippit the sneck aff the baby uzi's safety control. Smoorin

the hesitation in her voice, she tried tae gurr at him, 'You'll shut your geggie.'

'It's a guid strategy, like,' her contermacious ward continued athoot blenkin. 'Procedural, ethical, practical. 'When alane an confrontit on twa fronts, an officer maun jouk the twa sides aff against the ither.' ' Paolo wis stertin tae jalouse faultlines in the lieutenant's character. She wis stiever physically an mair intelligent than him but didna hae the foondstanes o experience which wid hae made her unshoogleable. He widna admit it but the ploy wi the tourists had been gey smert. It shawed her backbane wis made o stern stuff. But Paolo couldna fold nou. He had tae try tae unhool her belief in hersel. Dobbyin her youth micht be his ainlie chance tae win oot o this.

'Brave, tho. Definitely brave. Giein up your escape copter. A straight trade. The tourists grup me, haud me doon in exchange for your ainlie wey oot o here. A bonnie arrangement, lieutenant.'

Vermont timorsomely fingired her communicator bracelet. Afore she cawed in for Ceilidh back up, she wanted tae allou the touristers time tae git airborne. Athoot their help, she widna hae Paolo Broon in custody. An forby, she wisna aw that clear aboot her relationship wi Port at this particular moment.

When the Stramash Attack copter had arrived fae Port twinty oors syne, it had hottered fufty fit abinn the watters o Gleann na Marbh, ignorin Vermont's orders tae pit them doon on Schiehallion. An then, athoot explanation, the young Ceilidh troopers – the same louns that had been assigned tae bield her fae danger – had rochly howked her bodily oot o the mither copter. She had hit the watter afore she kent whit had happened an had had ainlie a hauf second tae git oot o the road o the mini escape copter the flight crew drapped doon efter her. Then the Stramash had thunnered awa.

Alane an puggled by her abandonment, she had used the floats on the minicopter unit tae sweem roon Schiehallion an pose the peerie yin-seater aircraft on Beinn a'Chuallaich. Oren's cell o rebel tourists had seen her uncouthie arrival an had gien her a weel-

comin-pairty o stanes an dockies on a'Chuallaich summit. Athoot
kennin whit else tae dae tae stap the touristers fae wrangin her, she
had wrocht a deal wi them. Paolo wis richt. The play wis fae the
Ceilidh haunbook; but bein dooked in the drink by sodgers in her
chairge wisna. Roch as they were, she felt she owed the touristers
a wheen minutes tae escape.

'You maun be some kinna angel, lieutenant.' Paolo, still spreid
oot on the groond, eidently watched baith her face an the haun on
the com-bracelet. 'Trustin thae gangrel bodies wi yir life. Ah dinna
ken.'

Vermont glowered. She thocht aboot removin the man's sun-
plaid again juist tae wheesht this spate o words but didna. It micht
mak a moger on the arrest sheet.

'Ye've gien them twae choices, ye ken that.' Paolo waled his
phrases cannily. 'They can tak your helicopter, which will be
hotchin wi grippit wee side guns an sair-impact missiles, flee the
thing doon tae Port an kamikazi it ontae whitever Parish kittles
their fancy.' Paolo paused tae examine her pus. He could mak oot
discomfort intil her een. 'But whit ah canna fathom is that you
Ceilidh numpties have tae protect Port an aw its citizens. Thon's
your remit. It's whit thae fantoosh Latin wordies on your gradua-
tion parchment are aw aboot.' He had nae idea whit wis on a
Ceilidh graduate's parchment. He didna even ken if she had yin.
But the younker seemed tae be swallaein his bluff. 'Or possibility
nummer twa – an ah'm no awfie fond o this yin at aw – they come
whudderin owre that hill an strafe us tae there's nothin left. An
then tak yir precious uzi.'

'Hey.' Vermont's mooth skirled up in anger. 'Ma plan'll dae.
As a matter o fack, your erse wid be back on Port awready if ah
hadna been flung oot ma ain helicopter.' As soon as she had said
it, she wished she hadna.

'Oh google-di-goo, ye puir wee sowel. Somebody in a muckle
touer somewhere really doesna like you, lieutenant. Canna trust
yir ain shadda, eh no.' Paolo, a slug in the airm an a heli-flicht awa
fae a cell on Port, gowped doon a triumphant snicher in ben his

throat. His rhetoric wis slowly chowin the lassie up. 'Ye hae me, tho. Against the odds, you hae me. Thon wis whit ye were efter, eh? For yir arrest sheet. Yir profile.' Paolo weet his lips. 'But whit are ye gaun tae pit on yir report, heh, when thae raivelled guerrillas streek oot fufty Port Buddies wi Ceilidh buhlitts that were signed owre tae you?'

'Clean oot yir lugs, citizen.' Vermont wis sookin in air an nippin the en o her tongue, tryin tae mind her radge-management trainin. 'Naebody's gaun tae git streekit oot. Thae eejits'll no even haurdly be able tae fly the thing straight. They'll either bauchle it, hit the sea an be howked oot by Rescue. Or defence Houlets will dunt them gently doon ontae a crash mat at John MacLean International. It's aw procedure. Either road, thae tourists will git an oor wi the neurosurgeon an mibbe a clean, cancer-free neuk tae themsels in Rehab on Portree.'

'You seem tae be weel up on procedure. Nae heids will sned, nae limbs git mankit. We hae your word, eh, lieutenant. Ah like it. Mair an mair, ah like it.'

Vermont fecklessly brandished the uzi in Paolo's face.

'Oh, ah'll wheesht. But afore that, indulge me juist yince mair.' Paolo jabbed a digit at a point north o the moontain. 'See thon thing bizzin towards us. Thon's awfie big for a midgie, eh no.'

Vermont wis seik o this gettin. The files she'd managed tae find on him said he had a dour personality; she hadna foond onythin tae suggest he wis a hyper-bletherer. But the laddie wis stertin tae resemble his gushie-gabbit faither. She wabbitly glowered throu the sun's bleeze tae the airt Paolo wis fashin wi his fingir.

A stumpy broon aircraft, no unlike a roostit auld ile-drum, had cleared the rig o the Beinn a'Chuallaich. It hottered twa-three seconds owre the chitterin blue watter jinkin this wey, joukin that like a goggie tryin oot its wings for the first time. It near cowped itsel intae the sea but when the machine managed tae stacher high intae the air an follae a mair confident an swippert trajectory, Vermont grupped the uzi tichter an drapped tae her hunkers.

'Midgie nothin.' Paolo grued, reddin up tae rowe back intae

the dyke where the touristers had howked him. Vermont shook
her heid. She kent she had wrocht a deil's bargain wi the touristers
but she had thocht, tae, that they were daein weel oot o it. An
escape copter tae stushie up Port's defences didna come alang
every day. Vermont lowsed the uzi's safety sneck. She had read
them wrang. The minicopter wis hurlin nou at a halliracket speed
abinn the glenwatter atween a'Chuallaich an Schiehallion, skitin
faster an faster towards them. She had been gauche in the maist
glaikit o weys an her fairins were on the road owre tae her at
aboot a hunner mile an oor.

'Up,' yelloched Paolo. 'Get up an fleesh it.' He hochled tae his
feet an stertit tae link towards the hill's sooth face. The lieutenant
ran efter him. Neither o them could gang quickly. They baith had
tae watch their step on the shairp rocks an try no tae hear the lood
buzzlin engine kelterin wudly throu the sky ahint them.

The pilot at the controls o the compact wee helicopter obvi-
ously didnae hae mony air-oors. The craft hoasted an spluttered
an lowped unsteadily up an doon, near skelpin the first stane rig
it came tae as it crossed fae sea tae hill, the thunnerin rair o its
rotors deavin the moontain's peace. A beardit coupon – Oren's –
kythed crazily at the cockpit windae as a panel on the mini-
copter's front opened tae reveal a breist unnerneath hotchin wi
missile heids an hi-pouered machine guns.

Paolo an Vermont strauchled across the wanchancy terrain tae
they were near at the moontain's suddron edge. The helicopter
hurtled crazily efter them like a blootered kestrel owre
Schiehallion's braid back. As she clattered towards it, Vermont
jaloused tae her horror that Massimo 7's sooth side wis a sheer
uncouthie rock cliff face.

The craft wis a quarter klick awa fae them when Oren foond
the fire button. The boulders aroon them brust intae life as shells
chowed up the dry grund. Paolo rugged Vermont by the elba faster
towards the shimmerin cliff shelf. Aw it needit wis the tourister
chief tae let fung wi a hauf-accurate anti-boat missile an he wid
stap baith their braiths in a stroke, takkin maist o the ben wi him.

The helicopter wis twinty fit abinn their heids an they had run oot o moontain. 'Lowp,' cried Paolo an poued her wi him owre the shelf.

Vermont drapped, reddin hersel for a lang faw but wis stapped by anither stane shelf. The impact cloured aw the air oot o her. Paolo hauled her intae the shelf's shadda as the minicopter whuddered past owre their heids doon towards the drooned Gleann na Marbh.

The poliswoman cooried in closer tae her prisoner. He had bielded her fae trouble when he could hae let her be killed. She aye had the uzi but wis sweir tae threaten him wi it again efter whit he had done. She opened her mooth tae speak an Paolo stapped it wi a haun.

Then suddenly there wis an undeemous lood bang, fremmit tae Paolo's lugs an experience, which he immediately took tae be his ain personalised crack o doom. Debris an het stoor shouered the shelf where they lay. Paolo keepit his een steeked a lang time afore openin them. When he did, he inspected his hauns. The skin on his airms. He seemed tae be haill. The young lieutenant aside him on the stane ledge hoasted an sneezed. Baith o them wis unmerked.

He keeked oot owre Gleann na Marbh's watter. At first, he couldna see onythin byordinar. The sea atween the Three Corbies an Schiehallion sweeled in its troch as eerie an mysterious as ever. But Paolo couldna see the tourist. There wis neither sicht nor soond o the helicopter.

Vermont steered aside him. 'Where is it?' she speired, a wee thing wandered. Jalousin she wis happed snodly in his airms, she quickly pushed oot o the embrace an poued hersel up aff the ledge tae win a brawer vantage point on the moontain. She stood, the uzi hingin against yin hurdie, scannin the horizon for Oren.

Paolo follaed a hauf minute later, howkin himsel oot the troch an hirplin owre tae the lieutenant. Hearin him, she wheeched up the weapon tae cover him.

'Where did ma escape copter go tae?' Vermont asked again, glowerin fecklessly roon at the hills.

They baith noticed the unco phenomenon on Marbh's chitterin surface at the same time. A big braid circle o watter birsled an fizzed aboot a hunner fit fae the shore. As they watched, the watter turned tae a white faem as if a muckle peel had been drapped intae it an wis dissolvin doon ablow.

'Ye see that?' The lieutenant pointed doon tae the sea.

Paolo didna repone. He acknowledged the sicht wi a nod o the heid an haudin his aye mankit airm, Paolo knelt an grozed a daud o the moontain's dust atween his fingirs. He maned inwardly. This wis aw gittin fankled, he thocht. The byordnar feelin he had had on Dumfries – o een glowerin at him fae a distance – clawed at him yince mair. He turned tae the lieutenant.

'Pouderised,' he tellt her quietly. He sensed a wrangness. He didna need an augur tae tell him this wis sair information. Paolo let the grey stoor skail an gochled oot an angry gob. Bidin near this lassie wisna guid for his hert. He didna hae ony mair time tae guddle awa on her. He stood an shawed the lieutenant his back. 'Ah'm gaun up the brae.'

'Dinna you move,' Vermont yelloched, uncanniness evident intil her voice. She could dae nae mair than swither aboot pittin a buhlitt in Paolo's leg. She didna trust her aim. She wanted tae huckle him juist but she wis feared she micht kill him insteid. 'Stey where ye are.'

Paolo hurled roon at her. 'Dae you ken whit juist happened? Can your sonsie heid no compute the no very couthie implications o whit juist occurred here?' Paolo wis spittin nou. The halliracket speed o events wis stertin tae whummle him. He could see his chance tae lowse Nadia aboot tae be cowped on the flair an shot in the back o the heid. 'Whit did that, eh? Whit exackly, in your estimation, blootered that helicopter?'

'A misfire. Some kinna malfunction.' Vermont held the uzi wabbitly in front o her. 'Ah dinna think you're in a position tae jalouse whit happened.'

'Jalouse? You're talkin tae me aboot jalouse? Ah dinna hae tae jalouse nothin. A satellite did that.' He jagged his fingir furiously at the faemy circle. 'Somebody has flitted a trillion-merk orbiter satellite fae its vigil owre Santiago City or Himalaya Central or some kechin place like thon tae save the miserable sowels o a polis lass an a cyberjanny, an ah'm no steyin here tae find oot why.'

Paolo turned tae gang.

'Oh ay, an speakin o whys, how does the Ceilidh drap a cadet ontae the Drylands an leave her for deid wan minute an then shift heiven an earth tae protect her the next? Jalouse that, lieutenant.'

Vermont's ja felt suddenly feckless. She gowked as her prisoner hirpled kempily awa. A licht breeze picked up some o the white faem on the watter an cairried it the ither wey. Awa tae the north on Beinn a'Chuallaich, Vermont could see the rebel tourists' peerie silhouettes – glaikit distant attendants at their leader's funeral.

She seched. Her remit hadna been aw that sweir. Craw's troopers had dyked her as soon as they had raxed the Drylands but she had thocht she could haunle the situation. Nou a tourist wis deid, a Ceilidh copter had been blastit intae dust an she foond hersel that stumoured she wis lettin her target merch up the moontain tae assassinate the celebrity criminal she had been gien executive orders tae protect.

She had tae gaither hersel. She had tae git her heid oot fae unner her oxter. Paolo Broon had awready covered a fair skelp o the hard moontain grund. Aheid o him, she could mak oot the black neb o the summit. She kent fine where he wis gaun.

Wi a dry mou, she quit the rebel tourist's wattery grave an smertly follaed efter him.

CHAPTER 21

But n Ben A-Go-Go

THE SILLER ROOFS o But n Ben A-Go-Go glistered in the keen sun like a small lunar clachan.

Antennae, helipads, watch touers, jacuzzis, kennels, a heeligoleerie rollercoaster an a zoo were redd aesthetically roon the main villa, which wis itsel posed fae the elements in a slight howe. But n Ben A-Go-Go wis a lang three-storey sprauchle o a hoose. The structure, biggit fae Canadian pine an Russian steel, had a roch uncouthie cast tae it.

The hoose wis panelled tap tae bottom wi gless, its muckle ten-x-ten solarsook windaes illuminated by Saul like fields o maumie licht. Joists, cabers an stieve pine stoups, cross-dichted wi ropeladders an unfantoosh balconies, held the sleek minimalist chalet thegither.

But n Ben A-Go-Go occupied yin square km o Schiehallion's north-west shooder, its front face glowerin perpetually owre at the Gorms where, across the switherin blue Skagerrak, the ootline o mair villas chittered in the fufty degree heat.

The But n Ben's location had been carefully waled. The dachas on the Gorms belanged the ubercless, each ane hoosin a paragon o Port douceness an respectability. Diamond Broon's cyberpauchler reputation wisna tholed by the ultra-perjink community on the ither side sae he had wrocht himsel a coorse den in sicht an lugshot o their quiet untrauchled hames an had thrawnly keepit a pairty bilin there 24-oor a day for a lang radge twinty year.

Paolo summoned his heritor's Klog dourness. The villa reeked o Diamond Broon. He could guff its neep-heidit excess fae the tap o the moontain where he paused for hauf a second. Diamond Broon's sleekit hame spreid oot ablow him. Mindins – some sweet, maist soor – hotched throu his memory. Wi boak accruin in his craigie, Paolo forced himsel tae shauchle on.

He plowdered doon the stey slope owre the scaumit rocks, the lieutenant hochlin alang a wee thing ahint him. Paolo had near forgotten her but it looked like she wisna gaun tae lea him alane. He wid let her think he wis aye her prisoner as lang as she didna use her airm-com tae clype their position tae Port. They raxed the perimeter o the But n Ben. A watch touer loured up on their left. Paolo wunnered if their ingang tae the compoond wid kittle the security system's auto-snipers.

'Ye gaun tae v-mail the Ceilidh tae come an tak me awa, lieutenant?' Paolo speired Vermont as she pauchled tae a halt alangside him. 'Dae it nou, then. Or yir signal will set aff the hiddlin machine-gunners as soon as we go ben.'

Vermont shook her heid. The daith o the rebel tourist had rummled her take on the haill mission. She hadna spoken durin the trek tae the summit. Her heid had been thrang ruggin owre the recent skeerie events, warslin tae unnerstaun whit road she wis tae tak nou, an mair important, whit wey the hoodie that wis manipulatin her wanted her tae gang.

She couldna v-mail for help, no because she wis feared at cowpin ony alarms, but because her com-bracelet wisna workin. She had been sleekitly cryin on Ceilidh HQ for support fae the second she had grupped Paolo but her communicator wis deid. It wis nae mair than a bonnie trinket strapped roon her sheckle. Her less siccar com-tattoo link on her airm wis stumoured, tae. Thon, an the rebel tourist's unco slauchter, had dooked her in silence on the walk up the brae while she thocht how tae untaigle the midden that nou seemed tae be bilin an hotchin roon aboot her. 'Na,' she said, hoastily, rattlin the uzi at the prisoner she nou kent she had nae intention o shootin. 'Juist you keep walkin.'

Paolo noddit. Fornent them wis the zoo. He led her intae the maze o toom animal cages. Thir had been hame tae a dozen fremmit craiturs bocht fae collections aroon the world. The zoo had keepit snakes an papingos an even a stumpy wee elephant but the

Diamond's darlins were aye the muckle cats: Siberian tigers, African lions, American pumas. The Diamond regularly lowped intae the cages an cooried doon for the nicht amang the radgest o these baists. The zoo had never cantled up Paolo's spirit like it had his faither's an seein the cages nou, clarty an abandoned, wis somewey even worse.

They passed by the unsneckit gate o the wee aviary, its tropical inhabitants langsyne awa, an on tae the widden steps that sclimmed up tae But n Ben A-Go-Go.

'Watch yirsel,' Paolo advised. The lieutenant swallaed hard. She kent aboot this hoose. She had studied its architecture fae the foonds tae the rones on its seeven roofs, an could stotter blinfoldit tae the villa's daunce studio, library, cinema an retro Bavarian bier kellar. She had been speired PHD examination questions on which cyberjoukers an Lugdrug chapmen had been here an when an for hou lang owre the twinty-year period o its occupancy. She had read keek files on the globally blethered-aboot pairties held in ben thir gless an metal waws, glowerin intae the wee sma oors at the endless exotic rammies o licentiousness an sin.

Vermont budged aheid o Paolo an stertit the stairs afore him. Her fitsteps whuddered loudly aroon the silent hoose as the pair o them raxed the braid widden deck that led tae the front door. Paolo stapped tae rest against a pine stoup. The short jink up the steps had left him pechin. He wis doon tae his last reserves o smeddum. Skirlin up his face, he rugged himsel on ahint Vermont, his airm hingin feckless at his side.

The lieutenant pit her haun tae the door haunle an paused. The stoond o her hert had re-kittled the adrenaline intil her. Picturs o whit wis ahint the door skited throu her mind. She didna feel ony less vulnerable here than oot on the glen – she wid hae much raither been cooryin up wi wee Ashka in Lou's brownstane on Elgin Parish – but she wis far mair shair o hersel gaun intae this hoose, a place theoretically kenspeckle tae her. Forby, somewey amang the stramash o rooms an corridors, wis the man she had ainlie ever foregaithered wi in her intellect. If the Ceilidh arrived nou an huckled Paolo awa in a polis copter, she widna git tae meet the famous Diamond Broon. An mibbe, juist mibbe she could wrassle baith him an Paolo intae custody by hersel. Schuster's gub wid skelp the flair if she stotted in tae his jyle hoose wi the Diamond unner her oxter – an she couldna even begin tae imagine the pus that wid be on Executive Officer Craw.

The door wisna sneckit. Keekin at Paolo, Vermont cannily eased hersel in. Paolo follaed, closin the door ahint him. The open-plan hoose hadna chynged fae Paolo's bairnhood, an appeared exactly the same tae Vermont as the Ceilidh photie files. Saul, declarted o UVS, sheened in throu the tall, braid windaes, scrammyin bawbees o licht across the groond flair's siller stoups an pine widd surfaces. Abinn this first lang unpairtitioned chaumer, raws o widden gangweys an stairs streetched in stachered formation tae different airts o the buildin hauf-kythin ither rooms an flairs. Vermont gowked at the hoose's skeelie design, mindin raither fecklessly that the architect wis a gadge cried Georg Driendl that had lost an ee in a street stushie growin up in Alta Peru.

But bonnily-wrocht tho it wis, the But n Ben interior looked like it had been blootered by a Nepalese smert bomb. Bauchled beer cans were skailed across the room. Piles o decade-auld boak lay in every neuk. A pair o breeks hung doon fae a licht decoratit wi a bra an a lacey semmit. Quarter-timmed glesses o soor chablis stood on onyx bleck table taps, stoorie wi cocaine. It wis like awthin had been stapped mid-pairty an the dauncers an drinkers ghaisted awa.

'Ye thirsty?' Paolo speired, an athoot bidin for a reply stepped forrit frae the entrance lobby ben tae the kitchen. His bitts slid-dered on the nero marquina mairble tiles, cowpin a hauf toom bottle o champagne. The foostie wine slaistered owre the flair. As he raxed for a gless, Paolo run a fingir alang the terrazzo worktap. His haun dichted up whit seemed tae him tae be ten-year-stoor but the arococ drinkin glesses were clean.

The chrome spigot hoasted twice afore lowsin a jet o clear watter. Paolo filled twa tassies. Baith he an Vermont sloustered doon the cauld liquid greedily. 'Let me see yir airm,' Vermont slerped when she wis feenished. 'Sine oot the woun wi watter. Ah'll see whit ah've got in ma poke.'

Paolo sat at the Pegasus dinner table. His faither's possessions ayewis had tae be designer. Tap o the range. The maist expensive siller could buy. But n Ben A-Go-Go wis aye rivin at the seams wi Armani this an Manolo thon. Even the folk he brocht here tae cowp an lowp on his Conran sofaes had tae be raxin or juist aboot tae rax the zenith o their personal bonniness.

Vermont elbaed him oot o his thochts, spreidin her medical kit on the table an faikin aboot in it until she foond the bottle o anaesthetic. She gied it a shak. The thing wis near fou. 'Hunners o the stuff,' she cheeped. 'See's yir airm.'

She shauchled roon tae his chair wi the broon medic flask. He poued back his sleeve tae let her at the woun an realised he nae langer needit his unhanty sun claes. She waited as he flung aff his drookit keffiyah an undid his tunic, drappin it on the flair. Vermont filled a tumbler wi watter an brocht it owre. The man minged o sun screen an sweat. It wisna an unpleasant reek, she thocht. When she poored the cauld watter ontae the reid fleshy midden on his airm, Paolo's haill body shiddered. 'This'll no hurt lang,' she said an dreebled the anaesthetic a drap at a time ontae the woun.

Paolo grupped the table tap as the snell medicine chawed throu tae the nerve. He didna ken hou weel the Mowdy wis daein, snowkin aroon the unseen neuks o his immune system. He felt fozie but no completely haunless. The liquid wis awready lownin the sairness the wey it had done afore. It garred whitever it touched as dowf an unfeelin as widd.

But, in an unexpected stound tae his senses, Paolo foond the young woman's haun a mair effective saw tae his pain than ony drug. When she leaned close in tae him tae apply a caller linament, Paolo tried tae pou back fae the sleekit feel o hurdie an breist throu her lycra Ceilidh uniform. He had no been this snod wi a woman's body sinsyne Nadia's kistin an it garred his heid burl. She stowed the anaesthetic flask in her breeks pocket. 'Thanks,' he gruntled an a wee thing uncouthily rugged his tunic back owre his shooders. 'Sit doon, lieutenant. You an ah need tae strechten oot oor scripts.'

'Whit aboot him? The Diamond.' Vermont wis sweir tae relax her grup on the uzi. She thocht she heard a noise fae upstairs an keeked shairply up at the widden ceilin.

'He'll can wait.' Paolo poued his chair in an rested his wecht on baith elbas. 'We need a blether first. Your haun-com isna workin, is it?'

Vermont covered her airm. 'How dae you ken?'

'You're a craitur o procedure. That's whit wis skelped intae ye at the Academy. You havena been oot in the real world lang enough yet tae survive athoot procedure. You wid hae clyped on me the second you seen me. An ken whit, ah think ah'm your first arrest.'

Vermont didna return his glower. She keeked insteid throu the dinner-space windae at the big Port bothies sprecklin the distant Gorms wi white. Paolo closed his een.

'Come on, lieutenant. This should fash you as muckle as it's fleggin me.' He dirled the table tap wi his fingirs. 'Ceilidh sends a young goggie like you tae grup me, the puir unloved son o the radgest criminal on the planet. Does this soond richt tae you, lieutenant? Gie me some help here. Dae you unnerstaun this? Because ah dinna.'

'Ah wis tae catch ye. Bring ye back.' Vermont's taes inside her bitts bairnishly curled up as she spoke. 'They gied me a crew. They were juist laddies. Younger than me. Ah had cairte blanche tae howk throu Port.'

'Whit wis yir remit? Whit were the orders they gied ye?' Paolo's mind wis impatient tae ken. 'Whit did they want?'

'Simple.' She looked richt at him. 'Tae apprehend the skellum Paolo Broon, an prevent him fae makkin murder on Guest o the State, Desmond Broon.'

Paolo seched. 'Why dae ye think ah'm here?'

'They tellt me ye were gaun tae bump aff yir da.'

'Naw, ah dinna care whit they tellt ye. Why dae you think ah have trauchled ma erse across sea an hills tae git here?'

'Ah've seen yir wife. Ah ken whit you think he did tae her.' Vermont boued her heid. 'Ah wid want tae kill him, tae.'

'Weel, this juist in. Ah dinna want tae herm ma faither. Ah'm no even shair if the Senga virus that's chowin its wey throu ma wife's atoms is his blame or no. But he invitit me here.'

Vermont glowered at him, bumbazed.

'He sent a ghostie man tae tell me tae come. That he wid gie me whit ah want.'

The lieutenant hoasted, skelped by a sudden realisation. 'You're here for his DNA. You dinna want tae kill him at aw.'

'You're stertin tae cleek on.' Paolo watched the polis woman's een. He could see questions o her ain brewin in her raivelled look.

'But ah ken your faither. Ah mean, ah've never met him, like. Ah, weel, ah learned him at the Academy.' She pit up her hauns, a riddie showin on her cheeks. 'Ah hae a PHD in your auld man.'

Paolo let oot an exasperated lauch but didna interrupt.

'Ah foond oot that your faither willna lowse his DNA tae your lawyers, Spike an... Spike an somethin.'

'Spike an Alaska,' said Paolo. 'Shair. Thon's the wey it's been for five year nou. But fowre days ago, the Diamond's ex-pairtner soomed oot o VINE...'

'Sark,' Vermont cut in shairply. 'The Ceilidh's been efter him for years. We did a semester on him.'

'You seem tae ken the haill faimlie.' Paolo, suddenly crabbit at his ain facetiousness, checked himsel an continued. 'Sae the Sark lowps up oot o naewhere sayin ma faither has asked him tae tell me, 'Ay'.'

' 'Ay' whit?'

'Juist 'ay'.'

'Whit does that mean?'

'That's whit ah'm here tae find oot.'

Vermont glowered at him a second. 'Did you meet Sark on Dumfries?'

Paolo noddit.

'There's ainlie a puckle places you could meet a cyberbogle like the Sark, eh. It wisna at Bonnie Lemon's, wis it?'

'Sae whit if it wis?'

'Ah sent a polis probe there yisterday. Ah thocht ye'd mibbe been there.' Vermont scrattit her heid. 'The hoose's been knocked doon. There's naethin left o it.'

'On whase authority?'

'The municipality – a gadgie cawed McCloud.'

'McCloud.' Paolo juist aboot sabbed. 'Ever been steeked up in a poke o lies afore, lieutenant? McCloud is ma heidbummer at Clart Central.'

They sat an glowered at the ither, each ane tryin tae rax an unnerstaunin o the situation. Baith their minds wis a byke o questions.

'Whit's McCloud pokin his neb in for?' speired Paolo. 'An whit for did he no cowp Bonnie Lemon's afore ah saw the Sark?' Mindin the blooterin o the rebel tourist, he cairried on thinkin oot lood. 'They ken where we are – but they've no come for us. How did you ken where tae find me?'

'A guess. Ah thocht ye micht come here. But, ken, ah still canna unnerstaun thae troopers.' Vermont said. 'The laddies. They kicked me oot an left me.'

'Ay, it's the escape copter. Thon mibbe fashes me the maist. The laddies had orders tae forhoo you up here an they werenae gaun tae greet if you didna mak it back.' Paolo paused, pechin as he thocht. 'They didna flit that satellite roon tae protect you. They did it tae bield me. Wha wid want tae bield me?'

'The Ceilidh widna protect you. You're a merked assassin.'

Paolo ignored her. 'Wha wid hae the authority tae cowp a buildin an re-airt a satellite? They mibbe even kent aboot Elvis afore it struck. Naebody shairly has jurisdiction owre hurricanes.'

'It's juist that he said it.' Vermont stammered, suddenly jalousin somethin Paolo hadnae. 'Ah had nae reason no tae believe him.'

'Whit ye on aboot?' snipped Paolo.

'He tellt me you wanted tae kill your faither.'

'Wha? Wha said that?' Paolo wis bumbazed. 'McCloud. Hae you been speakin tae that bawbag McCloud?'

Vermont looked at him, shakkin her heid. 'Naw, no McCloud – Craw. Craw tellt me.'

Paolo looked at her gawkitly.

'Executive Ceilidh Officer Craw,' she seched. 'Ma superior, ma heidbummer. He said you tellt him yirsel that ye wid dae yir faither in.'

'I've never heard o him, this Craw.'

'You're no the ainlie yin, then. It seems naebody else has either.'

'Whit maks you sae special that you git tae panloaf wi Executive Officers?'

'He likes quines.'

'Does he? Weel, ah'm no shair he likes you. See, whit ah think...'

Paolo's words wis suddenly swallaed by a halliracket bourach o lood bass music.

Vermont stachered tae her feet, swingin the uzi roon the room wi wavellin hauns. The music's rauchleness pingled strecht doon her rigbane, fanklin her senses. She couldna stap hersel pittin a nieve tae her lug.

Then Vermont snapped her heid roon tae face an exterior windae. Crazy yella an phosphorous orange licht ootside in the villa's compoond snecked baith her an Paolo's attention. Squibs, rockets, roman caunles skited up in front o them. Salvo efter salvo dichtit the dour sky wi bricht unblenkin colour. A wheen o angry-eed fireworks whuddered aff the windae, rattlin the gless.

Paolo shielded his foreheid wi a haun, pushed himsel fae his seat an gowked oot intae the buzzlin glare. His faither's private rollercoaster, salvaged fae a Shanghai Sinodisney thrill park, had stertit tae go roon. This wis it, he thocht. He could smell the radgeness. Someone – an he had a gey canny idea who – had switched the pairty back on.

Waggin at Vermont tae follae him, Paolo hirpled across the tiled flair, the roch bass beat thudderin in his lugs, an waled a set o stairs risin oot o the entry lobby.

The steps cairried them upwards awa fae the lichted space o the foyer tae a dull, mirk first flair. The tall windaes wis happed wi velvet curtains an ainlie a wheen slaverie dauds o sun broke the clootie cordon. Paolo didna like it. Shaddas seemed tae stravaig the gloom like sentries. The thunner o heavy bass gart the pine flair unner their feet dirl. He gawked at the lang open-plan chaumer. Deid-eed TV screens lined the waws. Muckle beanpokes were scattered aboot in randan order. A gowd-threidit persian cairpet rowed like a desert plain tae the far end o the room.

Paolo caucht sicht o a man's elba. Ahint a partitioned neuk hauf-roads doon, he could definitely mak oot a human airm. He quickly airted Vermont's attention tae it. It seemed tae be relaxed an unbudgin, stickin oot fae ahint a chintz screen.

Vermont jinked intae motion. She heezed up her gunhaun an, walliemerkin her bottom lip, stramped purposefully aff. Paolo watched her flit elegantly doon the lang cairpet, her hurdies tensin at every step, her shairp blue een glowerin eidently roon for danger. When the lieutenant cowped the chintz screen wi ae kick, he caucht sicht o a still white corp – an Paolo Broon's thirty-year-auld hert turned sappy as a bairn's.

The Diamond lay spreid oot on a couch in front o him. His een wis steeked an his mooth skellie an hauf-shut. But it wis his complexion that beglamoured Paolo's gaze. The face wis grey as esh, his skin sooked o livin colour. Diamond Broon wis a diseased puir-lookin stookie become – a fleg o the man Paolo had yince cried faither.

Vermont directed the uzi at the undeemous DJ system on the ither side o the neuk an lowsed a ful clip intae it. The rauchle whudderin music deed wi an unmelodious pech.

Paolo approached the leather bink where the Diamond lay an pit a haun tae the man's broo. The foreheid wis cauld as cley. Paolo keeked up at Vermont. 'Did you ken he wis this bad?'

Vermont returned Paolo's perplexed glower. 'The files – the yins they let me see – said he wisna brilliant but nothin aboot him bein seik.'

'Weel, he's seik nou, lieutenant,' said Paolo. 'Looks tae me like oor wee Mowdy pal's completed its pilgrimage roon his healthy cells an that Senga's aboot tae chow her wey richt throu him. Couldna happen tae a brawer man.'

Afore he had feenished his sentence, Paolo boued quickly doon an poued fae his bitt a stumpy syringe case. The cap sliddered aff easy, clatterin on the flair. Then he rochly rugged back the prone Diamond's sark sleeve an wis aboot tae jag the DNA sooker needle intae his faither's foreairm when he foond himsel neb-tae-neb wi Bunnet Boy's uzi.

'Takkin DNA fae an unconscious citizen contravenes subsections C, D an J o the Technofelon Penal Code.' Vermont dunted Paolo awa fae the Diamond wi the gun barrel. She took the DNA sooker aff him, pittin it in her breeks pocket. 'Forby that, it'll kill him.'

She poued back Diamond Broon's ither sleeve tae reveal a siller experience needle thirled tae a vein on his left airm. 'As you can see, yir da's ben,' said Vermont. 'His consciousness is dooked in VINE. You ken ye'd malkie his nervous system if ye took a DNA swatch nou – an ah'll no can allou that.'

The thochts skited wildly roon Vermont's brain. She had baith Broons in the loof o her haun: the Diamond hauf-deid; Paolo puggled fae his injuries; an she wis the ainlie yin in the room wi a weapon. She couldna see how she shouldna be the ane tae register faither an son intae Precinct 9. If she managed tae pul this aff, the Craw wid never fyke wi her again.

A looftap computer next tae Broon's corp bleeped. Vermont burled it roon sae that Paolo could read the message dichted in bricht yella characters on the screen.

'Son. In the final thraws. *Sangue de Verde's* chappin ma door. Ah canna speak tae you oot there. Come ben an we'll talk. Ah'm at the Twa Suns. Ma chip is waitin on ye.'

Vermont pynted wi the uzi tae a second leather bink aside the Diamond. She wid threaten him tae sit doon if she had tae. 'Ah guess that ane's for you.'

But Paolo wisna aboot tae gie up his consciousness tae his faither, nae maitter how forfochen his physical body appeared. He had strauchled three hunner KS throu sea an stoor. His ain immune system wis aboot snowked throu tae the bane by viral Mowdies. An he wis centimetres awa fae takkin a swatch o the DNA that wid mibbe lowse his puir tortured wife. He couldna let a polis stumour him nou.

'Lieutenant, ah'm gaun tae tak the swatch an then ah'm gaun tae go.' Paolo articulated his words wi whit he kent wis patronisin canniness. 'Gie me the DNA sooker.' He ootstreetched his haun. 'Gie me it an ah'll go.'

Vermont glowered blankly intae baith his een. 'You're gaun nae place, forby VINE,' she said an then pit a singil buhlitt throu his richt leg.

She grupped him as he cowped an hurled him intae the leather chair aside his faither. On the bink, Vermont foond an experience needle merked 'Paolo'. She bent doon close tae his lug. He wis switin fae the new pain o the shot, altho she kent the woun wis juist a skin-scart. He seemed aboot at the end o his dreel. Seein him like thon, she could hae gret but didna.

Yince in the chair, the lieutenant poued the cap aff the anaesthetic flask an skailed a guid quarter o the caller liquid owre his leg an laicher body. He wid be immune tae the stobbin pain for sixty minutes. She hoped tae hae the cyberjanny's banes transferred tae a hospital bink afore the dowfenin effects o the potion wore aff. But first he had tae gae intae VINE. Stievenin her hert, she rochly thirled Paolo tae the chair wi ticht leather straps. She needit him tae mak yin final Ingang.

'Bring him oot. You howk that clarty auld chancer back in wan piece, I'll git ye yir sample. Thegither we'll pit Nadia oot her pain. We'll aw git pit oot o wir pain.'

Vermont delicately skooshed a slaver o experience fluid oot the tap o the needle, then jagged it intae a vein. Paolo's een lowped open an then shut, the chemicals mellin instantly wi his bluid as they smertly jundied him unconscious.

CHAPTER 22

Café o the Twa Suns

WHEN PAOLO MANAGED TAE rive open an ee twa seconds later, he saw that he wis drappin vertically at mair than a thoosan mile an oor intae a bleck flairless canyon.

His heid burled. His wame turned tae cauld brose. His bluid clawed its wey backwards throu his veins an a bawbee o boak stappit his mou. He felt in his hert a shairp snell pain that seemed initially sair enough tae kill him. For a wee moment, Paolo Broon doubted he had the smeddum intil him tae continue.

He hadna soomed in cyberspace for ten year. At Clart Central he had been alloued brief tri-monthly guddles in virtual reality but thon had ainlie ever been a quick dook, lang enough juist tae pou oot daft ragabash Danes. He had no been in this roch sea since Happy Day an he wisna enjoyin the stey free-faw he foond himsel sneckit til.

'Heh, boakie baas. Whar dae ye hink you're gaein?'

A nippy voice fashed his lug.

'You no waantin meh help?'

Fae the din aroon his lugs, Paolo kenspeckled the voice o his faither's crabbit navigation unit. Years sinsyne when he wis a laddie, the navigator had deaved him daily as he wis bein learned tae jouk throu VINE. Paolo had zero couthie memories o Java 5.

'Come on, greetie-pus. Git the haid oot. Hingin there like a hypnotehsed fert.'

Paolo warsled his senses thegither an, wi an effort that made his brain sair, thocht himsel tae a stap. Lang unyaised tae the tap-salteerie rhythms o virtual traivel, he flenched as random stobs o energy juddered throu his banes. But Paolo wis no lang in finnin himsel, tho. He could soon mak oot the parameters o his vehicle body chitterin aw aroon him. His vehicle airms jibbled wi colour; the repro electronic hurdies hotched wi screens. It wisna an unco sensation: the pain o the ootside world had mizzled awa an his limbs felt soople an swack an forby – ae bonus in this scunner o a business – his bodily injuries didna hirple his progress in here.

He shook his heid. He had nae time for sentiment. Lieutenant Vermont had papped a slug intae him an huckled him uncantily intae VINE. He'd raither that she hadna shot him but the unconess o the situation alloued that whit she had done wis no that sweir. Nou it wis up tae him tae dae the richt thing, tae.

He glowered doon intae the gurlie abyss ablow. Broon didna need Java 5 tae tell him whit wis there. He kent this sicht weel. Cyberspace had yince been his hoose, tae. Here he had learned how tae mak hell an boogie. He weel unnerstood the dark abyssal contours aneath his vehicle body. He wis gawkin strecht intae the hert o Cowp.

'Eh suppose ye're needin me tae hud yir wee hand, hey.' The Java unit's lug-chawin phraseology couldna dunt Paolo nou. He had trauchled owre far tae let a microchip fash him aff balance. 'Weel, dinna bekeech yir britches, boy. Eh'm takkin ye in.'

The navigator shauchled him intae a forty-five degree angle an, at halliket pace, cairried Paolo doon throu Cowp's diaphanous skin intae the ramstougar mixter-maxter o seas an cities ablow.

The Café o the Twa Suns wis Sark's an the Diamond's secret. Naebody else kent its location. Diamond Broon had even peyed a posse o rebel tourists tae fleg ony o the system's lang-nebs awa fae the site. Paolo had aye heard them bletherin aboot the place. It wis tae be their bield in drumlie watters. Thon wis where they wid pose theirsels when the world got owre het.

Paolo had never been tae cybersite Prag, forby his brief virtual blether wi Sark, altho he had boonced aroon on the repro Ipanema an Bondi beaches when he wis aboot eleeven. He yaised tae jink intae VINE athoot his faither's permission. The Diamond wis owre busy tae keep an ee on him. But Sark kent aboot it. Uncle Sark aye seen everythin.

Java 5 wheeched him rapidly doon atween spires an touers. 'v-Prag, plook pus. Gittin rid o ye in fehve sickonds.'

Paolo shut the unit oot o his thochts as the medieval hert o Prag unfaulded aneath him. The River Vltava glistered like a yarn o siller oo. Closes, wynds an vennels seemed tae growe oot o each anither. Sigismund, the muckle bell in St. Vitus's hunner-metre touer, deaved his left lug wi a iron rair as he keltered past, near clatterin intae the jaggy stanework o the belfry. Paolo wid hae been surprised if Java 5 had set him doon gently. His virtual guid- ance wis aye as roch as his patter. The unit flung him oot owre Malá Strana's ramshackle roofs, hurled him throu an avenue o lumpots an spikes an cowped him athoot anither word ontae hard causey stanes an then left.

Paolo poued himsel tae his feet. He wis at the tap o a lang brae lined wi yella an cream-coloured hooses. Ahint him Prag Castle loured doon wi its plaster-white Renaissance pus. The street, Nerudova, rowed awa fae him doon the hill tae the chitterin Vltava River. In a hauf-hertit near disjaskit motion, Paolo turned his heid tae the hoose front where Java 5 had drapped him.

The Café o the Twa Suns riz up afore Paolo like a giant daud o cake. He keeked at its beige an yella façade. The howf, Paolo thocht, had seen brawer days. Energy skittered throu the waws, shooglin the buildin's ootline. Digits an data hotched in the tap corner where a windae should hae been. The program seemed tae be fawin apairt at the edges.

An he didna ken how but Paolo thocht he could sense an unco atmosphere happin the Café – a fug o whit micht hae been anger an mibbe even sadness. Jan Neruda's hoose the day appeared wi a dowie visage, a personality that threatened tae turn sweir at the first wrang word. Paolo budged aff the causey but doddered a moment at the pub entrance. The Café's twa gowden suns glis- tered crabbitly abinn the door, baith wi the dourest o gubs on them, as if seikened by what they saw on whitna worlds they kittled wi their heat.

Twa suns, thocht Paolo. Allow his faither an his pairtner tae wale a hidey-hole wi twa suns owre the door. Sic a kenmerk hotched wi irony. Atween them, the puir wee suns couldna manage even a caunle's worth o licht, no when the double gloaman o Sark an Broon cast its soor shaddas owre the truth.

Paolo stepped unner the lintel ben intae U Dvou Sluncu. The teak-widd bar on his left bulged oot at him, clean beer glesses hingin heelstergowdie fae a rack abinn its coonter. Tae his richt, a braid table sat against the waw unner a wappinshaw o aixes, targes an steel medieval bunnets. Fae further ben, Paolo heard a sclither o feet on the ceramic tile flair.

'Git oot here, you,' he hauf-yelloched. He could feel himsel gowpin doon slavers o anticipation an dreid. He hadna spoke tae his faither, actually or virtually, for ten year. Paolo ettled tae hap the emotion in his voice wi rochness. 'Git you oot here nou. Ah want ye oot here.'

There wis a skraikin o widd against tile an fae the pub's inner glaur a figure shauchled ben tae the relative licht o the bar. Paolo fecklessly willed his face tae gie awa nae mair than an indifferent scug but wis aware when his faither come in the room that his pus had betrayed a microdaud o recognition.

'It's yirsel.'

Paolo didna answer. He kent the presence wis genuine but Paolo didna feel like he wis foregaitherin wi his faither. The thing in front o him wis a ming-mang o every film icon o the last thirty year. The Sark's virtual bogle had been much mair honest.

'Ah kent ye wid come. You hae ma spirit. Ye're definitely yir faither's son. '

Paolo watched the man's mooth. The tone o voice wis sae feechily familiar it dirled strecht intae his hert. His heid began tae kelter. He felt his oxters kittle wi sweat. He had tae warsle himsel nou tae stey focused. He couldna loss sicht o Nadia.

'Ah'm waitin.' Paolo wisna shair he widna pou ane o thae muckle claymores aff the Café waw an sned the man in twae. He wis yeukin tae batter him, lowse on the daft wee man the haill hauf-decade o pain he had tholed since the sleckit *Sangue de Verde* kistit his wife in the Cages. 'How did you kill ma Nadia? Why did ye feed her tae Senga?'

'Dinna you raise yir yap tae me, nyaff.' The Diamond's virtual
bogle persona peched up its chist an every gless at the bar on
Paolo's richt brust intae a thoosan chitterin skelfs. 'Ah am the
Diamond Broon an ah'll no be snochtered at like that. Bairn, you
still hae a raik o things tae learn.'

The Diamond gurred exposin immaculate wallies and an aix
jiggled oot o its thirlin on the howf waw an then skited violently
across the chaumer at Paolo. He instinctively cooried his heid tae
his airms juist as the burlin blade dinnled audibly intae a stoup a
hauf-braith fae his shooder. When the cyberjanny keeked up,
Diamond Broon wis gane.

Ben at the back o the howf, Paolo heard a door whudder shut.
Athoot lingerin tae think, he pushed himsel on intae the dark
chaumer, orderin his virtual body throu the door. But afore his
haun could rax the haunle, the constituent pairts o the Twa Suns
Café – the waws, flair an fittins – shivered an shoogled, cowpin
Paolo tae the grund. The sicht-pixels aroon him bleezed a blinnin
bricht white, ainlie tae reconfigure a second efter intae the stoor-
less environment o an onParish Bairn Clinic.

The Diamond, redd up like a doctor, loured oot suddenly fae
ahint a steel drugs kist an resumed his insidious bletherin throu
the threid-thin gauze o a surgical mask.

'Let's stert aw this again, eh. Richt back tae the very first mil-
lisecond.'

A young quine an twa nurses kythed in the middle o the room.
The lass, dressed in a white hospital goun, skraiked fae undee-
mous pain. Paolo shauchled roon an jaloused wi a shock that she
wis giein burth.

'Misbegotten. No really loved. But wid be an awfie strength
tae his faither later on.' The Diamond had a haud o a sotterie reid
bairn an wis heezin it up for Paolo tae see. 'Wee sowel, eh. The
lass, tae. She wis a pal o mines. Mibbe you ken her. Ah think ye
dae. See, she wis your mither.'

Paolo had thocht his hert wid be deid tae the Diamond's sweir
psychological pavies but it had been a lang time. He had forgotten

hou sair a ful-scale onding o pish an patter fae his faither could be.
The backs o Paolo's een wis stertin tae nip. The day, when he had
woke up, he had kent a stottin big daud o radgeness wid probably
be nashin at speed in his direction but there had been nothin in his
diary aboot haein tae witness his ain burth.

'Ach, weel. Pics fae the past. The faimlie album.' The Diamond
had poued the mask fae his gub. The repro wallies in the virtual
bogle's mooth glared oot like a searchlicht. 'But let's no git gud-
dled up in ancient history tho, eh. Let's no hing aboot here, burth-
day boy.'

Diamond Broon snacked his fingirs thegither an the lichts o
the Bairn Clinic deed tae be replaced immediately by fowre dirt-
dour bamboo waws. Throu a glessless windae frame, Paolo
become aware o a jungle, hotchin an kecklin ayont the clarty widd
partition. The flair space o the gloomy chaumer wis thrang wi
data screens, saftware supports, jag needles an virtual claes – the
kind o illegal cyberjouker graith the techno polis were ayewis
eident tae pauchle intae custody. Paolo didna need his faither tae
tell him that this wis thon glaikit Goanese bothy where the
Diamond passed his last puckle oors as a free man aw thae years
syne.

'Whit are ye tryin tae dae, faither? Ah hinna got the time or
the patience for thir games. But hey, mibbe it's far owre late tae
stert encouragin you tae growe up.'

But the Diamond's bogle corp – oot o the medical duds an cled
nou in an ermy-green combat semmit – wisna listenin. Broon had
begoud tae sing.

'Happy Days is here again/ the sun an skies is clear again/ there
is nae need tae fear, ma man/ Happy Days is here again.'

The Diamond's heid snapped roon 'Oh ye'll mind Happy Day,
son. Ten year, eh. A decade oot o ma puff. Ken, ah still never
foond oot exactly wha it wis that sellt me oot. Wisnae you, eh
naw? You didnae pit yir faither's jooglies in the mincer, did ye?'

A swaw o anger banged throu Paolo's breist. 'Whit are ye

haverin at? You ken fine the coort chowed me up an wechled me oot – an a lot sairer than it did you. Stap skitterin awa ma time here, Broon. Ye're no impressin me an ye're no fleggin me either.'

A couthie pixel-wrocht monkey poked a hairy heid in at the windae while a metre-lang virtual cobra enfankled its reid an yella diamonds roon a whang o bamboo.

'That's richt, wee man,' the Diamond cairried on, unstumoured. 'It couldna have been you that turned me in. You widnae hae had the hert. You didna hae the pech. No a cludge cleaner like you.'

Paolo's bealin response wis tae will the heaviest o the computers in the bothy up aff the deck an caw it throu the air at the Diamond.

'Oh, canny now, young yin,' the Diamond cheeped an backed oot the hut door. Paolo skited efter him. He had tae de-jag the auld chancer an huckle him back intae RealTime. If he didna, he wid simply no git the DNA swatch oot o him. The polis quine wisnae gaun tae let go until she thocht she wis gettin her wey. But the minutes an seconds were fleein oot the windae. He couldna allou Broon an the opportunity tae lowse Nadia tae pou sae easy awa fae him.

Brainches an the shairp nebs o unco jungle flouers scudded Paolo's face an airms. As he ran, virtual swite – generatit by reality engines in ben his cyber bogle – blint his vehicle een an he stummled unhantily on the roch forest flair. He couldna see his faither. A stramash o fierce animal voices had been steered up by his crashin gait an won closer tae him wi every step. Up aheid, he could mak oot a licht. A jine in the program. He pushed throu the vines an creepers taiglin his road until he raxed the repro jungle's edge where it looked like a muckle blade had sned cyberspace trigly in twae. Ayont the tropical forest wis a bleezin white void. Paolo redd up his hert against the Diamond's next uncanny surprise an lowped.

Efter the clatty skin-drookin heat o the jungle, the cauld winter wund hut him like a chib in the pus. The faw wis lang an crazy an the heavy impact intae the snawbank cairried him doon throu the deep saft bed a guid three metre. Wi a gleg command tae his virtual corp, he extracted himsel fae the bank an richtit himsel up ontae his feet.

He stood in the weel-kept courtyaird o a fantoosh Alpine ski resort. He shook his heid. He kent the Diamond wis cawin him throu some dreidfou archive o his ain life. Mibbe it wis tae scunner him juist or mair likely tae bauchle awa his time for some reason he hadna precisely jaloused. But Paolo, for aw the siller in Chicago, didna recognise this cauld airt. Whit raivelled wey had Broon brocht him here?

The sleekit seeven-star hotel loured afore him, a log-biggit edifice fowre storeys high framed by the arra-heids o distant moontain peaks. The resort's windaes were lichtless – forby ane. A balcony o a grund flair apartment flung an electric glower oot ontae the snaw-happed yaird.

Paolo kent he maun inevitably look throu the apartment's win-dae but a tired sweirness made him pause. He needit a minute, a hauf-moment tae gaither his senses. Nane o this wis gettin him hame. He pit an ee tae the open chalet windae an wis brocht tae a stap sae sudden it sent icy shoggles doon his spine.

For an indefinite tait o time, he couldna find ony pech tae replenish the near vacuum formin in his rochly-timmed lungs. The air had been rived richt oot o him an his neb an mooth wis aboot puggled locatin ony new oxygen, that sair had been the dunt o seein Nadia.

Nadia MacIntyre stood alane in the room, her hurdies happed in ski breeks an her upper body nakit, forby a skinnymalink swatch o a silk bra. Paolo's wame churned. He had gien her that bra tae her Christmas yin year. His neb cloured his lungs wi air again an he brust oot intae a dose o uncontrollable hoastin but the Nadia in the chaumer couldna hear.

A cordless bizzed an Nadia picked up. 'Yes,' Paolo heard her say. 'Ye in the copter? Ay, fufteen minutes an I'm ready.' She flitted tae the windae, the phone aye in her haun an peered up at the

snaw-grey cloods, keekin throu Paolo as if he wis as insubstantial
as a ghaist. 'Get them tae drap ye on piste 20 an ski doon. I'll wait
on ye at the bottom. We'll rowe in the snaw thegither. Juist like
last time.' Paolo wid hae steekit his een an lugs an obliterated oot
this awfie monologue but that he didna want tae loss sicht o her
face, no even for a second. Her lang blonde hair wis lowsed o its
kaims an her skin glistered like burnished saun. 'Na, he doesna
ken. Thinks I'm in some dour, bore-yir-breeks-aff meetin at the
Cape, puir lad.'

Paolo wid hae raither tholed the steel bitts o a psychopathi-
cally crabbit Ceilidh patroller than sook up the import o thir hert-
sneddin words. The angry tide intil him wis quickly sined oot. He
needit the Diamond face tae face. This illumination o the darkest
neuks o his life seikened him. He still didna ken for shair if his
faither wis Nadia MacIntyre's Jock Doe or whit. Howkin the lass's
image oot o the grave like this wis no makkin the pictur ony less
mawkit an a dreich feelin wis growin inside Paolo that Broon had
sae guddled wi the truth that ony attempt tae see clearly wis des-
tined tae be stumoured.

A roch dinnlin noise ahint his back gart Paolo jink an spin
roon. The Diamond sat legs spreid on a snawbike, fashin the
poustie engine wi the accelerator haunle.

'You want tae ken which road is up an which wey is doon,
don't ye?' The Diamond slittered the bike roon on the icy
flair until he stood a metre forenent his son aside a line o siller
snaw bikes. 'Weel, wale yirsel oot a machine an hing on tae yir
cats an dugs.' Broon's jaggit bike-tyres boaked shairp slitters o
ice up intae the air an the auld man scudded aff doon the ski
slope.

Paolo didna follae him immediately. Insteid he turned an
eidently glowered back in at the windae. But the scene had chynged.
Nadia wis nae langer stravaigin the room in easy claes, reddin for a
lovers' tryst. The warm winter bothy lowe had gane, flegged awa
by the sterile glare o cauld hospital lichts. A blonde-heidit corp lay
streekit oot on an aw-white bink, tint unner a midden o wires,

tubes an keech pokes. Paolo wis aince again gawkin in at Kist 624.
A new sairness made aw the ither paiks numb as he blinly
wrassled a bike oot o its rack, revved it fou o petrol an skiddered
aff in pursuit o Broon.

The auld man, thocht Paolo, wis as hertless as space. He wech-
led angrily as he manipulated the bike owre the virtual snaw. How
could he hae been as glaikit as hope his faither wid hae surren-
dered his DNA athoot a pusy. He hadna been that bawheidit, Paolo
tellt himsel. He had kent fae the second he heard Sark's message
back in Bonnie Lemon's that he wid eventually hae tae thole the
Diamond's thrawn humour an probably play the cuddie in ane o
the superannuated bubbly bairn's games. But these present pairty
tricks o the Diamond's had an agenda tae them Paolo couldna
jalouse. An this latest boency castle wis takkin owre muckle pech
tae inflate.

Follaein the ither bike throu the snaw wisna hard. The
Diamond had howked a lang braid scart on the moontain's sillery-
white skin. Paolo rugged the snawbike's accelerator, burlin it
faster atween divisions o Dooglas firs, rigs, shairp rocks an doon
the dangerously stey faces o the pistes. He had tae pou this smertly
tae an end. No kennin whit wey Lieutenant Vermont oot in the
RealTime But n Ben A-Go-Go wid lowp if the Ceilidh come chappin
or if Diamond Broon's illustrious bahookie had been missed fae
his bink at Inverdisney, Paolo had tae flit his geriatric faither oot
o cyberspace as swippert as possible. If he could git tae him an
mell his vehicle body wi the Diamond's virtual corp, a twae-second
windae wid open an allou him tae jag the man oot o VINE. An auld
cyberjouker's ploy, it wis a sair, bane-crushin exit strategy but the
wey maitters stood the nou, it didna look as if the Diamond wis
comin oot o his ain free will.

Paolo had juist manoeuvred roon a waw o trees when he had
tae stob on his brakes. At the stertin-yett o an olympic ski lowp
ramp, the unnaiturally braid-shoodered figure o Broon waited,
kittlin his pouerfou snawbike's engine wi an impatient scutterin at
the throttle.

'Dae you no gie up?' The Diamond's pus wore its hoodie's grin. 'You mind me o somebody. Nou whit's that boy's name again? Oh ay, masel. Definately his faither's son.'

Paolo lowsed the brake an eased his bike closer tae the man. A couple mair feet an he wid be in skelpin distance. They wid jag oot an he wid hae tae begin thinkin aboot whit wey he wid git back tae Rigo Imbeki wi his faither's DNA swatch.

'Ah, but you're here tae learn. You want tae ken the colour o ma hert. You need tae pit a haun on the jylekeeper's key.'

The Diamond wis a hauf metre awa. The auld crook wis that much sooked up in his ain metaphors he hadna merked Paolo budgin slowly closer. He had tae gang cannily tho, Paolo checked himsel, gey aware o the stey ski lowp which drapped dramatically awa on his left. He didna want tae hae tae follae his radge faither doon that.

'It's been a whilie,' his faither continued. 'Since you and ah had wirsels a cozy blether like this. Ah had a saft spot for you, son. Ah didna mind you. You were shapin up tae be a braw wee cyber-scorer. Even nou. Efter aw this, ah still kind o like ye.'

Paolo, reddin his rigbane for the lowp, ettled tae stall the man a second langer. 'Mutual, it isnae.'

'Mibbe. But ah think it's time ah gied you the benefit. Ah wid like tae...'

Paolo sned the auld man's havers by hurlin himsel throu the air. But the Diamond wisna pit oot. He simply jinked back an then administered Paolo a heavy dunt wi his shooder until the neb o the cyberjanny's bike faced doon the stey brae.

'The young have ayewis fashed the auld wi their glaikit questions. Weel, awa an figure, sonny jim. Ah'll no staun in yir road ony mair. Your drouth for truth must be slaikit.'

The snaw on the ski lowp had been bevelled tae a gless glimmer an Paolo's jaggit tyres couldnae adhere the bike tae the sleekit surface. Wi a final jundie fae Broon, Paolo sliddered fecklessly intae doonward motion. He warsled wi the bike's hauns-on controls but they seemed tae be sneckit. He could win fae them nae response.

Desperately, he jinked fae yin thocht channel tae anither, ettlin tae will himsel safely tae a stap but his cyber commands didna mak a docken's difference. A wheen metres mair an he wis cowped an skitin flat on his fud at seeventy mile an oor across the snell icy ramp.

Ten yairds in front o him, the snawbike furiously rived the slope like a plou, flingin up a blatter o weet cauld skelfs intae Paolo's face. The cyberjanny wis ayont bealin. Broon had skailed him ontae this brae an disjined his cyber routes, tryin tae bauchle mair o his time, fanklin him up in trivialities. No ye'll no, grooled Paolo tae himsel. Ye'll no dae this twice.

Paolo raxed doon deep intae his cyberjouker's memory an howked oot the digits o a channel he had used in his bairnhood – ane the Diamond didna ken aboot. Instantly the muscles an sinnons o his haunless virtual corp stobbed intae life. Paolo, twinty metre fae the ski lowp's lip, imagined himsel oot o the high-speed slidder an re-seated himsel an the snawbike in mid-air.

Flittin a hunner fit abinn the ski lowp arena an the moontain forests, Paolo scanned his hiddlin private channel until he cleekit the Diamond's coordinates an set his neb tae a direct dreel efter him. Paolo hing on tae the cyber-wrocht snaw vehicle as it cairried him automatically oot o the alpine environment, throu a program-jine intae a new warmer, awthegither couthier landscape o aipple an gean trees an plots o growthie ornamental bushes. The bike touched doon wi a gentle whudder an Paolo steered it on roon the undeemous bouk o a giant sequoia.

He still didna ken if Broon wis his Jock Doe or no. He had come three hunner an fufty klicks an tholed juist aboot mair than onybody should but wi fate pusyin him aroon like this, he wisna shair if – never mind, when – he micht finally unhap the identity o the man his wife had liggit wi thon time langsyne. This botanic gairden, tho, thocht Paolo. An unco airt for his faither tae flit til. It seemed tae him, as he drave intae the gairden's centre, an awfie paradox that his scunner o a faither wid summon up sic a bonnie place until Paolo minded that paradoxes wis whit the Diamond wis aw aboot.

His faither lay streetched oot, heid cradled in his hauns, on the bink o a pagoda in the middle o a lily-cled lochan. Paolo brocht the bike tae a stap an scrammled aff. He broostled owre tae the watter's edge an wis aboot tae dive in an soom the wee loch then thrapple the truth oot o his faither when the air, yince again, hottered an bleezed, portentin anither environmental flittin.

Paolo blenked as the gairden re-redd itsel intae a field chitterin wi colour. Broon stood forenenst him, a dour smile on his lips. As the jalousement o whit kind o field he wis nou staunin in traivelled fae Paolo's een tae his brain, the Diamond's owre-handsome young movie-mishmash coupon bleared afore revertin tae the craw-taed geriatric pus o his real sel. A shilpit seik Diamond Broon hochled forrit an unsiccar step an heezed up tae Paolo a white tremmlin airm.

'Me an Nadia. We saw things in each anither. Ah couldna stap masel, son. You ken ah could never stap masel.'

As the Diamond spoke, he opened oot his nieve and on the loof o his runkled auld haun lay the peerie pink hert o a bonsai rose.

Paolo let oot a pech o unremeidable despair. As he raxed aboot for a moothfae o air, the field aroon him shairpened intae focus an his een registered a haill plantation o miniature roses.

The ainlie reply he could hoast up wis a defeated gurr at his da an the tottie flouer in the man's poukie haun. The rose wis a sicht near impossible tae dree. Braw weel he had forekent this moment but no how he wid feel. His fleeriest, maist flegsome dreams hadna gien him even a glisk o whit wey his hert wid whudder as nou it did. His thrapple clicked fae a drouth o slavers an his hauns grupped the air tae become twa strang nieves, shooglie wi rage.

'Ah ayewis gied them roses. Mini roses.' The Diamond offered this stob o information casually as if tellin some watchless sowel the time or makkin a comment aboot the weather. 'Expensive, ken. Hydroponics' – he waggled his haun at the muckle glesshoose plantation – 'doesna come cheap. But perfect, eh. Bonnie an wee. No like me. Nothin bonnie aboot the Diamond. But like them.

The louns an quines. The youthheid ah took. Aw the youth ah pauchled for masel, way langer than ah wis entitled tae.'

The Diamond paused an glowered darkly intae his son's een.

'Ah ayewis gied ma lowps a bonsai rose.'

An then, at that moment, the dozen ill-nickit dauds o truth which had been plowterin aroon redundantly in Paolo's heid skelped him aw at yince like buhlitts fae a firin squad. Nadia's thocht screen. The image o the flouer. Tokyo Rose. She hadna been flytin him. She had been warnin him, obliquely greetin oot tae him that she had wranged their mairriage an liggit wi his faither. The puir wee. Paolo felt hissel stert tae bubble but because his vehicle corp had nae proper fluid-ducts, his virtual pus didna shaw the tears.

Then the banks o his hatred rived. His anger in spate, he breenged violently at his faither an wrassled him tae the grund.

'Your erse is oot o here.' Paolo gochled the words at his da's face. 'We're jaggin oot. An you better be ready tae gie me that swatch.'

Paolo grupped the auld man ticht an tuned his mind tae the nearest available Ootgang frequency. His faither's corp flichered, mizzled an disappeared. The rose plantation skimmered an for a micro-whilie Paolo wis on the flair at the Café o the Twa Suns. Then the howf's waws bloustered intae a cosmic stramash o a zillion pixels an a braid loch o lowin white licht kythed ablow his feet. He peched oot lood as invisible hauns poued him by the shooders an oxtered him heidfirst intae the bleezin loch. He skraiked as he keltered doon throu the bowels o Prag, his brain reelin wi picturs an nichtmares and a thoosan hauf-wrocht questions.

Paolo Broon awoke wi a dunt.

The bleck leather bink in the second flair chaumer at But n Ben A-Go-Go still held his sair banes an he could dae nothin wi his gawpin mooth as his een took in the scene afore him.

The room had chynged. The space hotched wi skeerie-lookin men. He jinked his heid roon tryin tae see the lieutenant but

Vermont wis nae langer in sicht. Some kind o sleckit coup had jundied the pouer intae different hauns. A muckle Eurasian gadgie had a gun – Bunnet Boy's uzi – in the loof o an undeemous hairless haun. Paolo ettled tae lowp oot o the bink but soon learned he couldna move much mair than his pinkie fingirs. Stieve metal straps peened him tae the chair.

'Scutterin aboot at this juncture in ma life will no be guid for your health, ladies. Hing aboot at yir peril.' The Diamond, similarly strapped doon by strang metallic whangs twa metre awa on the next bink, wis hurlin orders at bodies in the room wi a pus on him o no sma animation.

'Da, wha are these folk? Git them tae git me oot o this.'

But Broon deef-lugged him. 'Cairns, ah want this quick an ah want this clean.'

'Whit are ye daein?' shouted Paolo, puggin at the straps.

'D.O.T. He's gaun tae D.O.T. ye. Direct Organ Transfer.' He keeked doon an saw Vermont strauchlin fecklessly on the flair, her hauns fankled ahint her back wi nylon rope. 'He's gaun tae tak yir hert an liver, an then the auld vampire's gaun tae sook the bluid richt oot o ye.' Mojo, the bul-neckit Inuit, made her wheesht wi his bitt.

Paolo's intellect had aw but bauchled at whit he saw happenin aroon him. The ane Broon had cried Cairns wis injaggin Paolo's left airm in aboot a thoosan places. In twa mair ticks, the thrawn wee man had rived open the cyberjanny's tunic an howked oot a lang strip o flesh fae his chist wi a scalpel. Pain skited throu Paolo's upper body. 'Whit the hell is he daein?' he violently speired his faither.

'Savin ma skin by takkin yours.' Broon condescended his heid tae look at his son. 'Juist like ah aye taught ye. Trust naebody. Did ah no ayewis say that? Dinna trust a livin sowel. Brawest advice a faither could gie. You obviously werena listenin. Come on, Cairns.'

'He's gaun tae pou oot ma hert an then pit it intae you?' Paolo couldna mak his een credit ony o this. 'Are ye mad? He'll kill baith o wi.'

'Na, son, ah'll no dee. See, Dr Hans Cairns here. He's got plenty atween the lugs. He kens whit he's aboot. Ah've flung ten year worth o siller at him sae he could learn how tae dae whit he's daein tae you. Id est, ma wee lambie, tak aw that's guid fae a healthy human chiel like yirsel an transfer it tae a seik auld yin like me.' The doctor poued fae a poke a flask o anaesthetic spray, no unlike the ane Vermont had skooshed ontae Paolo's left leg. Cairns stushied up the bottle's contents wi a shak an then slaistered it ontae an area aroon Desmond Broon's hert. The Diamond didna flench when Cairns raxed in wi the scalpel an sned the skin. 'An afore ye stert greetin 'How me, da? How me?' ' – the auld man turned his heid, airtin his een tae anither quarter o the room – 'it's because you're ma laddie. Cairns can ainlie dae this wi a flesh an bluid match. You're ma match, son. Ye unnerstaun. Ma kist o spare pairts. Ma organ fairm, ma ither suit, ma git-oot-o-jyle-free caird, aw rowed up in wan.'

Paolo pit his heid back on the bink's rubber pillae. Broon's hyper haverie leet o sweir images gart his hert flee. He couldna haurdly breathe for disgust. 'So ah'll dee. You'll mischief yir ain son an watch him curl up in front o ye. You're no right.'

'Oh, ah'm fine, boy. Ah git tae live anither thirty year at least. Mibbe forty if you've been lookin efter yirsel. The bogeyman Senga's been scartin ma door, see. You're gaun tae keep her oot for me.'

Paolo managed yin last gurr. 'Weel, gie me the bliddy swatch, then. Pit Nadia oot o her hell.'

'Ay, Nadia. Bless oor wee Nadia.' At this, the Diamond's voice seemed tae jink doon a gear as if stertin tae recoont a couthie weel-loved fairy tale. 'See, ah realised that wan day ah'd be auld an seik. You didna ken ah'm a cairrier, did ye? Naebody kens that. Ma banes is hotchin wi the Mowdy virus. Yin kiss fae me an it's a wan-wey stot tae Senga Central. Sae ah unnerstood that some time awa in the future Senga wid want tae chow me, tae. Thon's how ah got ma lawyers tae see you didna get yir DNA swatch.'

'Whit are you haverin at?' Paolo yelloched. Cairns wis scrievin the ootline o his lungs on his chist wi a merker pen. Whit for wis his faither slaverin pish when he wanted tae hear aboot his wife?

'Ah kent ah wid need tae git you tae come tae me some day. Ah didna lowse the sample because ah kent fine it wid bring ye here. Nadia wis ma – whit's the analogy again – carrot. Your Nadia wis ma carrot.'

Paolo had yin thocht left intil his sowel. As the air aroon him grew mair an mair drookit wi evil, he could think ainlie o his wife. 'Gie her it nou then.'

Broon shook his heid.

'How no?' Had Paolo's hauns been free, he wid hae cloured his faither tae daith wi his bare nieves. 'How wull ye no gie her the sample?'

The Diamond produced the couthiest o smiles.

'Because, son, ah am an awfie, awfie bad man.'

Then his voice chynged again tae a mair urgent tone. 'Nou, Cairns. Hut it nou.'

Spikes o pain chibbed immediately throu Paolo's body an he foond himsel screamin like a wean. Needles dirled intae his arteries like shairp-fanged bawkies an began tae sook his bluid. Paolo heard the roch sang o a machine hoast intae life an when he looked he saw Dr Hans Cairns staunin aside him, haudin a siller surgical bandsaw. On the ither bink, the Diamond closed his een while the son focht wudly wi the straps.

Vermont had been follaein events fae her vantage point o the flair. Bluid nou slaistered ontae the grund aside her face. Wi greater virr, she worked at the ropes sneckin her wrists an tae her muckle relief managed tae warsle yin sheckle free.

She wis tired an sair. Her ain broo bore evidence o a pish-oot o bluid. She hadna heard ony o the Diamond's men until it wis owre late. The big Inuit tumshie had gowfed her across the room wi yin o his paws. She had liggit cooried intae hersel on the flair, no able tae budge for a guid five minutes.

Nou the bodyguaird wis playin nursie tae the gyte doctor, dichtin the Diamond's foreheid wi a wat cloot. Vermont could see he aye had the uzi in his free haun. Her mind wis redd for it. She peched air vigorously intae her body an poued the hair fae her een. She had tae git up tae try an fecht for the gun.

But afore she could steer ae fingir intae action, a savage, hunners-year-auld rair split the eerie efficient calm o the But n Ben. Vermont scrammled roon an gowked as the muckle angry heid o a wild kelpie lowped fae the stairheid at the fleg-faced Doctor Hans Cairns. The wee medic disappeared unner the craitur's massive hurdies. Mojo nashed in, ettlin tae bield the doctor fae the slaverie snochterin kelpie which wis thrang aboot its business rebiggin the features o Hans Cairns's coupon.

Vermont lowsed the second wrist an sclithered oot o the rammy's path. On her wame at the base o Paolo's bink, she watched Mojo – the sinnons streetchin an strainin on his neck – rugg the kelpie by the shooders intae a corner o the room. The muckle Inuit won himsel a badge o scarts across his cheek but wis swippert enough tae pit twa buhlitts intae the kelpie's leonine heid afore it could mak anither breenge. Cairns creepit unsiccarly tae his feet tae re-stert the organ transfer.

The air wis still pauchlin its wey oot the dead baist's lungs when Vermont rowed quickly unner first Paolo's bink an then the Diamond's where she jinked up an skelped the uzi fae Mojo's grup. The weapon stotted tae the flair.

Mojo burled roon, his massive nieves clourin the air like mash hammers but Vermont wis owre gleg for him. As the muckle Inuit boued doon tae pick up the gun, she drap-kicked him awa wi a bitt tae the chist. The big man boonced back a wee bit an then continued his meaty onding towards the machine gun. But the three-hunner poun heefer wisna as shairp as the feather-licht lieutenant. Vermont dived, rowed across the flair an took the uzi fae richt unner Mojo's neb. The Diamond's bodyguaird declined her offer tae stap sae Vermont shot him throu baith legs an when he wis doon pit yin in the shooder juist tae mak siccar the man wis cowped.

Cairns spun roon an received Vermont's whudderin foreheid at the brig o his nose. The doctor slippit tae the flair. She ludged a final shell intae the wame o the transfer engine. Vermont then pugged oot the needles an tubes jagged intae Paolo's body. Skelpin his cheeks, she cried, 'Are ye awright? Are ye still wi us?'

Slowly Paolo's een opened an he managed a wabbit smile. Then his pus reversed itsel intae a concerned glower an the word 'Nadia' slittered oot the side o his mooth.

Vermont foond a cloot an applied it tae the ugly gaw bubblin reid an bleck on the cyberjanny's ribs. Cairns had certainly sned the skin wi the bandsaw but Vermont couldna tell fae the bluidy guddle how far doon intae Paolo's chist the doctor had drave the blade.

'Dee-En-A,' the semi-malkied figure on the bink groozled at her. 'DNA.'

She keeked doon at his face. His pupils were stertin tae stravaig aboot in his een. The sowel, she thocht, seemed tae be soomin awa fae the flesh.

Faikin in her pooch for the DNA-sook kit she had taen aff Paolo afore he had inganged tae VINE, Vermont broostled owre tae the ither bink where the Diamond's ootstreekit figure grooled in whit soonded tae the lieutenant awfie like pleisure. The auld man liggit there, thirled tae the chair by the restrainin metal whangs, seeminly in the thraws o some ecstatic dwam.

'Ooo, yes'm,' heched Diamond Broon suddenly. 'Shoodaboy. Yabbadabba.' Vermont stapped but the Diamond's eelids bade shut, poued doon indefinitely by Hans Cairns's consciousness-pugglin morphine. As she redd the DNA-sooker, the lieutenant glowered inquisitively at the runkled bouk o the man she had studied day an nicht for three year. She couldna imagine how a solitary gadgie like Broon could hae kicked up sic a stoor an ignited ae-haundedly sae mony global stramashes in juist yin lifetime. The man on the bink looked mair like a grandfaither than a grand larcenist. But she kent she wisna seein the haill pictur. The Diamond's een wis closed. Efter aw her oors o study, Vermont had lang syne concluded that Broon's een were the foontainheid o his chairm an that athoot that magical ineluctable pouer Diamond

Broon wis naebody byordnar – juist anither wrangjimmy pauchlin bawbees in the street.

Vermont had the hap aff the needle an wis pouin back the man's antique Oasis tour t-shirt tae sook oot the DNA sample when the Diamond's haun jinked up an grupped her sheckle sae ticht it sned the bluid supply tae her fingirs.

'Can these women no let me alane for wan minute?' The Diamond's sixty-nine-year-auld airm had tint nane o its strength. He drew the lieutenant tae him, fixin her wi an enigmatic glower. 'A polis chick? In the name o the vertically-challenged man, ah'm gittin touched up in ma sleep by a polis chick. Heh, am ah a hen magnet or whit?'

'Na, Citizen Broon,' Vermont croodle-dooed sweetly intae the Diamond's face. 'You're nae hen magnet.' An wi the bonniest smile in her repertoire, she zeroed in on the Diamond's lug. 'You're the front an back end o a pantomime cou an ken whit, lover boy, ah'm closin this circus doon.'

Vermont's free airm traced a high airch. The Diamond's shairp blue een peeliewallied as he watched the DNA needle screed doonwards throu the air an jag rochly intae his wame, an area undichted by Cairns's anaesthetic. He screeled in agony, lettin go her sheckle. Wi baith hauns lowsed, she glegly retracted the hypo, ootsookin a guid dram o the Diamond's bluid.

'Fit div ye think ye are daein, quinie?'

Vermont froze. She didna need tae turn roon tae jalouse the owner o thon voice that nebbed intae her back an brocht multiple scunners tae her face.

'Step awa fae the prisoner.' Executive Officer Craw's girnin cadences clawed at her hert. 'Dinna miscontent me, quine.'

Vermont flitted hersel fae the Diamond's bink òwre aside Paolo whase een aye flichered open an shut.

'Baith subjects in custody, sir,' she stootered, her nerves tapsalteeried by this sudden appearance o her superior. 'Ah recommend immediate transfer tae yir gunship an express delivery back tae Port.'

'Naw, naw, naw.' The Diamond spoke throu grittit teeth, the stob o the needle still dirlin throu him. 'Young lady, you have got tae git your napper speedit up if you're gaun tae play wi this yin.' Broon didna look at her but glowered strecht at the lang figure in bleck on the ither side o the room. 'Your freend didna come here in a gunship. He's no even brocht ony support troops. The ainlie back-up this man's got is ghaists.'

Craw ignored the Diamond's spiel. Insteid, he waggled a muckle-velocity rifle at Vermont. 'Kick yir weapon across the flair tae me. Then I want ye owre at the wa, lieutenant.'

Vermont sliddered the uzi owre tae him an retreatit tae the pairtition. Her first instinct that the Ceilidh Officer had arrived tae help her soon mizzled awa. A new atmosphere had kittled in the room the second her superior officer had hirpled intae it. There seemed tae be somethin atween the Diamond an Craw. Even Paolo in his mankit state had become lown an still on his bink.

'See, lieutenant, ye hae tae realise,' Diamond Broon declaimed, cairryin on his monologue an pechin fae the pain. 'You young folk have been made tae dae a gey funny daunce here. Ah think Paolo kens it. Dae you?'

As he spoke, Craw advanced towards him, licht scansin aff the lang sleekit rifle cleekit securely in his airms. 'If ah wisna strapped doon, ah'd haud up ma hauns,' joked Broon, no yince takkin his gaze aff Craw's face. 'Ah swicked ma ain son this efterninn an a lang time ago ah wranged his bride. But that's Desmond Broon for ye. Even Hell'll no mend me.' His speech wis gabbier gittin the closer Craw got tae his bink. Vermont saw him lick his lips wi an unslaverie tongue. 'Is yir brain skitin alang fast enough yet, lieutenant, tae work oot that you've been yaised? No by me, though, eh. Ah didna ken you existit until the day. Na, this mannie here's been pouin your strings, probably for quite some lang time, if ah ken him richt.'

Vermont keeked fae the Diamond tae Craw. The Ceilidh heidyin's cheeks wis dichtit wi a reid fug. She couldna tell if it wis fae anger or glee.

'Juist you mind yir trainin, quinie, an pey nae attention tae the prisoner's rantin.' Craw addressed her athoot turnin his heid. 'I hae a citation waitin on you back in ma office. You hae done fell weel, quine. This'll be a richt gweed feather in your bunnet. You've deen yir career nae herm avaa. Fa kens far ye'll gang fae here.'

'Fa kens.' The Diamond wechled the words back at the approachin Craw. 'Ma guess is he wanted you tae bauchle this, lieutenant. That's why he waled you – a junior officer – aheid o experienced agents. You were tae bield me fae Paolo, eh? He thocht the laddie wanted tae kill me an he expectit you tae fail.'

'Shut that greetin gab o yours, Broon.' Craw lowsed the safety sneck aff the rifle wi a shairp click.

'But best o aw, Lieutenant Vermont,' the Diamond said wi a hauf-snicher that wis close tae a lauch. 'Ah didna ken it til nou but ah've gone skitin throu a big jobbie masel the day – an ah never even saw it comin. Did ah, Sark?'

Vermont stapped breathin mid-pech. She couldna be hearin richt. Diamond Broon had juist cried Ceilidh Executive Officer Craw by the surname o his ex-cyberjouk pairtner, James Sark. As she gowked owre Paolo's bink at the pair o them glowerin aye mair thrawnly at each anither, she thocht she saw a shoogle run throu the cyberjanny's body. The banes o a plan stertit tae gaither in her heid.

'An ah'm gittin that slooterie slobberie wattery-breeks feelin that ah've been slidin throu that same keech for an awfie lang time.' Diamond Broon had tint the smile. 'Where did ye git the fancy dress costume, Sark? Wha gied a second-rate data pauchler like you fae the clatty end o the cundie a braw swankie Ceilidh Executive Officer's uniform?'

The senior polisman said nothin. He stepped owre the cowped form o Dr Hans Cairns an ettled tae mak sense o a readin fae a computer screen ablow the Diamond's bink. Next he laid his loof on the Diamond's broo, takkin a pulse frae the escaped prisoner's sheckle. Then he gently grupped Diamond Broon's haun an held it a lang minute athoot speakin.

While her superior's back wis turned, Vermont moved as swippertly as she could. She jinked doon an glegly slippit the wee DNA-sook canister intae the loof o Paolo's haun tae let him ken she had it. Then she wheeched the canister back intae her pooch an as she hippled back tae the neuk assigned tae her by Ceilidh Officer Craw, she switched the looftap computer aside Paolo's chair tae record-mode. The screen flichered an silently let dab it wis nou a video-ee become.

'Lieutenant.' Craw turned, aye haudin the Diamond's haun. 'Yir prisoner here is richt. I wis eence in a previous life een o the world's maist-wanted cyberskiters, kent by the haunle, Sark.' The lang shairp-featured man keeked doon at his ex-pairtner on the bink. 'But fit the Diamond didna ever jalouse, until mibbe a minute syne, is that I wis a ful-time Ceilidh unnercover mowdy. See, I've been in polis breeks since I wis seeventeen. But better yet – it is an aafy gret pleisure tae inform present company that Happy Day wis aa my idea.'

Diamond Broon opened his gub tae speak but Craw drave the rifle end intae the aulder man's crotch, lowsin his haun at the same time.

'It aa gaed wrang tho, lieutenant,' he continued, 'when, like oor wee Nadia (an I can ainlie imagine hou mony ither puir dementit sowels), I faad heid owre taes in love wi this cauld-hertit bag o banes.' Craw's fingirs yeuked at the trigger o the sleekit gun. 'An same wi aabody else that wis ever stupit enough tae jig wi this craitur, he yaised me, gorbled me up an spat me oot like the steen fae a half-chowed cherry.'

Vermont had yin lug tuned in tae Craw's blether an yin ee on Paolo whase bauchled body had assumed an edgie quality. He seemed tae be shairper than his physical appearance wis lettin on. She thocht she had seen him nieve an then unnieve his richt haun. Meantime, Craw spieled on, every word o his confession burnin itsel ontae the looftap screen's memory kist.

'The world has been far owre saft wi this man.' Craw's lip wis stertin tae chitter. 'He wis meant tae dee on Happy Day. I redd that bungalow on Goa tae blaw his erse tae nirvana an oot the ither

side but the thraan bugger survived. An coorse, the orra guffies in
the Coorts gied him life at Inverdisney. Fit were they tryin tae dae
tae him? Manicure him tae deeth, mibbe.'

Diamond Broon, aye braithless fae the dunt in the baws, shook
his heid.

'Winna punish. Dinna chastise. Ye canna even skelp yir bairns.
The Constitution bields us aa fae herm.' The officer spoke lownly
nou. 'But fit aboot emotional damage? Fit aboot the malicious
pysenin o the hert? Naebody peys for that, div they?' He raxed oot
a fingir tae Paolo. 'I thocht he wis gaun tae pey ye, Broon. Ye've
wrocht on him that muckle pain it's a wunner his hert didna skail
a lang time syne intae a thoosan greetin skelfs.' Craw hoasted the
emotion oot his thrapple. 'But no ony mair. Ye'll no cheat yir fairin
this time.'

Craw jabbed the rifle neb rochly intae the Diamond's haggis bag.

'Nou the question afore the hoose is a gey simple een an we'll
soon see in the now fit the answer is.' The Ceilidh Officer rowed
the unconscious Hans Cairns owre on the flair wi his fit. 'Did the
gweed doctor here manage tae rejuvenate your shelpit aald banes?
Or did ma couthie wee kelpie no git til him first?'

'Sark, ma man,' the Diamond gushed, brekkin the Craw's
order tae wheesht. 'Git yirsel booked in wi a heid surgeon, eh.
Ah'll gie ye a shot o mines. He can dae miracles, this boy. Sort ye
oot in aboot hauf an oor. Tellin ye, man. You're needin yir napper
unscrammled by a pro.'

Craw reshut the Diamond's pus wi anither rifle skelp, this time
applied fou-on tae the brisket bane.

'We need nou tae estaiblish if your sleckit-hertit ploy tae rob
the sap fae yir ain son wis a success. If it wisna, you'll be deid in
a week. An I'll bring a bucket o bonsai roses tae yir funeral.'

Craw brocht himsel doon close tae the Diamond's lug.

'But see if your clarty aald sowel has sooked the loun's life oot
o him, we could be haein the pleisure o your company for a gweed
three decades or mair. And an aafy lot can happen in thirty year.'

He then burled shairply roon tae Vermont.

'Sae, Lieutenant, there's ainlie really een person that can answer wir question. An that's wir peerie cyberjanny here.'

Vermont had been switin owre in the room's neuk, luggin in tae the byordnar collogue atween the twa men wi fears that were multiplyin by the minute. Nou that she had an unlowsable grup on the facts, she kent she wid hae tae hae somethin in her poke for the moment Craw turned his cleuks on her. She jaloused Paolo had somethin bilin himsel but didna richt ken whit. Aw she could be stane-siccar aboot wis that Ceilidh Executive Officer Craw wid try tae clour her tae the grund. A heidyin widna bide a heidyin lang if he allooed sic unofficial jookery-packery tae slitter oot intae the public domain.

'There's stotters o bleed here,' said Craw, bouin his neb tae keek at Paolo's gory chist. 'But I divna see ony evidence o transplant. The gweed doctor didna manage tae unhool his hert.'

Vermont held her braith as Craw examined the cyberjanny's bouk. She had seen Paolo flench earlier an his breist hech wi life. Nou he wis stane still, a puir pechless corp waitin on a fittin for a widden jaiket. When Craw rowed open an ee wi a fingir, Paolo's pus didna even flicher an instantly Vermont jaloused whit he wis daein. Paolo wis playin deid. The ootcome o the twa auld yins' wanchancy game depended on the cyberjanny's condition. Vermont sooked in air tae smoor the panic in her hert. She didna ken if Paolo wid be strang enough tae swick the Craw.

'Bad news, Broon. Cairns bauchled the transfer,' the Ceilidh executive hurled owre at the Diamond. 'I'm afraid ye're stuck wi the same foostie aald hert that has nae love in it an never wull.' Craw glowered back at Paolo. 'The bleed tho is a different maitter. Wi Cairns's transfer method, the loun's white an reid cells alane could keep your sweir sowel gaun anither fufteen year. An thon's nae gweed tae me.'

Craw ootdrew fae his combat breeks a lang steel dirk. Vermont tried no tae flench. She didna need tae jalouse the knife's purpose. But she couldna intromitt wi the proceedins for fear she wid cowp Paolo's ploy an tine awthin wi it, her ain life forby.

'Broon, I'm nae scientist. I hae sma patience for meisurin things. An like yir gweed sel, I've aye been a bittockie roch-handit.' The Ceilidh Officer scrattit his chin wi the wallie blade. 'There's nae record o foo muckle bleed wis transferred. Quinie here pit a buhlitt intae the machine an pit her heid on the doctor. Sae this winna be exact, but hit'll no be far aff it.'

He heezed the dirk up owre Paolo's leg an paused.

'If this maks the laddie scream or even bubble, I'll ken the bleed transfer didna work an I'll watch you dee naiturally afore the month's oot.' The knife glentit in Craw's stieve grup. 'But if he doesna even cheep, that'll mean Cairns did pauchle enough bleed tae mak you haill again. An Broon, I'll no can thole that tae happen.'

Sweat kythed on the Diamond's foreheid. 'Dinna, Sark. You dinna hae tae dae this. The switch didna work. There's nothin wrang wi the lad. He's juist puggled aff the journey gittin here. Dinna, James. Please.'

'This'll mibbe wauken him up then.'

Craw drave the shairp dirk deep intae Paolo's richt leg. The three watched the blade neb its wey in throu the young man's breeks an bluid skitter oot the woun but Paolo made nae mane. His lips bade still. His body didna even shoogle.

'Puggled, is he?' Craw wheeched the rifle aff his shooder an airted it strecht at the Diamond. 'You're the een that's puggled, Broon. Ken, I bielded you. Kept awa the world's hoodies while you perjinked aroon in VINE like a glamorous gowk. We wis pairtners, mair than juist pairtners. You were ma bidey-in that didna bide lang enough. An for years nou, I hae greined daily for your deeth. Hopin some corporate assassin wid unsneck your windae in the nicht. Or some ither sowel whase son or dauchter you lowped wid pysen yir tattie scones. But na, here we are, Broon. An the world's no lettin ye buy yir wey oot the day.'

Craw lowsed the rifle's safety.

'You'll no shoot me.'

'Oh aye. An fa'll stap me? Young Paolo's deid. You'll no say nothin obviously. An ma loyal wee lieutenant here' – Craw keeked owre at Vermont – 'wullna clype on her boss.'

'They'll pit you doon. You'll be blawin bubbles oot yir erse doon at Submarnock the rest o yir mingin life. You canna shoot me.'

'Wheesht, ma coorie. Ye're brakkin my hert.'

Craw teemed five o the rifle's six buhllitts intae his pairtner's body. Twa shots intae the Diamond's chist. Anither twa intae his wame. Then a final ane intae his ex-lover's brain.

Vermont's gub drapped glaikitly open. The auld man in the bink shiddered an peched. Aw she could dae wis gowk as bluid hoasted oot the corner o his mooth. She sabbed an stachered a wee thing tae yin side; she had juist witnessed the hinner-end o Diamond Broon.

'An een left for quinie.'

As Craw burled roon wi the rifle ootstreeked, the chaumer air wis suddenly rived by a flegsome frichtnin lug-tearin scream. Craw shoogled tae a stap as he saw Paolo's een flicher open. A grue o severe pain wis scrievit ontae the cyberjanny's features. The Ceilidh Officer couldna credit whit his senses were tellin him. The bluid transfer had been a moger. Paolo had somewey tholed the pain an made Craw murder a man that wid hae deed a naitural daith afore the week wis oot onyway.

Vermont, seein the smeddum visibly dreeble oot o the Craw, lowped at him an ludged her Ceilidh-issue toun bitt in his thrapple. The lang thin man went doon, hechin like a pig. She rugged the rifle fae his fozie grup an turned tae Paolo.

Cyberjanny Paolo Broon, third cless, wis ayont speech. His een raxed aboot for hers. She unnerstood nou. Paolo's mental thrawnness wis the ainlie quality that conneckit him wi his faither. Forby that, they micht hae hailed fae separate planets. Altho the anaesthetic Vermont had slaistered on his leg had bielded him partially fae the sair bite o Craw's dirk, Paolo had had tae silently thole the lave o the agony on his ain.

Vermont laid a saft caller haun on his burnin foreheid an

dichtit a croon o bluid fae his cheek. It wis the first an maist inti-
mate arrest o her career.

'Fa's gonna believe you. A bit lassie.' Craw wis up on his hun-
kers. I ootrank provosts an commissars. They'll never tak your
word afore mines. Forby, aabody kens I made you, that I moulded
you. The haill world kens you're my quine.'

'Ah'm naebody's quine, sir.' Vermont burled the looftap video
recorder roon tae the screen faced Craw. She scrolled throu the
voice an speed-played Craw's words back til him. 'An ah'm cer-
tainly no yours.'

Craw's chin gaed slack an he run skraikin at the video-ee.
Vermont blenked afore drivin the rifle butt intae her superior offi-
cer's hause pipe an then stepped back as he sprauchled soonlessly
tae the groond. When he wis still, she sneckit his wrists wi the
kitsch pink hauncuffs his men had left her in thon bleck nicht in
her apartment on Elgin.

She foond a weet cloot for Paolo's broo an lowsed the straps.
The cyberjanny wis in an oot consciousness but had a guid-gaun
pulse. He wid rax a hospital bed juist fine, she thocht. If naethin
else, his sterk unbouin love for Nadia wid caw him throu.

Vermont took in the sicht o twa auld men's bodies.

On the bink opposite, Diamond Broon's aince birkie body
growed peeliewallier wi the second, aye thirled tae the chair by the
stieve metal whangs like an anonymous corp in some back-street
caur smash.

An on the parquet tiles aside him the bleck pouerless rickle o
Ceilidh Officer Craw, heid an airms cooried in tae his knees in
pain, aiblins reddin himsel for eternity in his Submarnock air bubble
on the flair o the Atlantic sea. Twa suns, she thocht, spent efter
their final gloaman.

Lieutenant Vermont rowed Paolo's chitterin bouk in a blanket an
chapped the alarm on Craw's v-bracelet. Wi the sma siller phial fou
wi the DNA o a recently deid wrangjimmy in her haun, she sat on a
step in the gowd dwynin licht that nou happit But n Ben A-Go-Go an
waited on the polis copters fae Port tae come an cairry them hame.

CHAPTER 23

Kist

PAPA PINKIED IN THE seeven-digit password, lowsed the wheel-haunle an waitit on the hish o air skitterin intae the vacuum. Papa's legs wis sair. He wantit his shift feenished.

As he poued open the muckle un-iled door, he felt his kit poke jangle against his shooder. He had awready packed his piece box, biler suit an creesh-proof gutties. He didna want tae waste ony time gittin awa the nicht.

Auld Jock Zurutuza's retirement ceilidh at Porcao's famous meat howf doon on Lauder wis aboot tae stert. Tuza had been twinty year at Imbeki wi six service months mair on his caird than Papa. In spite o the soorness o the job, Tuza had never tint the will tae pairty an, hurricanes permittin, Jock Zurutuza's fareweel sesh wis assured o bein a stotter. Papa reckoned if he lowped ane o the executive elevators an wis jammy gittin a funicular, he could hae his erse in a seat at the restaurant in aboot a quarter o a Port oor. Aw he had tae dae wis wheech this lest ane oot the road an then he could gang.

Papa stepped ben intae the Omega Unit an raxed aboot in the semi-glaur. Fingirs o foostie air prinkled at his nostrils, cairryin tae him the familiar reek o a wheen or mair uncowped years. Faikin in the dark, his blin bummlin hauns touched a heidfou o hair an a shilpit peerie shooder afore locatin the cauld hard steel o the barra haunles. As usual, Papa toomed his mind o thocht. His first puckle months at Imbeki were merked in his memory as sweir undichtable dreams. The job had learned him tae thrapple his imagination afore he touched the stooks.

He hauled oot the bogey fae Omega Kist 624. It wis a short shank doon tae the gallery Krem. Papa didna mind level 1083. Its waws an roll-flairs were newer biggit than maist ither galleries in

Imbeki. The barras aye rowed mair sleekitly here. An it had better lobby lichtin than awa doon in the Center's dreich laich core.

As he progressed alang the corridor wi Omega Units dour an silent on either side o him, Papa caucht a glisk o his an the barra's reflection in the smeekit gless windae o anither Kist's view panel. He wis cairtin a woman. Impulsively, he keeked doon at his unco passenger. A swatch o blonde hair and a thin peeliwallie face set wi features that in life maun hae been mair than customarily bonnie.

Papa looked awa an jinked throu his heid raxin for a tune. He shouldna hae nebbed. He kent he shouldna ever neb. He unnerstood how it wis: the lawyers pitch up wi the lowsin documents; then the heidsurgeon shaws his face an unkists the corp; an then bawheid porters like himsel comes wi their cairts tae hochle the puir sowels awa. Nae fuss. Nae greetin. A clean unclarty process.

Whustlin a cantie auld samba melody, Papa cairried on doon Gallery 1083 until he arrived at the Krem yett. He chapped in his peen nummer on the security screen an poued the barra roon tae it faced the gate.

The yett opened. Papa felt the radge bleeze nip the skin on his unhapped foreairms. Aye whustlin, he jundied the barra an the stookie on it intae the crematorium. The doors drew til an, as they jined steekin ticht shut, Papa heard the multiple safety locks sneck intae place an then the smoored far-awa rair o the burners.

Papa sned the glaikit samba sang mid-chorus. There were een forby his follaein this particular lowsin. A people screen forenent the Krem unit chittered wi the silhouetted heid an shooders o twa pusless glowerers-on. Papa directed his gowkin stare tae the grund. He didna ken the story. He could hae easy brocht up the patient's data on his looftap but the leet o events that had cairried the quine tae this dreich pass wis no his business. Like the lave o his generation, he had langsyne cowped aw the brigs tae his hert. Giein the regulation bou o the heid, Papa stobbed his security nummer oot o the system, garrin the crematorium lichts groozle an dee.

Wi a muckle gant that could hae swallaed yin o his ain trolleys, he airted the toom barra aboot in a wabbit wan-echty degree turn. Tuza an a rammy o Rigo Imbeki porters wis waitin on him doon at Porcao's meat an beverage hoose. He wid hae his pus in a tassie o lager afore the corp chaumer in the Krem wis completely cauld. Hingin his kit poke owre his shooder, Papa seched the last o the lassie oot o his mind an hirpled awa up the lang corridor intae the electronic gloaman o anither fushionless Port nicht.

Some other books published by **LUATH** PRESS

FICTION

The Bannockburn Years
William Scott
ISBN 0 946487 34 0 PBK £7.95

The Great Melnikov
Hugh MacLachlan
ISBN 0 946487 42 1 PBK £7.95

Grave Robbers
Robin Mitchell
ISBN 0 946487 72 3 PBK £7.99

The Strange Case of R L Stevenson
Richard Woodhead
ISBN 0 946487 86 3 HBK £16.99

FOLKLORE

Scotland: Myth, Legend and Folklore
Stuart McHardy
ISBN: 0 946487 69 3 PBK 7.99

The Supernatural Highlands
Francis Thompson
ISBN 0 946487 31 6 PBK £8.99

Tall Tales from an Island
Peter Macnab
ISBN 0 946487 07 3 PBK £8.99

Tales from the North Coast
Alan Temperley
ISBN 0 946487 18 9 PBK £8.99

Highland Myths & Legends
George W MacPherson
ISBN 1 84282 003 6 PBK £5.00

ON THE TRAIL OF

On the Trail of William Wallace
David R. Ross
ISBN 0 946487 47 2 PBK £7.99

On the Trail of Robert the Bruce
David R. Ross
ISBN 0 946487 52 9 PBK £7.99

On the Trail of Mary Queen of Scots
J. Keith Cheetham
ISBN 0 946487 50 2 PBK £7.99

On the Trail of Robert Burns
John Cairney
ISBN 0 946487 51 0 PBK £7.99

On the Trail of Robert Service
GW Lockhart
ISBN 0 946487 24 3 PBK £7.99

On the Trail of John Muir
Cherry Good
ISBN 0 946487 62 6 PBK £7.99

On the Trail of The Pilgrim Fathers
J Keith Cheetham
ISBN 0 946487 83 9 PBK £7.99

On the Trail of Queen Victoria in the Highlands
Ian R. Mitchell
ISBN 0 946487 79 0 PBK £7.99

CURRENT ISSUES

Scotland - Land and Power the agenda for land reform
Andy Wightman
foreword by Lesley Riddoch
ISBN 0 946487 70 7 PBK £5.00

Old Scotland New Scotland
Jeff Fallow
ISBN 0 946487 40 5 PBK £6.99

Notes from the North incorporating a Brief History of the Scots and the English
Emma Wood
ISBN 0 946487 46 4 PBK £8.99

Trident on Trial the case for people's disarmament
Angie Zelter
ISBN 1 84282 004 4 PBK £9.99

Broomie Law
Cinders McLeod
ISBN 0 946487 99 5 PBK £4.00

SOCIAL HISTORY

Shale Voices
Alistair Findlay
foreword by Tam Dalyell MP
ISBN 0 946487 63 4 PBK £10.99
ISBN 0 946487 78 2 HBK £17.99

Crofting Years
Francis Thompson
ISBN 0 946487 06 5 PBK £6.95

A Word for Scotland
Jack Campbell
foreword by Magnus Magnusson
ISBN 0 946487 48 0 PBK £12.99

LUATH GUIDES TO SCOTLAND

Mull and Iona: Highways and Byways
Peter Macnab
ISBN 0 946487 58 8 PBK £4.95

South West Scotland
Tom Atkinson
ISBN 0 946487 04 9 PBK £4.95

The West Highlands: The Lonely Lands
Tom Atkinson
ISBN 0 946487 56 1 PBK £4.95

The Northern Highlands: The Empty Lands
Tom Atkinson
ISBN 0 946487 55 3 PBK £4.95

The North West Highlands: Roads to the Isles
Tom Atkinson
ISBN 0 946487 54 5 PBK £4.95

WALK WITH LUATH

Mountain Days & Bothy Nights
Dave Brown and Ian Mitchell
ISBN 0 946487 15 4 PBK £7.50

The Joy of Hillwalking
Ralph Storer
ISBN 0 946487 28 6 PBK £7.50

Scotland's Mountains before the Mountaineers
Ian Mitchell
ISBN 0 946487 39 1 PBK £9.99

LUATH WALKING GUIDES

Walks in the Cairngorms
Ernest Cross
ISBN 0 946487 09 X PBK £4.95

Short Walks in the Cairngorms
Ernest Cross
ISBN 0 946487 23 5 PBK £4.95

TRAVEL & LEISURE

Edinburgh and Leith Pub Guide
Stuart McHardy
ISBN 0 946487 80 4 PBK £4.95

Pilgrims in the Rough: St Andrews beyond the 19th Hole
Michael Tobert
ISBN 0 946487 74 X PBK £7.99

Let's Explore Edinburgh Old Town
Anne Bruce English
ISBN 0 946487 98 7 PBK £4.99

HISTORY

Reportage Scotland
Louise Yeoman
ISBN 0 946487 61 8 PBK £9.99

NATURAL SCOTLAND

Wild Scotland: The essential guide to finding the best of natural Scotland
James McCarthy
Photography by Laurie Campbell
ISBN 0 946487 37 5 PBK £7.50

Scotland Land and People
An Inhabited Solitude
James McCarthy
ISBN 0 946487 57 X PBK £7.99

The Highland Geology Trail
John L Roberts
ISBN 0 946487 36 7 PBK £4.99

Rum: Nature's Island
Magnus Magnusson
ISBN 0 946487 32 4 PBK £7.95

Red Sky at Night
John Barrington
ISBN 0 946487 60 X PBK £8.99

Listen to the Trees
Don MacCaskill
ISBN 0 946487 65 0 PBK £9.99

Wildlife: Otters – On the Swirl of the Tide
Bridget MacCaskill
ISBN 0 946487 67 7 PBK £9.99

Wildlife: Foxes – The Blood is Wild
Bridget MacCaskill
ISBN 0 946487 71 5 PBK £9.99

BIOGRAPHY

Tobermory Teuchter: A first-hand account of life on Mull in the early years of the 20th century
Peter Macnab
ISBN 0 946487 41 3 PBK £7.99

Bare Feet and Tackety Boots
Archie Cameron
ISBN 0 946487 17 0 PBK £7.95

The Last Lighthouse
Sharma Kraustopf
ISBN 0 946487 96 0 PBK £7.99

MUSIC AND DANCE

Highland Balls and Village Halls
GW Lockhart
ISBN 0 946487 12 X PBK £6.95

Fiddles & Folk: A celebration of the re-emergence of Scotland's musical heritage
GW Lockhart
ISBN 0 946487 38 3 PBK £7.95

SPORT

Over the Top with the Tartan Army (Active Service 1992-97)
Andrew McArthur
ISBN 0 946487 45 6 PBK £7.99

POETRY

Poems to be read aloud
Collected and with an introduction by
Tom Atkinson
ISBN 0 946487 00 6 PBK £5.00

Scots Poems to be read aloud
Stuart McHardy
ISBN 0 946487 81 2 PBK £5.00

The Luath Burns Companion
John Cairney
ISBN 1 84282 000 1 PBK £10.00

Men & Beasts
Poems and Prose by Valerie Gillies
Photographs by Rebecca Marr
ISBN 0 946487 92 8 PBK £15.00

Blind Harry's Wallace
William Hamilton of Gilbertfield
introduced by Elspeth King
ISBN 0 946487 43 X HBK £15.00
ISBN 0 946487 33 2 PBK £8.99

'Nothing but Heather!'
Gerry Cambridge
ISBN 0 946487 49 9 PBK £15.00

Luath Press Limited
committed to publishing well written books worth reading

LUATH PRESS takes its name from Robert Burns, whose little collie Luath (*Gael.*, swift or nimble) tripped up Jean Armour at a wedding and gave him the chance to speak to the woman who was to be his wife and the abiding love of his life. Burns called one of *The Twa Dogs* Luath after Cuchullin's hunting dog in *Ossian's Fingal*. Luath Press grew up in the heart of Burns country, and now resides a few steps up the road from Burns' first lodgings in Edinburgh's Royal Mile.

Luath offers you distinctive writing with a hint of unexpected pleasures.

Most UK and US bookshops either carry our books in stock or can order them for you. To order direct from us, please send a £sterling cheque, postal order, international money order or your credit card details (number, address of cardholder and expiry date) to us at the address below. Please add post and packing as follows: UK – £1.00 per delivery address; overseas surface mail – £2.50 per delivery address; overseas airmail – £3.50 for the first book to each delivery address, plus £1.00 for each additional book by airmail to the same address. If your order is a gift, we will happily enclose your card or message at no extra charge.

Luath Press Limited
543/2 Castlehill
The Royal Mile
Edinburgh EH1 2ND
Scotland
Telephone: 0131 225 4326 (24 hours)
Fax: 0131 225 4324
email: gavin.macdougall@luath.co.uk
Website: www.luath.co.uk